울 1

사 일 로 연 대 기
PART 1

 **울 1**

휴 하위 지음 | 이수현 옮김

시공사

일러두기

· 본문의 각주는 모두 옮긴이 주이다.

· 《울》은 2012년 사이먼&슈스터사의 페이퍼백을 바탕으로
  2013년에 번역 출간한 후, 이번 개정판을 내면서 손질했다.
  《시프트》와 《더스트》는 2020년 새로 출간된 매리너판을 번역
  대본으로 삼았다.

· 소설에 인용된 성경 구절은 《개역개정 성경》을 따랐다.

앰버에게

WOOL

차례

1부

홀스턴

1

홀스턴이 죽음을 향해 올라가는 동안에도 아이들은 놀고 있었다. 행복한 아이들만이 내는 꺅꺅 소리가 들렸다. 아이들이 위에서 쿵쾅거리며 뛰어다니는 동안 홀스턴은 천천히, 무겁고 질서 정연한 걸음으로 나선형 계단을 굽이굽이 돌았다. 낡은 부츠가 금속 디딤판을 밟는 소리가 커다랗게 울려 퍼졌다.

아버지에게 물려받은 홀스턴의 부츠와 마찬가지로, 계단 디딤판에도 닳은 티가 역력했다. 페인트는 희미한 흔적만, 발이 닿지 않는 모서리와 밑바닥에만 겨우 남아 있을 뿐이었다. 계단 어딘가 다른 곳의 움직임 때문에 작은 먼지구름이 일었다. 홀스턴은 마모되어 반짝이는 금속이 드러난 난간을 통해서 그 진동을 느낄 수 있었다. 생각할 때마다 놀라웠다. 몇 세기 동안 맨손으로 쥐고 발을 끌면 단단한 강철마저 마모시킬 수 있다니. 한 번에 분자 하나씩. 어쩌면 생명 하나가 한 층씩 깎아 내려간 것인지도 몰랐다. 이 사일로가 그 생명을 갉아먹는 동안에도 말이다.

계단 하나하나가 몇 세대에 걸친 통행으로 조금씩 휘어졌고, 가장자리는 모가 깎여 비죽 내민 입술처럼 둥글어졌다. 가운데에 도드라져 디딤판에 접지력을 주던 작은 마름모꼴들은 거의 흔적도 남지 않고 닳아버렸다. 무엇인가가 없어졌다는 사실도 이제 양쪽에 남은 마름모꼴 무늬로만, 평평한 강철판 위로 날카롭게 솟아오른 작은 피라미드 모양의 요철과 페인트 얼룩으로만 추측할 뿐이었다.

홀스턴은 자신의 낡은 부츠를 낡은 계단 위로 들어 올렸다가 내려놓고 다시 들어 올렸다가 내려놓았다. 그는 헤아릴 수 없는 세월이 해온 일, 분자와 생명을 층층이 깎아내어 고운 먼지로 만드는 일에 넋을 놓고 몰두했다. 그리고 다시 한번, 생명도 계단도 그런 식으로 존재하려고 만들어진 것은 아니라는 생각을 했다. 유리잔 안에 꽂힌 빨대처럼 땅속에 묻힌 사일로를 빠듯하게 관통하는 그 긴 나선 계단은 그렇게 혹사시키라고 지은 물건이 아니었다. 그들이 사는 원통형 집의 많은 부분이 그렇듯 이 계단도 다른 목적을 위해, 오래전에 잊혀진 어떤 다른 역할을 위해 만들어진 것일 터였다. 지금은 수천 명이 매일 오르내리는 통행로로 쓰이지만, 홀스턴의 눈에 이 계단은 긴급 상황에서, 아마도 수십 명 정도나 쓸 수 있을 것 같았다.

또 한 층이 지나갔다. 파이처럼 층층이 나뉜 공동 침실 구역이었다. 홀스턴이 생의 마지막 오르막길이 될 마지막 몇 층을 오르는 동안 위에서는 즐거운 어린아이들이 내는 소리가 그 어느 때보다 더 크게 쏟아져 내렸다. 젊음의 웃음소리였다. 아직 자기들이 어디에 사는지도 모르고, 사방을 둘러싼 땅의 압력도 느끼지 못하는, 마음이 아직 땅속에 묻히지 않은 채 살아 있는 영혼들. 그들은 조금도 닳지 않고 생생하게 살아서 계단 아래로 행복한 소리를 떨어뜨렸다. 홀스턴의 행동, '밖'으로 나가겠다는 그의 결정과 결심에 어울리지 않는 명랑한 소리였다.

위층으로 올라가는 동안 어린 목소리 하나가 다른 목소리들 위로 크게 울렸고, 홀스턴은 사일로 안의 어린아이였던 시절을 떠올렸다. 온갖 교육과 놀이들. 그 시절에는 답답한 콘크리트 원통 속에 층층이 자리한 아파트와 작업장과 수경재배 정원과 복잡한 배관의 정화실들이 거대한 우주처럼, 평생이 걸려도 완전히 탐험할 수 없을 넓고 광활한 지역처럼, 그와 그의 친구들이 영영 길을 잃을 수도 있는 미궁처럼 느껴졌었다.

하지만 그건 30년도 더 전의 일이었다. 그 어린 시절은 이제 두세 번의 생이 지나가기 전에 있었던 시간 같았다. 그가 아니라 다른 누군가가 누린 시간처럼 느껴졌다. 그는 그 과거를 막아버리고, 무거운 책임을 진 보안관으로 일생을 보냈다. 그리고 최근에는 삶의 세 번째 단계에 접어들었다. 어린 시절과 보안관 시절 이후의 비밀스러운 삶. 그것이 닳아서 먼지가 되어버리기 전의 마지막 층이었다. 결코 이루어지지 않을 일을 조용히 기다리며 보낸 그 3년간의 하루하루는, 좀 더 행복했던 시절의 한 달보다 더 길었다.

나선 계단이 끝나자 홀스턴의 손에 닿아 있던 난간도 사라졌다. 낡은 강철봉의 곡선이 끝나고 계단은 사일로 전체에서 제일 넓은 방인 구내식당과 그 옆에 붙은 라운지로 이어졌다. 이제 홀스턴은 즐거운 비명 소리들과 같은 층에 있었다. 색이 선명한 형체들이 흩어진 의자들 사이를 지그재그로 뛰어다니면서 추격전을 벌였다. 몇 명 안 되는 어른들이 혼란을 억제해보려고 했다. 홀스턴은 에마가 더러워진 타일 바닥에 흩어진 분필과 크레용을 줍는 모습을 보았다. 에마의 남편인 클라크는 주스 컵과 옥수수 쿠키가 담긴 그릇이 놓인 테이블 뒤에 앉아 있다가 방 저편에서 그를 향해 손을 흔들었다.

홀스턴은 마주 손을 흔들려 하지 않았다. 그럴 힘도, 그리고 싶은 마음도 없었다. 그는 어른들과 뛰어노는 아이들을 지나서 식당 벽에 비치는 흐릿한 풍경을 바라보았다. 그것이 사람이 살 수 없는 그들의 세계를 비추는 가장 큰 창이었다. 아침이었다. 동틀 녘의 흐릿한 햇빛이 홀스턴이 어렸을 때부터 조금도 변하지 않은 생명 없는 언덕들을 뒤덮었다. 홀스턴이 식당 테이블 사이를 뛰어다니던 아이에서 지금의 텅 빈 존재로 변모하는 동안 그 언덕들은 언제나 그 자리에 그대로 있었다. 그리고 우아하게 굽이치는 그 언덕들 너머로 눈에 익은 무너져가는 도시의 윤곽선이 아침 햇살을 받아 희미하게 반짝였다. 고대의 유리와 강철 건물들이 한때 사람들이 땅 위에서 살았으리라 여겨지는 먼 곳에 서 있었다.

혜성처럼 무리에서 튀어나온 아이 하나가 홀스턴의 무릎에 부딪쳤다. 수전의 아들이었다. 홀스턴은 아이를 내려다보고 쓰다듬으려고 손을 뻗었지만, 아이는 혜성처럼 다시 사라져서 다른 아이들의 궤도로 돌아갔다.

홀스턴은 문득 앨리슨이 죽은 해에 두 사람이 당첨됐던 티켓을 생각했다. 그는 아직도 그 표를 가지고 있었고, 어디에나 들고 다녔다. 여기 보이는 아이들 중 하나가 그들의 아이일 수도 있었다. 지금쯤이면 두 살이 되어 손위 아이들 뒤를 휘뚝휘뚝 따라다닐 수도 있었다. 모든 부모가 그렇듯, 두 사람도 쌍둥이를 낳는다는 두 배의 행운을 꿈꾸었다. 물론 노력도 했다. 앨리슨이 삽입형 피임기구를 제거한 후에, 두 사람은 그 표를 쓰기 위해 매일 굉장한 밤을 보냈다. 아이를 가진 부모들은 두 사람에게 행운을 빌어주었고, 당첨을 기다리는 사람들은 그들의 1년이 헛되이 지나가기를 소리 없이 빌었다.

1년밖에 없다는 사실을 알고 있었기에 홀스턴과 앨리슨은 어디에든 희망을 걸고, 삶에 온갖 미신을 끌어들였다. 생식력을 높여준다고 침대 위에 마늘을 매달고, 쌍둥이를 갖게 해준다고 매트리스 밑에 동전을 두 닢 넣어두고, 앨리슨의 머리에는 분홍색 리본을 달고, 홀스턴의 눈 밑에는 푸른색을 칠하고…… 모든 게 우스꽝스러우면서도 필사적이고 재미있었다. 뭐든 해보지 않는다면, 바보 같은 교령회*나 검증되지 않은 이야기들이라고 무시한다면, 그게 오히려 더 미친 짓이었으리라.

그래도 성공하지 못했다. 1년이 다 끝나기도 전에 티켓은 다른 부부에게 넘어갔다. 노력이 부족해서가 아니라 시간이 없어서였다. 갑자기 아내가 사라지고 말았으니까.

홀스턴은 아이들의 놀이와 흐릿한 풍경에서 몸을 돌려, 식당과 사일로의 에어록airlock 사이에 위치한 그의 사무실로 걸어갔다. 그 거리를 좁히면서 홀스턴의 생각은 예전에 그곳에서 일어났던 싸움, 지난 3년간 그가 매일 통과해야 했던 유령들의 싸움 장면으로

* 산 사람들이 죽은 이의 혼령과 교류를 시도하는 모임.

돌아갔다. 그는 알고 있었다. 몸을 돌려 벽에 비친 광활한 풍경을 뒤져본다면, 눈을 가늘게 뜨고 나날이 짙어지는 카메라 렌즈의 얼룩과 바람에 앉은 더께를 꿰뚫어 본다면, 어두운 언덕 틈, 우중충한 둔덕 너머 도시를 향해 달려가는 언덕 골짜기를 따라가본다면, 고요한 아내의 모습을 잡아낼 수 있음을. 거기, 그 언덕 위에서, 아내의 모습을 볼 수 있었다. 아내는 두 팔 위에 머리를 얹고 잠자는 돌처럼 엎드린 채로, 공기와 독소에 마모되어가고 있었다.

아마도.

그 모습을 알아보기는 힘들었다. 풍경이 다시 흐려지기 전에도 뚜렷하게 알아보기는 어려웠다. 게다가 그 풍경에는 믿을 만한 구석이 별로 없었다. 사실은 의심스러운 구석이 많았다. 그래서 홀스턴은 그냥 보지 않는 쪽을 택했다. 그는 아내의 유령이 싸우던 곳, 나쁜 기억들이 영원히 누워 있는 곳, 아내가 갑자기 미쳐버린 지점을 통과하여 사무실로 들어갔다.

"이거, 웬일로 이렇게 일찍 오시고." 만스가 미소 지으며 말했다.

홀스턴의 부관이 서류함의 금속 서랍을 닫자, 오래된 연결 부위에서 생명 없는 비명 소리가 울렸다. 만스는 김이 오르는 머그잔을 집어 들고 나서야 홀스턴의 침통한 태도를 알아차렸다. "괜찮은 거요, 대장?"

홀스턴은 고개를 끄덕였다. 그는 책상 뒤에 있는 열쇠 걸이를 가리켰다. "유치장 열쇠."

부관의 미소가 어리둥절한 듯 찌푸린 표정으로 수그러들었다. 그는 머그잔을 내려놓고 열쇠를 집으려고 몸을 돌렸다. 만스가 등을 돌린 사이, 홀스턴은 마지막으로 한 번 더 손바닥에 놓인 날카롭고 서늘한 강철을 문지르고는 그 별을 책상 위에 내려놓았다. 만스가 몸을 돌리고 열쇠를 내밀었다. 홀스턴은 그 열쇠를 받았다.

"대걸레를 가져올까요?" 만스 부보안관이 엄지손가락으로 식당 쪽을 가리켰다. 누군가에게 수갑을 채운 게 아니라면 그들이 유치장에 들어갈 때는 청소할 때뿐이었다.

"아니." 홀스턴은 부보안관에게 따라오라는 신호로 유치장 쪽을 고갯짓했다.

홀스턴은 몸을 돌렸고, 만스가 따라나서려고 일어서자 책상 뒤에 놓인 의자가 삐걱거렸다. 홀스턴은 행군을 끝냈다. 열쇠는 쉽게 미끄러져 들어갔다. 잘 만들고 관리한 문의 내부 기관에서 날카로운 철컥 소리가 울렸다. 경첩이 들릴락 말락 한 끼익 소리를 내고, 단호한 발소리가 난 후, 밀었던 문이 다시 철커덩 닫히자, 시련은 끝났다.

"대장?"

홀스턴은 창살 사이로 열쇠를 내밀었다. 만스는 자신 없는 눈으로 열쇠를 내려다보았지만, 손은 이미 그쪽으로 움직였다.

"무슨 일입니까, 대장?"

"시장을 데려와요." 홀스턴이 말하고 한숨을 내뱉었다. 3년 동안 참았던 무거운 숨이었다.

"내가 밖으로 나가고 싶어 한다고 해요."

2

유치장에서 보는 풍경은 식당에서 보는 풍경만큼 흐릿하지 않았다. 홀스턴은 왜 그럴까 곰곰이 생각하면서 사일로 안의 마지막 날을 보냈다. 이쪽 카메라는 유독성 바람을 맞지 않게 감싸여 있는 걸까? 아니면 죽음을 선고받은 청소부들이 마지막 하루 동안 즐긴 풍경을 보존하는 데 좀 더 신경을 쓰는 걸까? 어쩌면 같은 유치장에서 마지막 날을 보내게 될 다음 청소부에게 보내는 선물 같은 것일지도 몰랐다.

홀스턴은 마지막 설명이 더 마음에 들었다. 그건 그리운 마음으로 아내를 떠올리게 해주었다. 자신이 왜 여기, 창살 안쪽으로 자진하여 들어왔는지 생각하게 해주었다.

생각이 앨리슨에게 흘러가는 가운데, 그는 자리에 앉은 채로 고대인들이 뒤에 남겨둔 죽은 세상을 내다보았다. 땅속에 묻힌 그들의 벙커 주위에서 볼 수 있는 최고의 풍경은 아니지만, 최악의 풍경도 아니었다. 멀리, 낮게 굽이치는 언덕들은 돼지 젖을 딱 맞게 섞어 넣은 커피 매시처럼 보기 좋은 갈색을 띠었다. 언덕 위 하늘은 그가 어렸을 때나 그의 아버지가 어렸을 때나 그의 할아버지가 어렸을 때나 똑같은 회색빛이었다. 그 풍경에서 움직이는 것이라고는 구름뿐이었다. 구름은 언덕 위를 어둡게 채우고, 그림책에서 본 짐승 떼처럼 자유로이 돌아다녔다.

죽은 세계의 풍경이 홀스턴의 감방 벽을 꽉 채웠다. 사일로 상부에 있는 벽은 모두 다 그랬다. 벽마다 그 너머에 펼쳐진 흐릿하고 점점 더 흐려져가는 황무지의 서로 다른 조각이 가득 채워져 있었다. 그 풍경 중 홀스턴이 차지한 작은 조각은 침대 귀퉁이에서 천장까지 올라갔다가 반대쪽 벽으로 이어져서 화장실로 내려갔다. 렌즈에 남은 기름 자국처럼 흐릿해진 부분이 있기는 했지만 마치 걸어 나갈 수 있을 듯한 풍경이었다. 기묘하게도, 으스스한 감옥 철창을 사이에 두고 사람을 끌어당기는 구멍 같았다.

하지만 그것도 멀리서나 통할 만한 환상이었다. 몸을 가까이 기울이면, 거대한 디스플레이에 박힌 한 줌의 죽은 픽셀들을 볼 수 있었다. 온통 갈색과 회색인 풍경에서 죽은 픽셀은 하얀색으로 두드러졌다. 강렬하게 빛나는 픽셀들은(앨리슨은 그것들을 '막힌' 픽셀이라고 불렀다) 더 밝은 장소로 이어지는 네모난 창문 같았고, 더 나은 현실로 오라고 부르는 머리카락 굵기의 작은 구멍 같았다. 더 자세히 보니 그런 픽셀이 수십 개는 있었다. 홀스턴은 사일로 안에 죽은 픽셀을 고칠 줄 아는 사람이 있을지, 안다고 해도 그런 섬세한 작업에 필요한 도구는 있는 것인지 궁금했다. 이 픽셀들도 앨리슨처럼 영영 죽은 걸까? 결국에는 모든 픽셀이 죽게 될까? 홀스턴은 언젠가 픽셀의 절반이 눈부신 흰색으로 바뀌고, 또 몇 세대가 지나서 회색과 갈색 픽셀은 몇십 개만 남는 날을 상상했다. 그러면 세상이 뒤집히고, 사일로 안 사람들은 바깥세상이 불타고 있다고 생각하겠지. 그땐 오히려 '진짜' 픽셀들을 불량 픽셀로 착각하게 되지 않을까.

혹은 홀스턴과 다른 사람들이 지금 하고 있는 일도 그런 일이 아닐까?

뒤에서 누군가가 헛기침을 했다. 고개를 돌리자 잔스 시장이 작업복 배에 손을 얹고 철창 반대편에 서 있었다. 그녀는 진지한 얼굴로 침대 쪽을 고갯짓으로 가리켰다.

"유치장이 비어 있고, 당신과 만스 부보안관이 근무 중이 아닐 때면 난 가끔 그 자리에 앉아서 풍경을 즐겨요."

홀스턴은 다시 고개를 돌리고 생명이라고는 없는 우중충한 풍경을 살폈다. 어린이책에 나오는—폭동기에 유일하게 살아남은 책이 어린이책이었다—풍경과 비교하면 우울하게만 보였다. 대부분의 사람들은 책 속에 나오는 그 빛깔들을 자주색 코끼리나 분홍색 새처럼 존재할 리 없는 것으로 생각했지만, 홀스턴은 그 그림들이 눈앞에 보이는 장면보다 더 사실적이라고 느꼈다. 초록색과 파란색으로 장식된 해진 페이지들을 보면 뭔가 원초적이고 깊은 감정이 느껴졌다. 그렇긴 해도, 숨 막히게 답답한 사일로에 비하면 바깥에 펼쳐진 우중충한 회색 풍경도 일종의 구원, 그나마 사람이 숨 쉴 수 있는 공간처럼 보였다.

"여기서는 언제나 조금 더 깨끗해 보이는 거 같아요." 잔스가 말했다. "풍경 말이에요."

홀스턴은 침묵을 지켰다. 그는 갈라져 나와 새로운 방향으로 움직이는 뭉게구름 한 조각을 바라보았다. 검은색과 회색이 소용돌이쳐 섞였다.

"저녁은 원하는 대로 고를 수 있어요." 시장이 말했다. "그게 전통이니까……."

"제게 이 일이 어떻게 돌아가는지 설명하실 필요는 없습니다." 홀스턴은 잔스 시장의 말을 잘랐다. "바로 여기에서 앨리슨에게 마지막 식사를 가져다준 지 3년밖에 안 됐어요." 그는 몇 시간 전에 서랍장 위에 두고 왔다는 사실을 깜박하고, 습관대로 손가락에 낀 구리 반지를 돌리려 했다.

"그렇게 오래됐다니 믿을 수가 없네." 잔스는 혼자 중얼거렸다. 홀스턴은 몸을 돌리고, 벽에 비친 구름을 가늘게 뜬 눈으로 바라보는 잔스를 보았다.

"그 사람이 그립단 겁니까?" 홀스턴은 악의를 품고 물었다. "아니면 그저 풍경이 더러워질 시간이 그만큼이나 주어졌다는 게 싫다는 말씀입니까?"

잔스의 눈빛이 홀스턴 쪽으로 잠시 반짝였다가 바닥으로 떨어졌다. "당신도 내가 어떤 풍경을 위해서든 이러고 싶지 않다는 건 알 거예요. 하지만 규칙은 규칙이고……."

"탓하려는 게 아닙니다." 홀스턴은 분노를 가라앉히려 애쓰며 말했다. "규칙이라면 누구보다 잘 압니다." 그의 손이 그 자리에 없는, 반지처럼 남겨두고 온 배지를 향해 살짝 움직였다. "젠장, 거의 평생에 걸쳐 그 규칙들을 집행했어요. 그게 헛소리라는 사실을 깨달은 후에도 말입니다."

잔스는 목청을 가다듬었다. "그래요, 왜 이 길을 선택했는지 묻지는 않겠어요. 그냥 여기에서 더 불행하기 때문이라고 생각하기로 하지요."

잔스와 시선을 마주친 홀스턴은 그녀가 눈을 깜박여 없애기 전에 그 눈에 씌워진 눈물 막을 보았다. 잔스는 평소보다 더 말라 보였고, 벌어진 작업복 때문에 우스꽝스러워 보이기도 했다. 잔스의 목에 진 주름과 눈에서 뿜어져 나오는 빛은 홀스턴의 기억보다 더 깊었고, 더 어두웠다. 그는 잔스의 갈라진 목소리가 나이 탓도 배급받은 담배 탓도 아닌, 진실한 후회 때문이라고 생각했다.

문득 홀스턴은 잔스의 눈으로 스스로를 보았다. 벽 너머에 펼쳐진 죽은 세계의 흐릿한 빛을 받아 회색이 된 얼굴로 낡은 벤치에 앉아 있는 망가진 남자. 그 모습에 현기증이 났다. 붙잡을 만한 합리적인 무언가, 말이 되는 무언가를 찾느라 머리가 빙빙 돌았다. 그의 삶이 처한 곤경 자체가 꿈 같았다. 지난 3년이 하나도 진짜 같지 않았다. 이제는 아무것도 진짜 같지 않았다.

그는 다시 갈색 언덕을 돌아보았다. 시야 한쪽 구석으로 픽셀이 또 하나 죽어서 눈부신 하얀색으로 바뀌는 순간을 보았다고 생각했다. 작은 창문이 또 하나 열렸다. 그가 의심하게 된 환상을 꿰뚫는 선명한 시야가 또 하나 열렸다.

'내일이 나에게는 구원이 될 거야.' 홀스턴은 무자비하게 생각했다. '설령 밖에서 죽는다 해도.'

"난 시장직에 너무 오래 있었어요." 잔스가 말했다.

홀스턴이 흘긋 돌아보니 잔스가 주름진 두 손으로 차가운 철창을 잡고 있었다.

"알다시피, 우리의 기록은 시초까지 거슬러 올라가지 않아요. 1세기 반 전에 일어난 폭동 이전의 기록은 없는 거지요. 하지만 그 후부터라면, 어느 시장도 나만큼 많은 사람을 청소하러 내보내지 않았어요."

"시장님께 부담을 드렸다면 유감입니다." 홀스턴은 건조하게 말했다.

"이 일이 조금도 즐겁지 않아요. 내가 하려는 말은 그것뿐이에요. 조금도 즐겁지 않다고요."

홀스턴은 손으로 거대한 벽 스크린을 쓸었다. "그래도 내일 저녁에 선명한 노을을 보는 첫 번째 사람이 되시겠죠, 그렇지 않습니까?"

자기 목소리가 듣기 싫었다. 홀스턴은 스스로의 죽음에도, 삶에도, 내일 이후에 올 어떤 것에 대해서도 화가 나지 않았지만, 앨리슨의 운명에 대해서는 분노가 아직도 남아 있었다. 이미 일어난 지 한참이 지났는데도, 여전히 그에겐 과거의 피할 수 없는 사건들이 막을 수 있는 일처럼 보였다. "다들 내일 볼 풍경을 좋아하겠지요." 시장에게라기보다는 스스로에게 하는 말이었다.

"그런 말은 억울하군요." 잔스가 말했다. "법은 법이에요. 당신은 법을 어겼고, 법을 어기고 있다는 사실도 알았어요."

홀스턴은 발을 내려다보았다. 두 사람은 정적이 쌓이게 놓아두었다. 마침내 입을 연 사람은 잔스 시장이었다.

"그 일을 하지 않을 거라고 위협하지 않았지요. 어떤 사람들은 당신이 그런 말을 하지 않으니까 오히려 진짜로 청소를 하지 않을지도 모른다고 불안해해요."

홀스턴은 소리 내어 웃었다. "내가 센서를 청소하지 않겠다고 말해야 그 사람들 기분이 나아진다는 겁니까?" 그 정신 나간 논리에 그는 고개를 휘휘 저었다.

"그 자리에 앉은 사람은 모두가 그 일을 하지 않겠다고 말하지만, 결국 해주었어요. 그래서 우리 모두 그렇게……."

"앨리슨은 협박하지 않았습니다." 그렇게 상기시키면서도 홀스턴은 잔스가 하는 말뜻을 알고 있었다. 홀스턴만 해도 앨리슨이 렌즈를 닦지 않을 거라고 확신했었다. 그리고 지금 그는 앨리슨이 바로 그 벤치에 앉아서 무슨 일을 겪었는지 이해할 것 같았다. 청소보다 더 중요한 고려 사항들이 있었다.

바깥으로 나가게 된 사람들 대부분은 뭔가에 사로잡혔고, 스스로가 그 감옥에 들어와 죽음을 몇 시간 앞두고 있다는 사실에 놀란 상태였다. 그런 사람들이 청소하지 않겠다고 말했을 때는 마음속에 복수를 담고 있었다. 하지만 앨리슨, 그리고 지금 홀스턴에게는 더 큰 걱정거리가 있었다. 그들이 청소를 하느냐 마느냐는 중요하지 않았다. 그들이 여기에 있게 된 것은, 정신 나간 소리지만 어떤 면에서는 그들이 여기 있기를 원했기 때문이었다. 남은 것은 그 호기심뿐이었다. 벽의 스크린에 비친 풍경, 그 장막 너머에 있는 바깥세상에 대한 궁금증.

"그래서, 일을 마칠 계획인가요, 아닌가요?" 잔스가 자포자기한 심정을 드러내며 직설적으로 물었다.

"시장님도 말씀하셨지 않습니까." 홀스턴은 어깨를 으쓱였다. "모두가 청소를 한다고 말입니다. 분명 이유가 있겠지요, 그렇지 않습니까?"

사람들이 청소를 하는 이유에 신경 쓰지 않는 척, 관심이 없는 척하려고 했지만 홀스턴은 거의 평생 동안 그 이유를 고민했고, 지난 3년간은 특히 더 그랬다. 그 의문은 그를 미치도록 괴롭혔다. 그리고 지금 그가 잔스의 질문에 대답하기를 거부해서 아내를 살해한 자들이 괴로워한다면, 기분이 나쁠 이유는 없었다.

　잔스는 불안해하며 창살을 아래위로 문질렀다. "당신이 일을 마칠 거라고 전해도 될까요?"

　"아니면 하지 않을 거라고 말씀하시든지요. 상관없습니다. 어느 쪽이든 그 사람들에게는 똑같을 테니까요."

　잔스는 대답하지 않았다. 홀스턴이 올려다보자 시장은 고개를 끄덕였다.

　"저녁 식사에 대해 마음이 바뀌거든, 만스 부관에게 알려줘요. 전통대로 밤새도록 책상을 지킬 테니까……."

　필요 없는 말이었다. 예전의 임무들을 떠올리자 홀스턴의 눈에 눈물이 고였다. 그는 12년 전 도나 파킨스를 청소에 내보냈을 때도, 8년 전에 잭 브렌트의 차례가 왔을 때도 그 책상을 지켰다. 그리고 3년 전 아내의 차례가 되었을 때는 창살에 매달린 채, 바닥에 드러누운 채, 만신창이가 되어 밤을 보냈다.

　잔스 시장이 떠나려고 몸을 돌렸다.

　"보안관입니다." 홀스턴은 목소리가 닿지 않을 만큼 시장이 멀어지기 전에 중얼거렸다.

　"뭐라고 했나요?" 창살 저편을 서성이던 잔스가 숱 많은 회색 눈썹을 찌푸렸다.

　"이제는 만스 보안관입니다, 부관이 아니라." 홀스턴은 잔스에게 다시 한번 상기시켰다.

잔스는 손가락 마디로 철창을 두들겼다. "뭐라도 먹어요. 잠도
좀 자두라는 말로 당신을 모욕하지는 않을 테니."

3

3년 전

"말도 안 돼!" 앨리슨이 말했다. "여보, 이것 좀 들어봐. 믿지 못할 거야. 폭동이 일어난 게 한 번이 아니라는 거 알고 있었어?"

홀스턴은 무릎 위에 펼쳐둔 서류철에서 눈을 들었다. 주위에 흩어진 종이 더미들이 침대를 퀼트 천처럼 뒤덮고 있었다. 정리해야 할 오래된 서류와 새로 처리해야 할 불평거리들의 무더기였다. 앨리슨은 침대 발치에 놓인 작은 책상 앞에 앉아 있었다. 두 사람이 사는 사일로 콘도는 몇십 년 동안 두 번밖에 분할되지 않아서, 책상이며 넓은 정식 침대 같은 사치를 누릴 공간이 있었다.

"내가 그걸 어떻게 알았겠어?" 홀스턴이 되물었다. 아내는 몸을 돌리고 머리카락 한 올을 귀 뒤로 넘겼다. 홀스턴은 서류철로 그녀의 컴퓨터 화면을 찔렀다. "온종일 수백 년 된 비밀들을 풀어내고 있으면서, 내가 당신보다 먼저 그걸 알아야 한다는 거야?"

앨리슨은 혀를 쏙 내밀었다. "말이 그렇다는 거지. 당신에게 알려주는 방식이랄까. 그런데 궁금하지도 않아? 내가 방금 한 말 들었어?"

홀스턴은 어깨를 으쓱였다. "난 우리가 아는 한 번의 폭동이 최초의 폭동일 거라고 생각한 적 없어. 그저 가장 최근에 일어난 폭동일 뿐이겠지. 내 직업에서 배운 바가 하나 있다면, 어떤 범죄도 어떤 폭도도 그렇게 독창적이지는 않다는 거야." 그는 무릎에 펼쳐진 서류철을 집어 들었다. "이 사건이 사일로에 알려진 최초의 물도둑이라고 생각해? 아니면 마지막일 거라고?"

앨리슨이 그를 마주 보려고 몸을 돌리자 의자가 타일 위에서 끽 소리를 냈다. 앨리슨 등 뒤 책상에 놓인 화면에는 사일로의 오래된 서버에서 뽑아낸 데이터 조각과 파편들이 깜박거렸다. 오래전에 삭제되고 수없이 다른 데이터를 덮어쓰고 남은 정보의 자투리였다. 홀스턴은 아직도 어떻게 그런 정보를 재생시킬 수 있는지, 또 왜 그런 일을 할 수 있을 만큼 똑똑한 사람이 동시에 그를 사랑할 만큼 멍청한지 이해하지 못했지만, 어쨌든 양쪽 다 사실로 받아들였다.

"난 일련의 오래된 보고서들을 이어 붙이고 있어. 이게 사실이라면, 우리의 옛 폭동 같은 사건이 정기적으로 일어났다는 뜻이 돼. 거의 세대마다 한 번씩이야."

"옛 시절에 대해서는 우리가 모르는 게 많지." 홀스턴은 눈을 비비고 아직 처리하지 못한 서류 작업을 생각했다. "어쩌면 예전에는 센서를 청소하는 체계가 없었을지도 몰라. 분명히 그때는 위층 풍경이 계속 흐려지고 또 흐려지기만 하다가 사람들이 미쳐버려서 반란 같은 게 일어나고, 결국에는 몇 사람을 추방해서 사태를 바로잡아야 했을 거야. 아니면 그냥 그게 티켓 이전에 있었던 자연스러운 인구 조절법이었을지도 모르지.”

앨리슨은 고개를 저었다. “난 그렇게 생각하지 않아. 아무래도 내 생각에는…….” 그녀는 멈칫하고 홀스턴 주위에 펼쳐진 서류들을 내려다보았다. 그 모든 법 위반 기록들을 보니 하려는 말이 조심스러워진 모양이었다. “난 판단을 내리는 것도, 누군가가 옳다거나 그르다는 그런 말을 하려는 것도 아니야. 그저 어쩌면 폭동기에 반란자들이 서버를 지운 게 아닐지도 모른다는 말을 하고 싶어. 어쨌든 우리가 늘 듣던 대로는 아니야.”

그 말은 홀스턴의 주의를 끌었다. 빈 서버들, 사일로의 조상들이 남긴 텅 빈 과거는 그들 모두를 괴롭혔다. 서버 삭제 이야기는 애매한 전설에 지나지 않았다. 그는 일하던 서류철을 덮고 옆으로 치웠다. “그러면 무엇 때문에 일어난 일이라고 생각해? 사고였다고 생각해? 화재나 정전?” 그는 뻔한 가설들을 읊었다.

앨리슨은 얼굴을 찌푸렸다. “아니야.” 그녀는 목소리를 낮추고 걱정스러운 눈으로 주위를 둘러보았다. “난 ‘우리’가 하드 드라이브를 지웠다고 생각해. 그러니까, 우리 조상들 말이야, 반란자들이 아니라.” 그녀는 몸을 돌려 모니터 쪽으로 기울이더니, 침대에 앉은 홀스턴은 알아보기 힘든 숫자들의 집합을 손가락으로 훑어 내려갔다. “20년, 18년, 24년.” 손가락이 끼익 소리를 내면서 화면 위를 미끄러졌다. “28년. 16년. 15년.”

홀스턴은 발치에 놓인 문서들 사이로 길을 내고, 서류철들을 다시 쌓으면서 책상 쪽으로 움직였다. 그는 침대 발치에 앉아서 아내의 목에 한 손을 얹고, 어깨 너머로 화면을 들여다보았다.

"그게 날짜야?"

앨리슨은 고개를 끄덕였다. "거의 20년에 한 번씩 큰 반란이 일어났어. 이 보고서에서는 그걸 목록으로 만들었고. 이건 제일 최근의 폭동 기간 중에 삭제된 파일이야. 우리의 폭동 중에 말이야."

그녀는 마치 그들 두 사람이나 둘의 친구들이 당시에 살아 있었다는 듯이 '우리의'라고 말했다. 그러나 홀스턴은 무슨 뜻인지 알고 있었다. 그들은 그 폭동의 그림자 속에서 자랐고, 그 폭동이 그들을 낳은 것처럼 보이기도 했다. 그 거대한 갈등은 그들의 어린 시절을, 그들의 부모와 조부모의 머릿속을 떠나지 않았다. 속삭임으로 가득 차고 곁눈질을 끌어낸 폭동이었다.

"그래서 왜 우리가, 그러니까 좋은 편이 서버를 지웠다고 생각하게 된 거야?"

앨리슨은 반쯤 고개를 돌리고 으스스하게 웃었다. "누가 우리가 좋은 편이래?"

홀스턴은 긴장했다. 그는 앨리슨의 목에 얹은 손을 내렸다. "시작도 하지 마. 혹시라도 그런 말을……."

"농담이야." 그녀는 그렇게 말했지만, 그건 농담할 거리가 아니었다. 그 말은 반역에서, 청소형에서 두 발짝밖에 떨어져 있지 않았다. "내 가설은 이래." 앨리슨은 재빨리 '가설'을 강조하면서 말했다. "세대마다 격변이 있었어, 그렇지? 100년 넘게, 어쩌면 그보다 더 오랫동안. 시계 장치가 돌아가듯이 말이야." 그녀는 날짜를 가리켰다. "그러다가 대폭동 기간 동안에, 그러니까 우리가 지금까지 알고 있었던 유일한 폭동 기간에 누군가가 서버를 지웠어. 말해두는데 이건 버튼 몇 개 누르거나 불을 지르는 것만큼 쉽지 않아. 만약에 대비해서 중복 배열을 보통 해둔 게 아니란 말이야. 이렇게 지우려면 결의에 찬 노력이 필요해. 사고나 서둘러 처리한 일이나 단순한 파괴 활동 정도가 아니라."

"그렇다고 누구 책임인지 알 수는 없잖아." 홀스턴이 지적했다. 분명 그의 아내는 컴퓨터 천재였지만, 탐정 일은 그녀가 아니라 그의 직업이었다.

"이게 무슨 말이냐 하면." 앨리슨은 말을 이었다. "그동안 내내 한 세대에 한 번씩 폭동이 있었는데, 서버가 지워진 후부터는 폭동이 일어나지 않았다는 거야." 앨리슨은 입술을 깨물었다.

홀스턴은 자세를 바로 하고 앉았다. 그는 방 안을 둘러보다가 문득 아내가 살펴본 것이 무언지 이해했다. 갑자기 아내가 그의 손에서 탐정 가방을 낚아채어 도망치는 그림이 떠올랐다.

"그러니까 당신 말은……." 그는 턱을 문지르며 찬찬히 생각했다. "당신 말은 누군가 우리 역사를 지운 이유가, 우리가 그 역사를 반복하지 않게 막기 위해서였다는 건가?"

"아니면 더 나쁜 일이 벌어지지 않게." 앨리슨은 손을 뻗어 양손으로 그의 손을 잡았다. 그녀의 얼굴이 진지한 표정에서 심각한 표정으로 변했다. "만약 그런 폭동의 이유가 바로 그 하드 드라이브에 있었다면? 우리가 아는 역사의 어느 부분이라거나, 바깥에서 들어온 어떤 데이터라거나, 아니면 아주 오래전에 사람들을 여기로 들어오게 만든 사건에 대한 지식이라거나. 그런 정보가 쌓아 올린 압력이 사람들을 미치게 만들거나, 발광을 일으키거나, 그냥 나가고 싶어 하게 만들었다면?"

홀스턴은 고개를 저으며 경고했다. "당신이 그런 식으로 생각하지 않았으면 좋겠어."

"그 사람들이 미친 게 옳았다는 말은 아니야." 앨리슨은 다시 조심스러운 태도로 돌아갔다. "하지만 이게 이제까지 내가 이어 붙인 내용으로 세운 가설이라고."

홀스턴은 믿을 수 없다는 시선으로 화면을 바라보았다. "당신, 이 일은 하지 말아야 할지도 모르겠는데. 나야 어떻게 하는지도 잘 모르지만, 어쨌든 하지 않는 편이 좋겠어."

"여보, 정보는 그 자리에 있어. 내가 지금 이어 붙이지 않더라도 언젠가는 다른 누군가가 할 거야. 풀려난 지니를 병 속에 다시 집어넣을 수는 없어."

"무슨 뜻이야?"

"난 이미 삭제되고 덮어쓰기된 파일을 복구하는 방법에 대한 백서를 출판했어. IT부의 나머지 사람들은 자기도 모르게 필요한 정보를 지워버린 사람들을 도우려고 그 책을 퍼뜨리고 있고."

"그래도 난 당신이 멈춰야 한다고 생각해. 이건 그렇게 좋은 생각이 아니야. 좋은 결과가 나올 수가……."

"진실에서 아무런 좋은 결과가 나오지 않는다고? 진실을 아는 건 언제나 좋은 일이야. 그리고 다른 사람보다는 우리가 진실을 발견하는 편이 더 낫지, 안 그래?"

홀스턴은 자신의 서류 더미를 쳐다보았다. 마지막으로 청소형이 있은 지 5년이 지났다. 바깥 풍경은 매일 나빠졌고, 그는 보안관으로서 누군가를 찾아내야 한다는 압박감을 느끼고 있었다. 사일로 안에는 무엇인가를 발사할 준비를 하며 쌓이는 증기처럼 압박감이 심해지고 있었다. 때가 가깝다고 생각하면 사람들은 불안해했다.

자성적 예언*처럼, 불안이 쌓이다 보면 결국 누군가가 경련을 일으키고, 누군가에게 덤벼들거나 후회할 말을 하고는, 정신이 들고 보면 유치장 안에서 마지막으로 흐릿한 해넘이를 지켜보게 되는 식이었다.

홀스턴은 사방에 흩어진 서류들을 정리하면서 그 안에 뭔가가 있기를 빌었다. 그 증기를 빼낼 수만 있다면, 내일이라도 한 사람에게 죽음을 선고할 작정이었다. 그의 아내는 심하게 부풀어 오른 거대한 풍선을 바늘로 찔러대고 있었고, 홀스턴은 아내가 너무 깊이 찌르기 전에 그 풍선에서 공기를 빼내고 싶었다.

---

* 믿음이나 기대가 행동에 영향을 미쳐 예측대로의 결과를 야기하는 것.

4

현재

홀스턴은 에어록에 놓인 하나뿐인 철제 벤치에 앉아 있었다. 수면
부족과 눈앞에 닥친 일의 확실성에 두뇌가 마비된 상태였다. 청소
연구실의 책임자인 넬슨이 앞에 무릎을 꿇고 앉아서 하얀 보호복
다리에 홀스턴의 발을 집어넣었다.

"연결 부위 밀봉에 손을 썼고 두 번째 분사형 라이닝을 덧붙였으
니까요." 넬슨이 말하고 있었다. "이전에 나갔던 그 누구보다 긴 시
간이 주어질 겁니다."

이 말은 홀스턴의 마음에 남았고, 그는 아내가 청소를 하러 나가
는 모습을 지켜보던 기억을 떠올렸다. 바깥세상을 보여주는 거대
한 스크린에 둘러싸인 사일로 맨 위층은 청소를 할 때면 보통 텅 비
어 있었다. 안에 남은 사람들은 차마 자기들이 한 짓을 지켜보지 못
했다. 아니면 어떤 값을 치러야 했는지 보지 않고 나중에 올라와서
멋진 풍경만 즐기고 싶은지도 몰랐다. 하지만 홀스턴은 지켜보았

다. 지켜볼 수밖에 없었다. 은색으로 덮인 헬멧 때문에 앨리슨의 얼굴을 볼 수도 없었고, 울 수세미로 박박 문지르고 또 문지르는 동안 그 커다란 보호복 속에 있을 가느다란 팔도 볼 수 없었지만, 그는 앨리슨의 걸음걸이, 앨리슨의 버릇을 알고 있었다. 그는 앨리슨이 시간을 들여 훌륭하게 작업을 마친 다음 뒤로 물러서서 마지막으로 카메라를 보고, 그에게 손을 흔들고, 돌아서서 걸어가는 모습을 지켜보았다. 앞서 청소했던 다른 이들과 마찬가지로 앨리슨도 느릿느릿 가까운 언덕으로 향하더니 올라가기 시작했다. 지평선 위로 겨우 보이는 무너져가는 고대 도시의 허물어진 첨탑들을 향해 걸어갔다. 홀스턴은 내내 움직이지 않았다. 앨리슨이 언덕 비탈에 쓰러져서 헬멧을 붙잡고 몸부림치는 동안에도, 독기가 처음에는 분사형 라이닝 피복을 먹어치우고 그다음에는 보호복을, 마침내는 그의 아내를 집어삼키는 동안에도 그는 움직이지 않았다.

"반대쪽 발이요."

넬슨이 그의 발목을 가볍게 때렸다. 홀스턴은 발을 들어 올리고 기술자가 그의 정강이에 보호복을 단단히 여미게 놓아두었다. 두 손을, 정확히는 맨살 위에 입은 검은색 탄소 내피복을 보면서 홀스턴은 온몸의 구멍으로 피가 뿜어져 나와 생명 없는 보호복 안에 고이는 동안 몸에 걸친 내피복이 다 녹아내리고 발전기 파이프에 말라붙은 기름 조각처럼 벗겨져 나가는 광경을 그려보았다.

"봉을 잡고 서요."

넬슨이 차례차례 지시하는 순서를 홀스턴은 이전에 두 번이나 보았다. 한 번은 잭 브렌트 때였는데, 끝까지 적대적이고 공격적이어서 할 수 없이 보안관인 홀스턴이 벤치 옆에서 감시해야 했다. 다른 한 번은 아내로, 그때는 에어록의 작은 창문을 통해 준비 과정을 지켜보았다. 그렇게 두 사람을 지켜본 경험으로 해야 할 일을 다 알고 있었지만, 그래도 지시를 받아야 했다. 생각이 다른 곳에 있었기 때문이다. 그는 손을 뻗어 머리 위에 걸린 공중그네 같은 봉을 잡고 몸을 곧게 세웠다. 넬슨은 보호복을 잡고 홀스턴의 허리까지 끌어올렸다. 빈 팔 두 개가 양옆으로 펄럭였다.

"왼손을 여기에."

홀스턴은 멍하니 지시에 따랐다. 이 일에, 이 사형수의 기계적인 죽음의 길에서 집행자가 아닌 반대편 입장에 서게 되다니 비현실적이었다. 예전에는 왜 사람들이 명령에 따르는지, 왜 그냥 일을 마치는지 궁금할 때가 많았다. 잭 브렌트조차도, 변함없이 험한 입으로 욕설을 퍼부으면서도 시키는 대로 하지 않았던가. '앨리슨은 꼭 지금처럼 조용히 작업을 수행했지.' 홀스턴은 한 손을 집어넣고 반대쪽 손을 집어넣으면서 그렇게 생각했다. 보호복이 위로 올라왔고, 홀스턴은 어쩌면 사람들은 일어나고 있는 일을 믿을 수가 없어서 그냥 따랐던 건지도 모르겠다고 생각했다. 반항할 만한 현실감이 없었다. 그의 머릿속의 동물적인 부분은 이런 일에 맞게 만들어지지 않았다. 완벽하게 자각하면서 차분하게 죽음을 안내받도록 만들어지지지 않았다.

"돌아요."

홀스턴은 몸을 돌렸다.

등에 살짝 당기는 느낌이 나더니, 찍 소리가 목까지 올라왔다. 또 당기는 느낌이 나고 찍 소리가 났다. 헛된 노력이 두 겹이었다. 맨 위에 산업용 벨크로가 붙는 소리가 났다. 탁탁 두드리고 이중으로 확인. 홀스턴은 빈 헬멧이 선반에서 미끄러져 나오는 소리를 들었다. 그는 넬슨이 헬멧 내부를 확인하는 동안 뚱뚱한 장갑 안에서 손가락을 구부렸다.

"한 번 더 확인하지요."

"그럴 필요 없습니다." 홀스턴은 조용히 말했다.

넬슨은 사일로 안으로 돌아가는 에어록 문을 흘긋 보았다. 홀스턴은 그쪽을 보지 않고도 누군가가 지켜보고 있다는 사실을 알았다. 넬슨이 말했다. "참아주세요. 난 정석대로 해야 합니다."

홀스턴은 '정석' 같은 것은 없음을 알면서도 고개를 끄덕였다. 사일로에서 세대를 거쳐 내려오는 모든 신비스러운 구전 중에서도, 보호복 생산자와 청소 기술자들의 종교와도 같은 열의에 견줄 만한 것은 없었다. 모두가 그들에게는 거리를 두었다. 물리적으로 청소를 수행하는 건 청소부들일지 몰라도, 그 작업을 가능하게 만드는 건 기술자들이었다. 사일로의 숨 막히는 한계 너머에 있는 더 넓은 세상의 풍경을 유지하는 것은 바로 이 사람들이었다.

넬슨은 헬멧을 벤치 위에 내려놓았다. "솔은 여기 있습니다." 그는 보호복 앞에 붙은 울 수세미들을 두드렸다.

홀스턴은 찢어지는 소리와 함께 울 수세미 하나를 뜯어서 그 거친 직물의 소용돌이무늬와 돌돌 말린 부분들을 뜯어본 다음, 다시 보호복에 붙였다.

"병에 든 세척액을 두 번 뿌린 다음에 수세미로 문질러 닦고, 이 수건으로 말린 다음, 마지막에 이 단열 필름을 붙이세요." 넬슨은 순서대로 주머니를 두드려 보였다. 이미 깔끔하게, 그것도 홀스턴이 읽을 수 있게 거꾸로 이름표를 붙이고 숫자를 매기고 색깔 표시까지 해두었으면서도 말이다.

홀스턴은 고개를 끄덕이고 처음으로 기술자와 눈을 마주쳤다. 그는 그 눈에서 공포를 보고 놀랐다. 직업상 잘 알아보게 된 두려움이었다. 그는 넬슨에게 무엇이 잘못되었느냐고 물으려다가 뒤늦게 깨달았다. 넬슨은 이 모든 설명이 헛된 일일까 봐, 홀스턴이 걸어나가서 자기 의무를 다하지 않을까 봐 걱정하고 있었다. 사일로 안에 사는 모두가 모든 청소부들에게 두려워하는 바였다. 더 나은 세상에 대해 꿈꾸기를 금지하는 규칙으로 그를 파멸시킨 사람들을 위해서는 청소하지 않을지도 모른다고 말이다. 아니면 넬슨은 폭동 한참 이전부터 전해져 내려오는 비밀과 기술을 동원하여, 동료들과 함께 만들어낸 그 비싸고 공들인 장비가 사일로를 떠나서 헛되이 썩어갈까 봐 걱정하는 것일까?

"괜찮아요?" 넬슨이 물었다. "너무 조이는 데는 없고?"

홀스턴은 에어록을 둘러보았다. 그는 이렇게 말하고 싶었다. '내 삶이 너무 답답합니다. 내 피부가 너무 답답해요. 벽이 너무 답답하다고요.'

그는 그저 고개만 저었다.

"준비됐습니다." 홀스턴이 속삭였다.

그 말은 사실이었다. 홀스턴은 이상하게도, 그리고 정말로 나갈 준비가 완전히 되어 있었다.

그리고 문득 아내 역시 나갈 준비가 되어 있었음을 떠올렸다.

5

3년 전

"나가고 싶어. 나가고 싶어. 나가고 싶다고."

홀스턴은 전력 질주로 식당에 도착했다. 무전기는 아직도 꽥꽥거리면서, 만스 부관의 목소리로 앨리슨에 대해 뭐라고 소리를 지르고 있었다. 홀스턴은 대꾸할 틈도 없이 그냥 계단 세 층을 뛰어올라서 현장에 도착했다.

"무슨 일입니까?" 홀스턴은 문가에 모인 군중 사이를 헤치고 들어갔다. 식당 바닥에서 코너와 다른 두 명의 식당 직원에게 붙들려 몸부림을 치는 아내의 모습이 보였다. "놔줘요!" 그는 아내의 다리를 잡은 손을 쳐냈다가 그 보답으로 부츠에 턱을 맞을 뻔했다. "진정해." 그는 아내의 손목으로 손을 뻗었다. 아내는 필사적으로 움켜쥔 성인 남자들의 손아귀에서 벗어나려고 손목을 이리저리 비틀고 있었다. "여보, 도대체 무슨 일이야?"

"에어록으로 달려가고 있었어요." 코너가 힘겹게 끙끙거리면서 말했다. 퍼시는 걷어차는 앨리슨의 발을 그러모았고, 홀스턴은 막지 않았다. 이제는 왜 남자가 셋이나 필요한지 알 수 있었다. 그는 자신이 왔다는 걸 보이려고 앨리슨에게 가까이 몸을 기울였다. 헝클어진 머리카락의 커튼 사이로 흥분한 눈이 엿보였다.

"앨리슨, 여보, 진정해야 해."

"나가고 싶어. 나가고 싶어." 목소리는 조용해졌지만, 말은 계속 튀어나왔다.

"그런 말은 하지 마." 홀스턴은 아내에게 말했다. 그 심각한 발언을 듣자 한기가 온몸에 퍼졌다. 그는 아내의 뺨을 잡았다. "여보, 그런 말 하지 마!"

하지만 그런 충격적인 순간에도 마음속으로는 그게 무슨 의미인지 알고 있었다. 너무 늦었다는 걸 알았다. 다른 사람들이 들었으니까. 모두가 들었으니까. 아내는 스스로의 사망 진단서에 서명한 셈이었다.

앨리슨에게 제발 조용히 하라고 비는 동안 홀스턴은 방이 빙빙 도는 느낌이었다. 무슨 끔찍한 사고 현장에, 이를테면 어느 기계 공장에서 일어난 사고 현장에 도착했다가 사랑하는 사람이 다쳤다는 사실을 알게 된 상황 같았다. 도착했을 때는 그 사람이 살아서 발길질을 하고 있지만, 한눈에 부상이 치명적이라는 사실을 아는 그런 상황 말이다.

홀스턴은 아내의 얼굴에서 머리카락을 걷어내려고 애쓰면서 자신의 뺨을 타고 흘러내리는 따뜻한 눈물을 느꼈다. 아내의 눈이 마침내 그와 마주쳤고, 과열된 소용돌이가 멈추고 의식이 돌아온 눈빛으로 그를 보았다. 그리고 잠시, 아주 잠시 동안, 홀스턴이 아내가 약에 취했거나 다른 식으로 잘못된 게 아닌가 의심해볼 겨를도 없이, 아내의 눈빛에 차분하고 명쾌한 의식이 깃들었다. 제정신에서 나오는, 냉정한 계산의 빛이었다. 눈을 몇 번 깜박이자 그 빛은 사라지고 아내는 다시 정신 나간 눈으로 나가게 해달라고 빌고 또 빌었다.

"들어 올려요." 홀스턴은 말했다. 충실한 보안관의 자아가 나서자 남편의 눈빛은 눈물 뒤로 헤엄쳐 들어갔다. 사실은 어딘가에 혼자 틀어박혀 비명을 지르고 싶을 뿐이라 해도, 그는 아내를 가둘 수밖에 없었다. "저쪽으로." 홀스턴은 앨리슨의 비틀어대는 어깨 아래로 두 손을 집어넣은 코너에게 말했다. 그런 다음 보안관 사무실과 그 너머에 있는 유치장 쪽으로 고갯짓을 했다. 유치장을 지나서 복도 끝까지만 가면 거대한 에어록 문에 칠해진 밝은 노란색 페인트가 두드러졌다. 그 문은 고요하면서도 위협적으로, 조용히 기다리고 있었다.

일단 유치장에 들어가자 앨리슨은 바로 차분해졌다. 더는 발버둥치지도, 횡설수설하지도 않고 마치 잠시 쉬면서 풍경을 즐기려고 들렀다는 듯이 벤치에 앉아 있었다. 홀스턴은 만스 부보안관과 시장이 보안관이 맡아야 할 절차를 처리하는 동안 철창 밖을 왔다 갔다 하면서 답이 돌아오지 않는 질문을 중얼거렸다. 부보안관과 시장은 홀스턴과 그의 아내 두 사람 모두를 환자처럼 대했다. 그리고 지난 반 시간 동안의 공포로 머리가 빙빙 도는 가운데에서도, 언제나 사일로 안에서 높아져가는 긴장감을 경계하던 보안관 두뇌 안쪽에서는 충격과 소문이 콘크리트와 철근 벽을 흔들고 있음을 희미하게나마 의식하고 있었다. 사일로 안에 갇혀 있던 어마어마한 압력은 이제 속삭임 속에서 이음매를 따라 빠져나가고 있었다.

"여보, 나한테 말을 좀 해봐." 홀스턴은 호소하고 또 호소했다. 그는 걸음을 멈추고 철창을 움켜잡았다. 앨리슨은 계속 그를 외면하고 있었다. 그녀는 벽 스크린에 보이는 갈색 언덕과 회색 하늘과 검은 구름들만 바라보았다. 가끔 한쪽 손을 들어 얼굴에 흘러내린 머리카락을 걷어내기는 했지만, 그 외에는 움직이지도, 말을 하지도 않았다. 다만 사람들이 발버둥 치는 그녀를 유치장 안에 집어넣고 문을 닫은 지 얼마 지나지 않아 홀스턴이 열쇠를 자물쇠에 꽂자 "하지 마"라고 말했고, 그 한마디만으로 홀스턴은 열쇠를 치웠다.

홀스턴이 사정을 하고 앨리슨은 무시하는 동안에도 사일로는 다가오는 청소 계획으로 부산스러웠다. 보호복 크기를 재고 준비하느라 기술자들이 복도를 요란하게 뛰어다녔다. 에어록 안에 청소 도구들이 갖춰졌다. 어딘가에서 세정실에 아르곤을 채우느라 나는 금속 용기의 쉿쉿 소리가 들렸다. 그런 소동들이 홀스턴이 아내를 바라보고 선 유치장 앞을 띄엄띄엄 지나갔다. 수다를 떨던 기술자들도 유치장 앞을 지나갈 때는 무서울 정도로 조용해졌다. 홀스턴이 있는 곳에서는 숨도 쉬지 않는 것 같았다.

몇 시간이 지나도록 앨리슨은 대화를 거부했다. 그 행동은 사일로 안에 나름의 동요를 일으켰다. 홀스턴은 혼란과 고통에 타는 듯한 머리로, 철창 너머에 대고 횡설수설하면서 하루 종일을 보냈다. 그가 아는 모든 것이 한순간에 무너져버렸다. 그가 무너진 현실을 이해하려고 애쓰는 동안에도 앨리슨은 감방 안에 앉아서, 청소부라는 자신의 훨씬 더 지독한 상태에 만족한 듯한 얼굴로 음울한 땅을 내다보고 있었다.

앨리슨이 마침내 입을 열었을 때는 어두워진 후였다. 마지막 식사를 말없이 끝까지 거절한 후, 에어록 안에서 작업을 끝낸 기술자들이 노란 문을 닫고 잠들지 못하는 밤을 보내러 물러난 후였다. 부보안관이 홀스턴의 어깨를 두 번 두드리고 자러 간 후였다. 그 후로도 많은 시간이 지난 것처럼 느껴질 때, 홀스턴이 울고 쉰 목소리로 항의하느라 지쳐 쓰러지기 직전, 식당과 라운지에서 보이는 언덕들 너머로, 멀리서 무너져가는 도시의 나머지 모습을 가리고 있는 그 언덕들 너머로 해가 지고도 한참이 지나서였다. 앨리슨은 거의 캄캄해진 유치장 안에서 들릴락 말락 한 소리로 속삭였다. "진짜가 아니야."

홀스턴이 들었다고 생각한 말은 그랬다. 그는 움직였다.

"여보?" 철창을 잡고 몸을 끌어 올려 무릎을 꿇었다. "여보." 그는 뺨에 말라붙은 눈물 자국을 닦아내며 속삭였다.

앨리슨이 고개를 돌렸다. 마치 태양이 마음을 바꾸어 언덕 위로 다시 솟아오르는 것 같았다. 그를 알아보는 모습에 홀스턴은 희망을 얻었다. 이 모든 일이 병이었다고, 열병이었다고, 의사에게 그녀가 한 모든 말을 변명해주는 기록을 받아낼 수 있으리라는 생각에 말문이 막혔다. 앨리슨이 진심으로 한 말이 아니다. 그녀는 그 병에서 벗어났으니 이제 살았고, 홀스턴은 그를 보는 그녀를 보았으니 이제 살았다.

"당신이 보는 거, 그 어떤 것도 진짜가 아니야." 그녀는 조용히 말했다. 광기가 이어지고, 금지된 말로 스스로에게 유죄를 선고하면서도 침착해 보였다.

"이리 와서 이야기 좀 해." 홀스턴은 그녀에게 철창 쪽으로 손짓을 했다.

앨리슨은 고개를 저었다. 그녀는 앉아 있던 침대의 얇은 매트리스 옆을 두드렸다.

홀스턴은 시간을 확인했다. 면회 시간은 오래전에 지났다. 그가 지금 하려는 일을 한다는 이유만으로 청소형에 처해질 수도 있었다. 그는 망설임 없이 자물쇠에 열쇠를 넣었다.

철컥하는 금속음이 믿을 수 없을 만큼 크게 울렸다.

홀스턴은 아내가 있는 곳으로 걸어 들어가서 그 옆에 앉았다. 그녀를 만지고 싶어서, 그녀를 감싸 안거나 안전한 곳으로 끌어내어 그들의 침대로, 이 모든 일이 악몽이었다고 말할 수 있는 침대로 돌아가고 싶어서 죽을 지경이었다.

그러나 감히 움직이지 못했다. 그저 앉아서 그녀가 속삭이는 동안 두 손을 비틀기만 했다.

"진짜여야 할 이유가 없어. 하나도. 아무것도." 앨리슨은 스크린을 보았다.

홀스턴은 낮에 있었던 몸부림으로 말라붙은 땀 냄새를 맡을 수 있을 만큼 가까이 몸을 기울였다. "여보, 어떻게 된 거야?"

그가 말하면서 뱉은 숨결에 그녀의 머리카락이 흔들렸다. 그녀는 손을 뻗어 어두워져가는 디스플레이를 문지르고, 픽셀을 만졌다.

"지금이 아침인데 우리가 모르는 걸 수도 있어. 바깥에 사람들이 있을 수도 있고." 그녀는 고개를 돌려 그를 보았다. "우리를 지켜보고 있을 수도 있지." 앨리슨은 불길하게 웃으며 말했다.

홀스턴은 시선을 떼지 않았다. 아내는 조금도 미친 사람처럼 보이지 않았다. 아까처럼은 아니었다. 말하는 내용은 미쳤지만, 본인은 미친 것 같지 않았다. "뭣 땜에 그런 생각을 하게 된 거야?" 그는 물었다. 알 것 같았지만 그래도 물었다. "하드 드라이브에서 뭔가 찾아낸 거야?" 아내가 연구실에서 곧장 에어록으로 달려갔다고 들었다. 진작부터 미친 소리를 해대면서. 일하는 도중에 무슨 일이 일어난 게 분명했다. "뭘 발견한 거야?"

"폭동 때 지워진 것 말고도 삭제된 데이터가 더 있었어." 앨리슨은 속삭였다. "당연히 있었지. 모든 게 지워지니까. 최근 것들도 전부 다." 그러고는 웃음을 터뜨렸다. 갑자기 목소리가 커지고 눈빛이 초점을 잃었다. "물론 당신이 나에게 영영 보내지 않은 이메일들도 그 안에 있을 거야!"

"여보." 홀스턴은 대담하게 그녀의 손을 잡았고, 그녀는 뿌리치지 않았다. 그는 손을 잡은 채로 말했다. "뭘 찾아냈지? 이메일이었어? 누가 보냈는데?"

그녀는 고개를 저었다. "아니. 난 그자들이 쓰는 프로그램을 찾아냈어. 스크린에 비치는 그림을 정말 진짜처럼 보이게 만드는 프로그램." 그녀는 빨라지는 어스름을 돌아보았다. "IT. 정보통신부서 말이야. 그자들이야. 그자들은 알아. 오직 그자들만 아는 비밀이야." 그녀는 고개를 저었다.

"무슨 비밀?" 홀스턴은 이게 헛소리인지 중요한 말인지 알 수 없었다. 오직 아내가 말하고 있다는 점만 알았다.

"하지만 이제 난 알아. 그리고 당신도 알게 될 거야. 당신을 데리러 돌아올게. 맹세해. 이번에는 다를 거야. 우리가 그 순환 고리를 깰 거야, 당신과 내가. 난 돌아올 거고, 우린 같이 저 언덕으로 갈거야." 그녀는 소리 내어 웃었다. "그게 거기 있다면." 그러고는 큰 소리로 말했다. "저 언덕이 저기에 있고 초록색이라면, 우린 함께 가는 거야."

그녀는 그를 돌아보았다.

"폭동은 없어. 진짜 폭동이 아니야. 그냥 서서히 새어 나가는 거야. 아는 사람, 나가고 싶어 하는 사람들일 뿐이야." 그녀는 미소 지었다. "그 사람들은 나가게 되지. 정확히 자기들이 요구하는 바를 얻는 거야. 난 왜 그 사람들이 청소를 하는지, 왜 하지 않겠다고 말해놓고 청소를 하는지 알아. 난 알아. 난 안다고. 그리고 그 사람들은 영영 돌아오지 않아. 기다리고 기다리고 또 기다리지. 하지만 난 그러지 않을 거야. 난 바로 돌아올 거야. 이번에는 다를 거야."

홀스턴은 아내의 손을 꽉 쥐었다. 뺨에서 눈물이 뚝뚝 떨어졌다. "여보, 왜 이런 짓을 하는 거야?" 그는 사일로가 어두워지고 두 사람만 남게 된 지금에야 그녀가 스스로를 설명하고 싶어 한다고 느꼈다.

"난 폭동들에 대해 알아." 그녀가 말했다.

홀스턴은 고개를 끄덕였다. "알아. 나한테도 말해줬잖아. 다른 폭동이 있었다고."

"아니야." 앨리슨은 그에게서 몸을 뗐지만, 그의 눈을 들여다볼 수 있게 거리를 두려는 것뿐이었다. 그녀의 눈빛은 이제 전처럼 흐트러져 있지 않았다.

"홀스턴, 난 폭동이 왜 일어났는지 알아. 이유를 안다고."

앨리슨은 아랫입술을 깨물었다. 홀스턴은 몸을 긴장시키고 다음 말을 기다렸다.

"언제나 의심 때문이었어. 바깥 상황이 보이는 것만큼 나쁘지 않을지도 모른다는 의혹이 문제였지. 당신도 느꼈을 거야, 그렇지? 우리가 어디에 있든, 거짓된 삶을 살고 있을지도 모른다는 의혹 말이야."

홀스턴은 대답할 만큼 어리석지 않았다. 움찔하지도 않았다. 이런 화제를 꺼내면 청소로 이어졌다. 그는 얼어붙은 사람처럼 앉아서 기다렸다.

앨리슨이 말했다. "아마 더 젊은 세대였겠지. 20년마다 한 번씩. 젊은 세대는 좀 더 밀어붙이고, 탐사하고 싶어 했을 거야. 당신은 그런 충동 느낀 적 없어? 더 젊었을 때는 당신도 그러지 않았어?" 앨리슨의 눈에서 초점이 사라졌다. "아니면 부부들이었을지도 모르지. 갓 결혼하고, 우리의 이 저주받고 한정된 세상에서는 아이를 가질 수 없다는 말을 듣고 미쳐버린 부부들. 그런 사람들은 가능성만으로 기꺼이 모든 위험을 감수했을지도 몰라……."

그녀의 눈은 멀리 떨어진 무엇인가에 초점을 맞췄다. 두 사람이 아직까지 교환하지 못했고 이제는 영영 쓰지 못하게 될 티켓을 보고 있는지도 몰랐다. 그녀는 다시 홀스턴을 보았다. 그는 침묵하고 있었다는 이유만으로, 그녀가 금지된 말을 쏟아내는 동안 그만두라고 소리치지 않았다는 이유만으로 청소형을 받을 수 있는지 궁금했다.

"나이 많은 주민들이었을 수도 있어. 너무 오래 갇혀 지내서, 더는 마지막 몇 년이 두렵지 않았던, 어쩌면 밖으로 나가서 다른 사람들에게, 귀한 손자들에게 자리를 내어주고 싶었던 노인들. 누가 됐든 간에 모든 폭동은 이 의심, 우리가 여기에 있는 건 잘못되었다는 바로 이 느낌 때문에 일어났어." 그녀는 감옥 안을 둘러보았다.

"그런 말을 하면 안 돼." 홀스턴이 속삭였다. "그건 중범죄야."

앨리슨은 고개를 끄덕였다. "떠나고 싶다는 욕망을 표현하기만 해도 말이지. 그래. 중범죄야. 그 이유를 모르겠어? 왜 그렇게 금지됐는지? 모든 폭동이 바로 그 욕망에서 시작되었기 때문이야. 그래서야."

"너는 네가 구하는 바를 얻을지니." 홀스턴은 어렸을 때부터 머릿속에 박힌 말을 읊었다. 그의 부모님은 하나뿐인 소중한 자식에게 절대 사일로 밖으로 나가고 싶어 하지 말라고 경고했다. 절대 생각도 하지 말라고. 마음속에 스쳐 지나가게조차 하지 말라고. 그런 생각만으로도 즉시 죽음이었고, 그들의 외동아들은 끝장이었다.

그는 아내를 다시 보았다. 아직도 아내의 광기를, 지금 이 결정을 이해할 수 없었다. 그러니까 그녀는 컴퓨터 화면에 비치는 세상을 진짜처럼 보이게 하는 삭제된 프로그램을 발견했다. 그게 무슨 의미였을까? 왜 이런 짓을 할까?

"왜지?" 그는 아내에게 물었다. "왜 이런 식으로 하는 거야? 왜 나한테 오지 않았어? 분명히 무슨 일이 벌어지고 있는지 알아낼 더 좋은 방법이 있을 거야. 사람들에게 하드 드라이브에서 무엇을 찾아냈는지 말하는 것부터 시작할 수도 있고."

"그래서 다음 대폭동을 시작하는 사람들이 되자고?" 앨리슨은 웃음을 터뜨렸다. 광기가 아직 남아 있었다. 아니면 그저 강렬한 좌절과 끓어오르는 분노일지도 몰랐다. 아마 몇 세대에 걸친 거대한 배신이 그녀를 끝까지 밀어붙였으리라. 그녀는 웃음소리가 잦아들고 나서 말했다. "사양하겠어. 내가 찾아낸 내용도 다 지웠어. 사람들에게 알리고 싶지 않아. 다들 여기 남는다면 그러라지. 난 오직 당신만을 위해서 돌아올 거야."

"당신은 돌아오지 못해." 홀스턴은 화가 나서 말했다. "추방당한 사람들이 아직도 저 밖에 있다고 생각해? 그 사람들이 우리에게 배신당했다고 느껴서 돌아오지 않는다고 생각하는 거야?"

"그 사람들이 왜 청소를 한다고 생각해?" 앨리슨이 물었다. "왜 그 사람들은 주저 없이 울 수세미를 집어 들고 작업에 착수할까?"

홀스턴은 한숨을 내쉬었다. 분노가 빠져나갔다. "아무도 이유를 몰라."

"하지만 당신은 왜라고 생각해?"

"그건 이미 얘기한 거잖아. 이 문제로 우리가 몇 번이나 논쟁을 벌였냐고?" 홀스턴은 모든 부부가 자기들끼리만 있을 때는 나름의 가설을 속삭인다고 믿었다. 그는 그런 시절을 떠올리면서 앨리슨 옆으로 시선을 던졌다. 벽을 보고 달의 위치로 밤이 몇 시쯤인지 읽었다. 그들에게 남은 시간은 얼마 되지 않았다. 아내는 내일이면 사라진다. 그 단순한 생각이 먹구름에서 떨어지는 번개처럼 순간순간 떠올랐다.

"누구에게나 가설이 있지. 우리도 수없이 우리 가설을 얘기했잖아. 그냥……."

"하지만 이제 당신은 새로운 가설을 알게 됐지." 앨리슨이 말했다. 그녀는 그의 손을 놓고 얼굴에 흘러내린 머리카락을 쓸어 올렸다. "당신과 나는 새로운 가설을 알게 됐고, 이제는 다 맞아 들어가. 완벽하게 말이 돼. 그리고 내일이면 난 확실히 알게 되겠지." 앨리슨은 미소 지었다. 그녀는 어린아이를 대하듯이 홀스턴의 손을 토닥였다. "그리고 언젠가는 당신도 알게 될 거야, 내 사랑."

6

현재

아내 없이 보낸 첫해, 홀스턴은 아내의 미친 짓을 믿고 언덕 위에 쓰러진 아내의 모습을 믿지 않은 채, 그녀가 돌아오리라는 희망을 품고 기다렸다. 아내가 죽은 지 1년이 되던 날에는 유치장을 박박 문질러 닦고 노란 에어록 문을 씻으면서, 혹시라도 노크 소리가 나지 않을까, 아내의 유령이 그를 꺼내주기 위해 돌아오는 소리가 들리지 않을까 긴장했다.

하지만 그런 일이 일어나지 않자, 그는 대안을 생각하기 시작했다. 바로 아내를 따라 밖으로 나가는 것. 아내의 컴퓨터 파일을 뒤지고, 아내가 짜 맞춘 내용을 읽고, 그중 반쯤은 이해하면서 며칠, 몇 주, 몇 달을 보내다 보니 그 자신도 반쯤은 미쳐갔다. 그는 자신의 세상이 거짓이라고 믿게 되었고, 설령 진실이라 해도 그 속에 앨리슨이 없다면 살 이유가 없었다.

아내가 떠나고 2년째는 비겁한 해였다. 그는 나가고 싶다는 치명

50

적인 말을 입안에 품고 일터로 갔지만, 마지막 순간에 그 말을 힘겹게 삼켜버렸다. 2주기 날에는 자신이 죽음에 얼마나 가까이 다가섰는가 하는 비밀을 속으로만 태우면서 만스 부관과 순찰을 돌았다. 비겁하게 앨리슨을 실망시킨 기나긴 1년이었다. 첫해는 그녀의 실패였고, 다음 해는 그의 실패였다. 하지만 이제 더는 아니었다.

다시 1년이 지난 지금, 그는 의심과 확신에 가득 차서 보호복을 입고 에어록 안에 혼자 서 있었다. 등 뒤에서 두꺼운 노란 문이 단단히 닫히면서 사일로가 밀폐되자, 홀스턴은 이렇게 죽을 줄은 몰랐다고, 혹은 이렇게 되기를 바란 적은 없었다고 생각했다. 영원히 사일로 안에 남아서, 부모님이 그랬듯 자신도 영양분이 되어 18층 농장의 흙 속으로 돌아가리라 생각하고 살았다. 가족을, 자식을, 쌍둥이나 또 한 번의 티켓 당첨이라는 환상을, 같이 늙어갈 아내를 꿈꾸었던 일이 다 지난 생에 있었던 일 같았다.

노란 문 저편에서 경적이 울리며 다른 사람은 모두 나오라고 경고했다. 그는 남아 있어야 했다. 그에게는 달리 갈 곳이 없었다.

아르곤 가스실이 쉭 소리를 내며 방 안에 비활성 기체를 채웠다. 1분 정도 지나자 홀스턴은 관절 주위로 보호복을 꽉 조이는 공기압을 느낄 수 있었다. 그는 헬멧 속을 순환하는 산소를 들이마시고 반대쪽 문, 금지된 문이자 끔찍한 바깥세상으로 통하는 문 앞에 서서 기다렸다.

벽 속 깊숙한 곳에서 피스톤이 금속성의 신음 소리를 냈다. 높아지는 아르곤 가스의 압력에 에어록 내부를 덮은 일회용 플라스틱 커튼에 주름이 졌다. 이 커튼은 홀스턴이 청소를 하는 동안에 에어록 안에서 소각될 것이다. 에어록은 밤이 되기 전에 깨끗이 닦여서 다음 청소에 대비할 것이다.

앞에 보이는 거대한 금속 문들이 부르르 떨리더니 그 사이에 놀랍게도 수직의 틈이 나타났고, 문이 양쪽 문설주 안으로 밀려들면서 틈은 점점 넓어졌다. 애초에 설계된 최대치까지 열리지는 않을 것이다. 침입해 들어오는 공기의 위험을 최소화해야 하니까.

문틈으로 빠져나가는 아르곤 급류의 쉿 소리가 틈이 넓어지면서 둔탁한 굉음으로 변했다. 홀스턴은 예전에 다른 사람들의 행동에 당혹했던 만큼이나 저항하지 않는 스스로에게 섬뜩함을 느끼면서 문에 다가갔다. 플라스틱 커튼과 함께 산 채로 불타느니, 나가서 한 번이라도 스스로의 눈으로 세계를 보는 편이 나았다. 몇 분이라도 더 살아남는 편이 나았다.

틈이 좀 더 넓어지자 홀스턴은 보호복을 문가에 스치면서 간신히 비집고 나갔다. 아르곤 가스가 기압이 약한 공기 속에서 응결되면서 사방에 안개를 드리웠다. 그는 앞이 보이지 않는 채로 부드러운 구름을 헤치며 비틀비틀 걸어 나갔다.

그렇게 안개에 싸여 있는 동안 바깥문이 신음 소리를 내며 닫히기 시작했다. 뒤에서 울리는 경적음은 두꺼운 강철과 강철이 밀착하는 소리에 삼켜지고, 홀스턴과 독기를 바깥에 두고 잠긴 에어록 안쪽에서는 소독용 불꽃이 맹렬히 일어나서 안으로 새어 들어간 오염 물질을 파괴하기 시작했다.

홀스턴은 콘크리트 경사로 아래쪽에 서 있었다. 경사로는 위로 뻗어 있었다. 주어진 시간이 짧게 느껴졌다. 두개골 안쪽에서는 계속해서 '서둘러! 서둘러!' 하는 소리가 쿵쿵거리며 울려왔다. 그의 삶이 째깍째깍 흘러가고 있었다. 에어록과 같은 높이에 있는 식당과 라운지에서 바깥세상과 지평선을 보아왔던 홀스턴은 아직 지상이 아니라는 사실에 어리둥절해하며 무거운 걸음으로 경사로를 올라갔다.

그는 이 빠진 콘크리트 벽을 양쪽에 두고 발을 끌며 좁은 경사로를 올랐다. 헬멧에 달린 바이저visor에는 혼란스러울 정도로 밝은 빛이 가득 찼다. 경사로 꼭대기에 이르자 홀스턴은 희망이라는 단순한 죄로 선고받은 천국을 보았다. 그는 빙글빙글 돌면서 지평선을 훑어보았다. 머리가 어지러웠다. 이토록 넘치는 녹색이라니!

녹색 언덕, 녹색 풀, 발아래 깔린 녹색 카펫. 홀스턴은 헬멧 안에서 함성을 질렀다. 눈앞의 풍경에 머릿속이 윙윙거렸다. 그 모든 녹색 위에 어린이책에서 본 것과 똑같은 파란 하늘과, 때 묻지 않은 하얀 구름과, 허공에서 퍼덕이는 생물들의 움직임이 걸려 있었다.

홀스턴은 그 풍경을 받아들이며 돌고 또 돌았다. 문득 아내도 똑같이 움직이던 모습이 떠올랐다. 당시 그는 넋이 나갔거나, 혼란에 빠졌거나, 청소를 할지 말지 생각하는 것처럼 천천히 돌고 있는 아내를 어색해하며 지켜보았었다.

청소!

홀스턴은 손을 뻗어 가슴팍에 붙은 울 수세미를 잡아당겼다. 청소! 어지러운 흥분 속에서, 쏟아지는 자각 속에서, 그는 그 이유를 알았다! 왜인지, 어째서인지!

홀스턴은 사일로 최상층의 높은 원통형 벽이 있으리라 추정되는 자리를 찾았지만, 물론 그 벽은 묻혀 있었다. 그의 뒤에는 작은 콘크리트 무더기, 높이 3미터도 되지 않을 콘크리트 탑밖에 없었다. 금속 사다리가 한쪽 면을 타고 올라갔고, 꼭대기에는 안테나가 서 있었다. 그리고 마주 보이는 면에, 아니 다가가면서 보이는 모든 면에 사일로의 강력한 카메라가 이용하는 넓은 곡면형 어안렌즈들이 붙어 있었다.

홀스턴은 울 수세미를 내밀고 첫 번째 렌즈에 다가갔다. 비틀비틀 다가서는 자신의 모습이 말도 안 되게 커지는 식당 안의 광경을 상상했다. 3년 전에 아내가 똑같이 하는 모습을 지켜보았었다. 아내가 손을 흔들던 모습이 떠올랐다. 그때는 균형을 잡으려고 흔드는 거라 생각했는데, 사실은 그에게 무엇인가를 말하고 있었던 걸까? 은색 바이저 뒤에 숨은 채로 아내는 바보처럼 웃고 있었을까? 지금 홀스턴처럼 활짝 웃고 있었을까? 뿌리고, 문지르고, 닦고, 바르는 동안에도 아내의 심장은 바보 같은 희망으로 쿵쿵 뛰고 있었을까? 홀스턴은 식당이 비어 있다는 사실을 알고 있었다. 청소를 지켜볼 만큼 그를 사랑하는 사람은 아무도 남아 있지 않았다. 그래도 그는 손을 흔들었다. 그리고 그가 손에 든 울 수세미로 작게 원을 그리는 이유는 원초적인 분노 탓이 아니었다. 청소하면서 그런 분노를 품었던 사람도 있겠지만, 그는 아니었다. 사일로 안에 있는 사람들이야말로 저주를 받았고 저주받은 사람들은 풀려났다는 깨달음 때문도 아니었다. 배신감도 아니었다. 연민이었다. 원초적인 동정심과 구속받지 않는 즐거움이었다.

홀스턴의 눈에 눈물이 고이면서 세상이 흐려졌다곤 하지만, 좋은 의미에서였다. 아내가 옳았다. 안에서 보는 풍경은 거짓이었다. 언덕들은 똑같았지만—정말 오랜 세월을 함께 살아왔기에 한눈에 알아볼 수 있었다—색채는 완전히 달랐다. 사일로 안의 스크린과 아내가 발견한 프로그램이, 어떻게 해서인지는 모르겠지만 선명한 초록색을 회색으로 바꾸고 모든 생명의 징후를 제거했던 것이다. 어마어마한 생명을!

홀스턴은 카메라 렌즈에 앉은 때를 닦으면서 과연 풍경이 서서히 흐려지는 현상은 진짜였을까 생각했다. 더러움은 확실히 진짜였다. 닦아내면서 볼 수 있었다. 하지만 사실은 공기에 실려 온 독성 오염물이 아니라 단순한 먼지가 아닐까? 앨리슨이 발견한 프로그램은 이미 본 내용만 변경할 수 있었을까? 너무나 많은 새로운 사실과 생각들로 머릿속이 빙빙 돌았다. 넓은 세상에 내던져진 어른 아이처럼, 한꺼번에 모든 정보를 짜 맞추느라 머리가 욱신거렸다.

흐려지는 건 진짜야. 그는 두 번째 렌즈의 마지막 얼룩을 닦아내면서 그런 결론을 내렸다. 프로그램이 저 녹색 들판과 하얀 구름이 점점이 박힌 이 푸른 하늘을 감추기 위해 썼을 가짜 회색과 갈색처럼, 더러움도 풍경을 한 겹 덮고 있었다. 두 가지가 합쳐져서 홀스턴이 멍하니 서서 바라보기만 하지 않으려고 전력을 기울여야 할 만큼 아름다운 이 세상을 감춰왔다.

그는 네 개 중 두 번째 카메라를 청소하며, 카메라가 보는 풍경을 받아들여 변경하는 발아래의 거짓된 벽들에 대해 생각했다. 사일로 안에서는 얼마나 많은 사람이 알까 궁금했다. 누구든 알기는 할까? 이런 암울한 환상을 유지하려면 얼마나 광신적 헌신이 필요할까? 아니면 이건 마지막 폭동 이전부터 내려온 비밀이었을까? 몇 세대나 알려지지 않고 이어진 거짓? 아무도 관심을 두지 않는 가운데 사일로 컴퓨터에서 거짓말을 하는 프로그램이 계속 돌아가고 있었던 걸까? 누군가가 알았다면, 그리고 무엇이든 보여줄 수 있었다면, 왜 기분 좋은 풍경을 보여주지 않았단 말인가?

폭동! 어쩌면 그저 폭동이 되풀이되지 않게 막으려는 시도였을지도 몰랐다. 홀스턴은 두 번째 센서에 단열 필름을 붙이고, 불쾌한 바깥세상이라는 추악한 거짓말이 사람들이 나가고 싶어 하는 걸 막으려 했던 잘못된 시도는 아닐까 생각해보았다. 누군가가, 진실이 권력을 잃고 통제력을 잃는 것보다 더 나쁘다고 결정한 것일까? 아니면 그보다 더 깊고 악한 이유가 있었을까? 겁먹지 않은, 자유로운, 얼마든지 태어나는 아이들에 대한 두려움? 무시무시한 가능성이 참으로 많았다.

그런데 앨리슨은 어떻게 된 걸까? 어디에 있을까? 홀스턴은 콘크리트 탑 주위를 돌아서 세 번째 렌즈로 향했고, 그러자 멀리 떨어진 도시의 친숙하지만 이상한 마천루들이 눈에 들어왔다. 다만, 그곳에는 평소보다 건물이 더 많았다. 양쪽 옆으로 건물이 몇 개 서 있었고, 전경에 낯선 건물 하나가 보였다. 홀스턴이 잘 기억하고 있는 나머지 건물들도 뒤틀리고 들쭉날쭉한 모습이 아니라 온전한 모습으로 반짝이고 있었다. 홀스턴은 푸르른 언덕 마루를 응시하며 금방이라도 그쪽에서 앨리슨이 걸어오는 모습을 상상했다. 하지만 말도 안 되는 생각이었다. 그녀가 오늘 홀스턴이 쫓겨날 줄 어떻게 알겠는가? 그녀가 기념일을 기억하고 있을까? 그가 지난 두 번의 기념일을 놓쳐버렸는데도? 홀스턴은 자신의 비겁함과 허비한 세월을 저주했다. 자신이 직접 그녀에게 가야 한다고 생각했다.

갑자기 그냥 그렇게 하고 싶은 충동이 일었다. 헬멧과 부피 큰 보호복을 뜯어내버리고 탄소 내피복만 입은 채로 날쌔게 언덕을 올라 상쾌한 공기를 깊이 들이마시고 소리 내어 웃으면서, 사람들과 소리 지르는 아이들이 가득한 넓고 불가해한 도시에서 기다리고 있을 아내에게 가고 싶었다.

하지만 아니다, 지켜야 할 외형과 유지해야 할 환상이 있었다. 이유는 확실히 알 수 없었지만, 아내도 그렇게 했고, 그 전의 다른 청소부들도 모두 그렇게 했다. 홀스턴은 이제 그 클럽의 일원이었다. '나간' 무리의 일원이었다. 역사와 선례에 따라야 한다는 압박감이 있었다. 앞서 간 이들이 잘 알고 행동했으리라. 그는 지금 막 합류한 무리를 위해 연기를 완수할 것이다. 왜 그러는지는 잘 몰랐지만 앞서 나간 모두가 그랬다는 사실은 확실했고, 그는 모두가 공유하는 비밀을 보았다. 그 비밀은 강력한 마약이었다. 그는 주머니에 붙은 번호를 따라 기계적으로 청소를 하면서 지시받은 대로만 움직였다. 그러면서 사람이 살아 있는 동안 다 볼 수도 없고, 공기를 다 마셔버릴 수도 없고, 물을 다 마셔버릴 수도 없고, 식량을 다 먹어버릴 수도 없을 만큼 큰 바깥세상이라는 어마어마한 의미를 생각했다.

홀스턴은 충실하게 세 번째 렌즈를 문지르고, 닦고, 필름을 씌우고, 스프레이를 뿌린 다음 마지막 렌즈로 이동하면서 그런 것들을 꿈꾸었다. 심장 뛰는 소리를 귀로 들을 수 있었다. 꽉 조이는 보호복 안에서 심장이 쿵쾅거렸다. '곧. 이제 곧.' 그는 스스로에게 말했다. 두 번째 울 수세미를 써서 마지막 렌즈에 붙은 때를 닦아냈다. 마지막으로 닦고 필름을 씌우고 스프레이를 뿌린 다음, 모든 것을 제자리로, 숫자가 붙은 주머니들 속으로 집어넣었다. 발밑에 있는 아름답고 건강한 땅을 그런 쓰레기로 망치고 싶지 않았다. 다 됐다. 홀스턴은 뒤로 물러서서 아무도 지켜보고 있지 않을 식당과 라운지를 마지막으로 바라본 다음, 앨리슨과 앨리슨 이전에 나온 다른 사람들에게 등을 돌렸던 이들에게서 등을 돌렸다. 홀스턴은 아무도 안에 있는 사람들을 위해 돌아오지 않은 이유가 있다고 생각했다. 모두가, 청소를 하지 않겠다고 말했던 사람들까지도 모두 청소한 이유가 있듯이 말이다. 그는 자유였다. 다른 사람들과 합류하는 것이 당연했기에, 그는 아내의 발자취를 따라 언덕 위로 올라가는 어두운 골짜기를 향해 터벅터벅 걸어갔다. 그러고 보니 그곳에서 오랫동안 자고 있던 눈에 익은 바윗덩어리가 보이지 않았다. 홀스턴은 그것 또한 프로그램이 픽셀에 부린 지독한 거짓말일 뿐이었다고 생각했다.

7

처음 배 속이 요동을 쳤을 때, 홀스턴은 여전히 발밑의 선명한 풀밭과 머리 위의 눈부신 하늘에 경탄하면서 언덕을 몇 걸음 올라가고 있었다. 극심한 허기와 비슷하게 속을 비트는 위경련이었다. 처음에는, 초반에 청소를 서두른 데다 지금은 또 초조한 마음으로 걷느라 크고 무거운 보호복을 입은 채 너무 빨리 움직였나 걱정했다. 언덕을 넘어서 시야 밖으로 벗어나기 전까지는 보호복을 벗고 싶지 않았다. 식당 벽에 비치는 환상을 유지하고 싶었다. 그는 마천루 꼭대기에 시선을 맞추고, 진정하기 위해 속도를 늦췄다. 한 번에 한 걸음씩. 30층의 계단을 몇 년이고 뛰어 오르내렸으니 이 정도는 아무것도 아니어야 했다.

다시 한번, 이번에는 더 강한 경련이 일었다. 홀스턴은 얼굴을 찌푸리고 멈춰 서서 경련이 지나가기를 기다렸다. 마지막으로 먹은 게 언제였지? 어제는 아무것도 먹지 않았다. 어리석게도. 화장실을 마지막으로 이용한 건 언제였지? 역시 기억나지 않았다. 바라는 바보다 빨리 보호복을 벗어야 할지도 몰랐다.

일단 메스꺼운 기운이 지나가자 그는 다음번 통증이 찾아오기 전에 언덕 꼭대기에 도착하기를 바라며 몇 걸음을 옮겼다. 그렇게 열 걸음이나 갔을까 싶을 때 더 심각한 통증이 덮쳤다. 평생 느껴본 어떤 통증보다 지독했다. 홀스턴은 강렬한 통증에 구역질을 했고, 이제는 메마른 위가 축복이 되었다. 그는 배를 움켜쥐었다. 힘이 빠진 무릎이 약하게 떨렸다. 그는 땅을 들이받고 신음했다. 배 속이 타고 있었다. 가슴에 불이 붙었다. 그는 겨우 몇 걸음을 더 기어갔다. 이마에서 떨어진 땀방울이 헬멧 안쪽에 튀었다. 시야에 스파크가 일었다. 온 세상이 몇 번인가, 번개라도 치는 것처럼 새하얘졌다. 혼란스럽고 의식조차 불분명한 상태에서 그는 힘겹게 몸을 움직여 위쪽으로 기어 올라갔다. 놀란 머릿속은 여전히 뚜렷했던 마지막 목표에만 집중하고 있었다. 언덕 꼭대기까지 올라가야 한다.

몇 번이고 반복해서 시야가 어른거렸고, 바이저는 순수한 밝은 빛만 들여보내다가 깜박거렸다. 앞을 보기가 힘들었다. 홀스턴은 앞에 있는 무엇인가에 부딪쳤고, 팔이 접힌 채로 어깨를 대고 땅에 넘어졌다. 그는 눈을 깜박이며 앞쪽을 응시했다. 언덕 위를 응시하면서 앞에 놓인 물건이 제대로 보이기를 기다렸지만, 초록색 풀만 한 번씩 비칠 뿐이었다.

그러다가 시야가 완전히 꺼졌다. 온통 깜깜해졌다. 홀스턴은 새로운 고통에 배 속이 꼬이는 가운데에서도 얼굴을 긁었다. 빛이 있었고 시야에 깜박임도 있었으니 눈이 먼 것은 아니었다. 그 깜박임은 헬멧 안쪽에서 오는 것 같았다. 갑자기 멀어버린 것은 그의 눈이 아니라, 그의 바이저였다.

홀스턴은 헬멧 뒤에 달린 걸쇠를 더듬었다. 혹시 공기를 다 써버린 걸까 싶었다. 질식하고 있는 걸까? 스스로가 내뱉은 공기에 중독된 걸까? 당연하다! 그들이 청소하는 데 필요한 양보다 많은 공기를 줬을 리가 있겠는가? 그는 거추장스러운 장갑으로 걸쇠를 더듬어 찾았다. 이런 일에 맞게 만들어진 장갑이 아니었다. 장갑은 보호복의 일부였고, 보호복은 일체형으로 등 뒤에서 두 번 지퍼를 잠그고 그 위에 벨크로를 붙여서 여며두었다. 벗으라고 만들어진 옷이 아니었다. 도움 없이는 벗을 수가 없었다. 홀스턴은 보호복 안에서, 스스로를 중독시키고 스스로가 뱉은 가스에 질식해서 죽을 터였다. 그리고 이제야 그는 진정한 속박의 공포를, 정말로 갇혀 있다는 느낌을 알았다. 풀려나려고 발버둥 치고 있는 이 상황, 몸에 딱 맞게 만들어진 관 속에서 고통스럽게 몸부림치는 이 상황에 비하면 사일로 안의 폐쇄감은 아무것도 아니었다. 그는 꿈틀거리며 걸쇠를 두드렸지만, 장갑 낀 손가락은 너무 컸다. 그리고 앞이 보이지 않으니 더 나빴다. 갇혀서 질식해가는 느낌이 더 심했다. 홀스턴은 다시 한번 고통에 빠졌다. 허리를 굽히고 흙 속에 손을 뻗었다가, 장갑 너머로 뭔가 날카로운 물체가 만져졌다.

그는 그 물체를 더듬어 찾았다. 삐죽삐죽한 돌덩이였다. 도구. 홀스턴은 진정하려고 애썼다. 차분함을 강요하고, 다른 사람들을 달래고, 혼란을 안정시키면서 보낸 세월이 되돌아왔다. 그는 앞이 보이지 않는 상황에서 잃어버릴까 겁내며 조심스럽게 돌을 집어 들고, 헬멧 가까이 올렸다. 그 돌로 장갑을 잘라낼까 하는 생각도 잠시 했지만, 스스로의 정신 상태도 확신할 수 없었고 공기가 그렇게 오래 남아 있을지도 알 수 없었다. 그는 돌 끝으로 보호복의 목 부분, 걸쇠가 있어야 할 자리를 찔렀다. 돌 끝이 닿는 곳에서 날카로운 소리가 났다. 우지직. 우지직. 움직임을 멈추고 장갑 손가락으로 탐색을 해본 다음, 다시 구역질을 하고, 더 주의 깊게 조준을 했다. 이번에는 우지직 대신에 딸깍 소리가 났다. 헬멧 한쪽이 풀리면서 가느다란 빛줄기가 새어 들어왔다. 홀스턴은 자기가 내쉰 숨에, 폐에 들어갔다가 나온 퀴퀴한 공기에 질식해가고 있었다. 그는 돌을 반대쪽 손으로 옮겨서 두 번째 걸쇠를 조준했다. 두 번 더 우지직거리는 소리가 난 다음에 걸쇠를 맞혔고, 헬멧이 탁 풀어졌다.

홀스턴은 볼 수 있었다. 눈이 타들어가는 듯했다. 숨을 쉴 수 없어서가 아니라 지금 들인 수고 때문에 그랬다. 하지만 볼 수 있었다. 그는 눈을 깜박여서 눈물을 밀어내고, 새로운 활력을 불어넣어줄 상쾌한 푸른 공기를 한껏 들이마시려고 했다.

그러나 대신 찾아온 것은 가슴을 강타하는 통증이었다. 홀스턴은 구역질을 했다. 그는 침과 위산을, 그의 몸에서 도망치려 드는 내벽을 게워냈다. 주위 세계는 갈색이 되어 있었다. 갈색 풀밭과 회색 하늘. 녹색은 없었다. 파란색은 없었다. 생명도 없었다.

그는 한쪽 어깨를 땅에 대고 옆으로 쓰러졌다. 앞에 놓인 헬멧의 바이저는 생명을 잃은 검은색이었다. 바이저 너머로 아무것도 보이지 않았다. 홀스턴은 손을 뻗었다. 혼란스러웠다. 바이저 바깥쪽은 은색으로 코팅되어 있었고, 안쪽에는 아무것도 없었다. 유리가 아니었다. 헬멧의 기본 표면에, 안팎으로 연결된 전선뿐이었다. 꺼져버린 디스플레이. 죽은 픽셀들.

그는 다시 속을 게워냈다. 힘없이 입가를 닦고 언덕을 내려다보았다. 맨눈으로 있는 그대로의 세계를 보았다. 언제나 알았던 모습 그대로, 적막하고 황량했다. 그는 헬멧을 놓아버렸다. 사일로에서 부터 지고 나온 거짓을 떨어뜨렸다. 그는 죽어가고 있었다. 독소가 안에서부터 그를 먹어치우고 있었다. 그는 눈을 깜박이며 머리 위에 흘러가는 검은 구름을 보고, 짐승처럼 울부짖었다. 얼마나 멀리까지 왔는지, 언덕 마루까지는 얼마나 남았는지 보려고 몸을 돌리자, 기어가다가 걸렸던 물체가 보였다. 바람에 씻긴, 잠든 바윗돌. 그의 바이저에는 들어 있지 않은 풍경이었다. 앨리슨이 발견한 프로그램 중 하나인 그 작은 스크린의 거짓 속에는 없는 풍경이었다.

홀스턴은 손을 뻗어 앞에 있는 물체를 건드렸다. 잘 부서지는 돌처럼 떨어져 나가는 하얀 보호복을. 그리고 더는 머리를 지탱할 수가 없었다. 그는 느린 죽음이 닥쳐오는 동안 통증에 몸을 말고 아내의 유해를 끌어안으면서, 마지막 남은 고통스러운 숨결과 함께 생각했다. 이 죽음이, 무너져가는 도시가 쓸쓸하고 고요하게 굽어보는 가운데 생명 없는 갈색 언덕의 검은 틈 속에서 이렇게 몸을 말고 죽어가는 그의 모습이, 볼 수 있는 사람들에게는 어떻게 보일지.

누구든 지켜보려고 한 사람이 있다면, 그들은 무엇을 볼까?

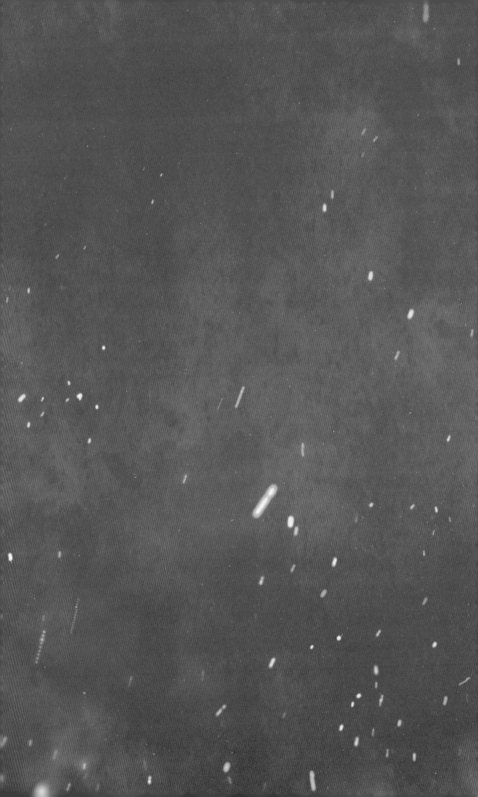

2부

가늠하다

8

두 개씩 쌍을 이루어 가죽 주머니 안에 가지런히 놓인 나무 뜨개바늘들의 모습이, 마치 오래되어 메마른 살에 싸인 섬세한 손목뼈 같았다. 나무와 가죽. 한 세대에서 다음 세대로 전해지는 단서 같은 가공품들. 조상들이 보내는 악의 없는 윙크처럼, 폭동과 제거 속에서도 살아남은 어린이책과 목각 장식품 같은 무해한 물건들. 그런 단서들은 그들의 세계 너머에 존재하는 세계에 대한 사소한 암시였다. 저 생명 없는 회색 언덕들 위로 보이는 무너져가는 폐허처럼, 땅 위에 건물들이 서 있던 세계 말이다.

잔스 시장은 한참을 생각한 후에 바늘 한 쌍을 골랐다. 제대로 가늠하느냐 여부가 가장 중요하기에 언제나 신중하게 선택했다. 바늘이 너무 작으면 뜨개질이 어려워지고, 그 결과로 스웨터가 너무 꽉 조인다. 반대로 바늘이 너무 크면 옷에 구멍이 숭숭 뚫리기 마련이다. 뜨개질감이 성글어서 다 비쳐 보일 것이다.

선택은 끝났다. 나무 뼈가 가죽 손목에서 벗어나자 잔스는 커다란 뜨개실 뭉치에 손을 뻗었다. 그 꼬인 섬유 뭉치의 무게를 가늠하다 보면, 자신의 손이 그 실뭉치로 무엇인가 정연하고 쓸모 있는 물건을 만들 수 있다는 게 믿기지가 않았다. 그녀는 어떻게 물건이 만들어지는지 곰곰이 생각하면서 실뭉치 끝을 찾았다. 지금 자신이 만들려는 스웨터는 엉킨 실뭉치와 관념에 지나지 않았다. 과거로 돌아가보면, 한때는 농장에서 꽃을 피운 목화에서 반짝이는 섬유소를 뽑아내어, 씻고, 꼬아서 만든 긴 실이었다. 더 과거로 돌아가서 목화 자체의 본질을 짚어보면, 흙 위의 공기가 강렬한 작물재배용 조명 아래 달아오르는 동안 흙 속에 누워 안식을 취하면서, 그 몸으로 목화 뿌리에 영양을 공급해준 이들에게까지 도달할 수도 있을 것이다.

잔스는 자신의 병적인 정신 상태에 고개를 내저었다. 나이가 들수록 생각은 더 빨리 죽음으로 흘러갔다. 마지막에는 언제나 죽음을 생각했다.

그녀는 숙련된 조심성을 발휘하며 실 끝을 한쪽 바늘 주위에 걸고 손가락으로 삼각형 모양의 망을 만들었다. 바늘 끝이 이 삼각형 안을 춤추듯 통과하면서 뜨개코를 만들었다. 제일 좋아하는 부분이었다. 코 만들기. 그녀는 시작을 좋아했다. 첫 줄이 좋았다. 아무것도 없던 곳에 무엇인가가 생기는 대목이 좋았다. 손만으로도 무슨 일을 해야 할지 알기에 잔스는 거리낌 없이 눈을 들어, 먼지 무더기를 몰고 언덕 비탈을 내려오는 아침 돌풍을 바라보았다. 오늘은 구름이 낮고 불길하게 깔렸다. 걱정하는 부모들처럼 버티고 선 구름 아래로, 바람이 몰아치는 흙 위를 굴러다니며 깔깔거리는 아이들처럼 작은 소용돌이들이 빙글빙글 돌고, 쏟아지고, 계곡과 파인 땅을 따라가면서 두 언덕이 하나로 합쳐지는 거대한 골짜기를 향해 흘러갔다. 잔스는 그 골짜기 속에서 먼지바람이 죽은 몸뚱이 한 쌍에 떨어지는 모습을 지켜보았다. 즐겁게 뛰놀던 흙 쌍둥이가 사라져 유령이 되고, 힘차게 놀던 어린아이들이 다시 한번 꿈과 흩어진 안개로 돌아가는 모습을.

잔스 시장은 색이 바랜 플라스틱 의자에 기대앉아서 금지된 바깥 세상을 뛰어다니는 변덕스러운 바람을 지켜보았다. 그녀의 두 손은 가끔씩만 내려다보아도 문제 없이 보조를 맞추며 한 줄 두 줄 뜨개질을 해나갔다. 한 번씩 짙은 흙먼지가 사일로의 센서를 향해 날아오면, 그녀는 매번 실제 타격이 날아올 때처럼 움찔했다. 풍경을 흐려놓는 이런 먼지 공격은 언제나 지켜보기가 힘들었지만, 청소 다음 날에는 특히 잔인하게 느껴졌다. 흐려지는 렌즈에 닿는 흙먼지는 지저분한 남자가 순수한 무엇인가를 건드리는 것과 같은 폭행이었다. 잔스는 그게 어떤 느낌이었는지 기억했다. 그리고 60년이 지난 지금도 가끔 저 렌즈에 날리는 더러움이, 저 렌즈를 깨끗하게 유지하기 위해 필요한 인신 공양이, 자신의 아픈 경험보다 더 고통스럽지는 않다는 생각을 했다.

"시장님?"

잔스 시장은 최근에 사망한 보안관을 끌어안은 죽은 언덕들의 풍경에서 고개를 돌렸다. 옆에 만스 부보안관이 서 있었다.

"불렀나요, 만스?"

"이걸 요청하셨지요."

만스는 식당 테이블 위에 서류철 세 개를 내려놓고, 어젯밤의 청소 축하연으로 흩어진 빵 부스러기와 주스 얼룩 사이로 서류철을 밀었다. 잔스는 뜨개질감을 옆에 내려놓고 마지못해 서류철에 손을 뻗었다. 사실은 조금 더 혼자 남아서 뜨개질 코가 무엇인가가 되어가는 모습을 지켜보고 싶었다. 더러움과 세월이 흐려놓기 전에, 사일로 상층부가 마저 깨어나서 눈에 남은 졸음기와 양심에 남은 얼룩을 문질러 없애고 올라와 주위에 플라스틱 의자를 놓고 모여들어 다 함께 감상하기 전에, 이 훼손되지 않은 해돋이의 평화와 고요를 좀 더 즐기고 싶었다.

그러나 의무가 손짓해 불렀다. 그녀는 자기 의사로 시장이 되었고, 사일로에는 보안관이 필요했다. 그래서 잔스는 자신의 바람과 소망을 한쪽으로 치우고 무릎 위에 서류철을 놓았다. 첫 번째 서류철 표지를 어루만지면서 괴로움과 받아들임 사이 어딘가의 감정을 품고 자기 손을 내려다보았다. 손등은 서류철에서 삐져나온 재생 종이처럼 건조하고 주름져 보였다. 잔스는 만스 부보안관을 건너다보았다. 하얀 콧수염에 간간이 검은 털이 섞여 있었다. 그녀는 그 수염 색깔이 반대였을 시절, 그의 훤칠하고 마른 체격이 수척하고 연약해 보이는 게 아니라 젊고 활기차 보이던 시절을 기억했다. 만스는 지금도 잘생겼지만, 그것은 단지 그녀가 오래전의 그를 알기 때문이었고, 그녀의 늙은 눈이 아직도 그 모습을 기억하기 때문이었다.

그녀는 만스에게 말했다. "알겠지만, 이번에는 다르게 할 수도 있어요. 당신을 보안관으로 승진시키고, 당신이 직접 부보안관을 임명해서 제대로 굴릴 수도 있어요."

만스는 소리 내어 웃었다. "난 시장님만큼이나 오랫동안 부보안관이었어요. 언젠가 시체가 되는 것 말고 다른 자리는 계획이 없습니다."

잔스는 고개를 끄덕였다. 만스가 옆에 있어서 좋은 점 중에는, 워낙 어두운 그의 사고방식 덕분에 그녀의 생각은 반짝이는 회색 정도로 보인다는 것도 들어갔다. "유감이지만 우리 둘 모두에게 그날이 빨리 다가오고 있어요."

"틀림없는 사실입니다. 그렇게 많은 사람을 앞세울 줄은 몰랐는데. 아무리 그래도 시장님보다 더 살지는 않겠지요." 만스는 콧수염을 쓸며 바깥 풍경을 살폈다. 잔스는 그에게 미소를 짓고, 맨 위에 놓인 서류철을 열어 첫 번째 인물을 살폈다.

"괜찮은 후보자 세 명입니다, 요청하신 대로. 그중 누구와도 기쁘게 일하겠지만, 줄리엣이라고, 아마 가운데 철에 있을 텐데, 나라면 그 사람을 선택할 겁니다. 아래 기계부에서 일하죠. 자주 올라오지 않지만 내가 홀스턴과……." 만스는 말을 끊고 목청을 가다듬었다.

잔스의 눈에 부보안관의 시선이 언덕 사이 어두운 골짜기로 향해 있는 게 보였다. 그는 마디가 불거진 주먹으로 입을 가리고 기침을 하는 척했다.

"죄송합니다. 말한 대로, 보안관과 몇 년 전에 아래에서 일어난 죽음을 수사할 때였지요. 이 줄리엣은, 이제 생각해보니 줄스라는 이름을 더 좋아했던 것 같은데, 제대로 눈에 띄었어요. 압정처럼 반짝거렸지요. 그 사건에서 크게 도움이 됐습니다. 세세한 정보를 알아차리고, 사람들을 다루는 데도 능하고, 외교적이면서도 단호하고. 80층 이상으로는 잘 올라오지 않는 것 같더군요. 확실히 심층부 주민이긴 합니다. 한동안 그런 사람이 없었지요."

잔스는 줄리엣의 철을 뒤적이며 가족 관계와 교환권 내역, 현재 받는 급료를 확인했다. 줄리엣은 교대근무조의 조장으로 좋은 점수를 받고 있었다. 티켓 기록은 없었다.

"결혼은 안 했나요?" 잔스가 물었다.

"안 했어요. 좀 센 여잡니다. 사람 마음을 후비는 여자, 알죠? 일주일 아래에 있으면서 남자들이 그 여자를 얼마나 좋아하는지 봤습니다. 남자를 아무나 고를 수 있는데도 고르지 않았어요. 깊은 인상을 남기지만 혼자 살기를 더 좋아하는 부류죠."

"확실히 당신에게는 깊은 인상을 남긴 모양이네요." 잔스는 말해놓고 바로 후회했다. 자신의 목소리에 실린 질투심이 싫었다.

만스는 반대쪽 발로 무게중심을 옮겼다. "글쎄, 날 알잖아요, 시장님. 난 언제나 후보자들을 재고 있지요. 승진당하지 않으려고 뭐든 한달까요."

잔스는 미소 지었다. "다른 두 명은 어때요?" 심층부 주민이 과연 좋은 선택일까 생각하며 다른 이름을 확인했다. 아니면 만스가 그 여자에게 반했을까 걱정하는 것인지도. 잔스는 서류철 위에 적힌 이름을 알아보았다. 피터 빌링스. 몇 층 아래에 있는 재판부에서 서기 아니면 판사의 그림자로 일하는 남자였다.

"솔직히 말입니까? 둘 다 자리를 채우기엔 괜찮아 보입니다. 말했듯이 누가 되더라도 같이 일하는 데 문젠 없어요. 하지만 줄스가 적임이라고 생각해요. 젊은 여자를 보안관으로 둔 지도 오래됐고. 다가오는 선거에도 유리할 만한 선택이지요."

"그건 선택의 이유가 되지 않을 거예요. 누굴 결정하든 그 사람은 아마 우리가 사라진 후에도 오랫동안 여기 있을 테고……." 잔스는 오래전 홀스턴을 선택했을 때도 같은 말을 했던 기억을 떠올리고 말을 멈췄다.

잔스는 서류철을 덮고 벽 스크린으로 주의를 돌렸다. 언덕 아래에서 형성된 작은 회오리바람이 흙먼지를 모아들이며 조직적인 광기를 만들어냈다. 이 작은 바람 줄기는 열을 올리며 좀 더 큰 원뿔 모양으로 불어나더니, 장난감 팽이처럼 뾰족하게 서서 돌고 또 돌면서, 투명한 해돋이의 힘없는 광선을 받아 반짝이는 센서들을 향해 달려들었다.

"우리가 그 여자를 보러 가는 게 좋겠어요." 잔스는 마침내 그렇게 말했다. 서류철은 무릎에 올려놓은 채, 돌돌 말린 양피지 같은 손가락으로 수제 종이의 거친 가장자리를 만지작거렸다.

"우리가요? 그보다는 올라오라고 하는 게 낫겠는데요. 언제나처럼 시장실에서 면담을 하시죠. 거기까지 내려가는 길도 멀고, 올라오는 길은 더 멉니다."

"걱정해줘서 고마워요, 부보안관. 정말이에요. 하지만 내가 40층 아래로 내려가본 지도 꽤 오래됐어요. 내 무릎이 시민들을 보지 않을 핑계가 되진 않아요." 시장은 말을 멈췄다. 먼지 회오리가 약해져서 방향을 돌린다 싶더니 곧바로 그들 쪽으로 향했다. 회오리는 점점 더 커졌다. 밖에 있는 렌즈의 광각이 그 모습을 실제보다 더 크고 맹렬한 괴물로 왜곡시켰다. 잠시 후 회오리바람이 센서 어레이 위로 불어닥치면서 식당 전체가 잠시 어둠 속에 떨어졌다. 변덕스러운 돌풍이 센서에 맞고 튀어 나가 라운지 벽 스크린을 가로지르자, 그 뒤에는 이제 살짝 더러워진 우중충한 풍경이 남았다.

"저 망할 것들." 만스 부보안관이 이를 갈며 말했다. 만스가 개머리판에 손을 올리자 낡은 가죽 총집에서 끼익 소리가 났다. 잔스는 늙은 부보안관이 바깥 풍경 속에서, 사라져가는 먼지구름에 총탄을 박으며 가느다란 다리로 바람을 쫓아 달리는 모습을 상상했다.

두 사람은 잠시 말없이 피해 정도를 살폈다. 마침내 잔스가 입을 열었다.

"이 여행은 선거와는 상관없어요, 만스. 표를 얻으려는 것도 아니고요. 내가 아는 한, 난 다시 한번 경쟁자 없이 재선될 거예요. 그러니까 그런 생각은 하지 말고, 가볍고 조용하게 여행해요. 사람들에게 내 모습을 보이고 싶은 게 아니라 내가 사람들을 보고 싶어요." 고개를 돌린 잔스는 만스가 그녀를 바라보고 있었음을 알았다. "날 위한 여행이 될 거예요, 만스. 휴가인 셈이죠."

그녀는 다시 바깥 풍경으로 시선을 돌렸다.

"가끔은…… 가끔은 그냥 내가 이 위에 너무 오래 있었다는 생각이 들어요. 우리 둘 다. 어디든 너무 오래 있었다는 생각이…… ."

나선 계단에서 울리는 아침 발소리에 잔스가 말을 멈췄다. 두 사람 다 삶의 소리, 깨어 있는 낮의 소리 쪽으로 몸을 돌렸다. 그리고 잔스는 이제 마음속에서 죽은 것들의 심상을 몰아내야 할 때라는 사실을 알았다. 아니면 한동안 묻어두기라도 해야 했다.

"당신과 나, 우리 둘이 내려가서 이 줄리엣을 제대로 가늠해보는 거예요. 가끔 여기에 앉아서 세상이 우리에게 시키는 일을 마주 보노라면…… 바늘에 깊이 찔리는 느낌이에요, 만스. 아주 제대로요."

그들은 아침을 먹은 후에 홀스턴의 낡은 사무실에서 만났다. 잔스는 하루가 지난 지금도 그곳을 홀스턴의 사무실로 여겼다. 아직 다른 방으로 여기기에는 너무 일렀다. 잔스가 두 개의 책상과 낡은 서류함 너머에 서서 빈 유치장 안을 들여다보는 동안 만스 부보안관은 테리에게 마지막 지시 사항을 전달했다. 테리는 IT부에서 일하는 경비원이었는데, 만스와 홀스턴이 사건 때문에 자리를 비울 때면 종종 보안관실을 지켰다. 테리 뒤에 예의 바르게 선 검은 머리에 총명한 눈의 10대 소녀는 마샤라는 이름으로, IT부의 견습생으로 일하고 있었다. 마샤는 테리의 그림자였다. 사일로 안에서 일하는 노동자의 반 정도는 그림자를 두었다. 나이는 열두 살에서 스무 살까지로, 어디에나 따라다니면서 사일로의 운영을 최소한 한 세대는 더 유지하기 위해 가르침과 기술을 흡수하는 스펀지였다.

만스 부보안관은 테리에게 사람들이 청소 후에 얼마나 소란스러워지는지 일깨웠다. 일단 긴장이 풀리고 나면 다들 조금 신이 나서 즐기는 편이었다. 적어도 몇 달 동안은 무슨 일이든 허용된다고 생각했다.

굳이 경고할 필요도 없었다. 닫힌 문으로도 옆방에서 흥청대는 소리를 들을 수 있었다. 상위 40층에 사는 주민들 대부분이 벌써 식당과 라운지에 몰려들어 있었다. 중층과 심층에서도 거의 깨끗한 바깥 풍경을 보겠다는 이유만으로 휴식 시간을 요청하고 휴가계를 낸 수백 명이 띄엄띄엄 올라왔다. 많은 이들에게 이것은 순례였다. 어떤 이들은 몇 년에 한 번씩만 올라와서, 한 시간쯤 서서 기억과 똑같은 풍경이라고 중얼거린 다음, 아이들을 앞세우고 올라오는 사람들의 무리를 뚫고 계단을 내려가기도 했다.

테리에게 열쇠와 임시 배지를 맡겼다. 만스는 무전기 배터리를 확인하고, 보안관실 무전기 볼륨이 올라가 있는지 확인하고, 총을 점검했다. 그는 테리와 악수를 한 다음 행운을 빌었다. 잔스는 떠날 때가 다 되었음을 감지하고 텅 빈 유치장에서 몸을 돌렸다. 테리에게 작별 인사를 하고, 마샤에게 고개를 끄덕여 보인 후, 만스를 따라 문밖으로 나섰다.

"청소 직후에 떠나는데 괜찮겠어요?" 잔스는 식당으로 나가면서 물었다. 그녀는 그날 밤에 얼마나 소란스러워질지, 사람들이 얼마나 짜증스러워질지 알고 있었다. 거의 이기적이라고 할 만한 일로 만스를 끌어내기에는 좋지 않은 시기 같았다.

"농담합니까? 난 이 여행이 필요해요. 벗어나야 한다고요." 만스는 몰려든 사람들이 가리고 있는 벽 스크린 쪽을 흘긋 보았다. "난 아직도 홀스턴이 무슨 생각을 하고 있었는지 모르겠어요. 왜 한 번도 나한테 그 머리통 속에서 벌어지는 일에 대해 말하지 않았는지. 돌아올 때쯤이면 사무실에서 더 이상 홀스턴을 생각하지 않게 될지도 모르지요. 당장은 저 안에서 숨도 제대로 쉴 수가 없으니."

잔스는 북적이는 식당을 힘겹게 통과하면서 그 말에 대해 생각했다. 혼합과일주스를 넣은 플라스틱 컵들이 찰랑거렸고, 공기 중에는 통에서 발효시킨 알코올 냄새가 풍겼지만, 그녀는 그 냄새를 무시했다. 사람들이 그녀에게 안녕을 빌고, 조심하라고 인사하고, 투표하겠다고 약속했다. 거의 아무에게도 말하지 않았건만, 두 사람의 여행 소식은 술이 들어간 펀치보다 더 빨리 퍼져나갔다. 대부분은 이것이 홍보 여행이라고 생각했다. 재선 운동이라고. 보안관으로 홀스턴밖에 기억하지 못하는 젊은 사일로 주민들은 이미 만스에게 경례를 붙이고 보안관님이라고 부르고 있었다. 눈가에 조금이라도 주름이 잡힌 주민들은 그보다 많은 걸 알고 있었다. 그런 사람들은 식당 안을 통과하는 두 사람에게 고개를 끄덕이고, 다른 종류의 말없는 행운을 빌었다. '우리가 계속 살아가게 해줘요.' 그들은 눈으로 말했다. '내 자식들이 나만큼 살게 해줘요. 올이 다 풀리게 놓아두지 말아요, 아직은.'

잔스는 이런 압력의 무게를 지고 살았다. 무릎에 가해지는 압력보다 더 잔혹한 짐이었다. 중앙 계단으로 가는 동안 그녀는 침묵을 지켰다. 몇 사람이 연설을 하라고 외쳤지만, 그런 목소리는 다른 사람들의 관심을 끌지 못했다. 사람들이 연설하라고 연호하는 일은 없었다. 그나마 다행이었다. 뭐라고 말을 한단 말인가? 왜 이 사회가 유지되는지 자기도 모른다고? 심지어 자기 손으로 하는 뜨개질도 어떻게 매듭을 짓고, 매듭을 제대로 지으면 어떻게 그냥 결과물이 나오는지 이해하지 못한다고? 가위질 한 번이면 다 풀려버린다고 말할까? 한 번만 싹둑 자르고, 잡아당기고 또 잡아당기면 옷을 실 무더기로 바꿀 수 있었다. 저 사람들이 정말로 그녀가 이유를 안다고 생각할까? 규칙을 따르기만 했을 뿐, 어찌어찌 한 해 또 한 해 유지되어온 것뿐인데.

무엇 때문에 유지가 되는지 잔스는 이해하지 못했다. 그리고 사람들이 축하하는 이유도, 그 분위기도 이해하지 못했다. 저렇게 술을 마시고 소리를 지르는 게 자기들은 괜찮다는 안도감 때문일까? 청소할 운명에서 벗어나서, 죽음을 피했기 때문에? 훌륭한 남자가, 그녀의 친구이자, 그 사람들이 무사히 살아가게 돕던 그녀의 협력자가 언덕 위에 아내와 함께 죽어 있는 동안 그녀의 시민들은 환호했다. 만약 그녀가 연설을 한다면, 그 연설에 금지된 말들을 다 빼버린다면 이런 내용이 될 터였다. 이렇게 훌륭한 사람들이 자유 의지로 청소에 나선 일은 일찍이 없었다, 그 사실이 남아 있는 많은 사람들에 대해 무엇을 말해줄까, 같은 내용.

지금은 연설을 할 때가 아니었다. 술을 마실 때도, 즐거워할 때도 아니었다. 지금은 조용히 생각할 시간이었고, 그것 또한 잔스가 이곳에서 벗어나야 할 이유에 포함되었다. 상황이 변했다. 하루아침에 변한 것이 아니라 긴 세월 동안 변했다. 그녀는 대부분의 사람들보다 잘 알았다. 아마 아래쪽의 공급부에 있는 나이 많은 매클레인이라면 무슨 뜻인지 알고, 변화가 다가오는 것을 볼 수 있을 터였다. 그것을 확실히 알기 위해서는 오랜 시간을 살아야 했지만, 지금 잔스는 오래 살았다. 그리고 시간은 전진하면서 세상을 그녀의 발로는 따라잡을 수 없을 만큼 빨리, 점점 더 빨리 이동시켰기에 잔스시장은 곧 세상이 그녀를 한참 뒤에 두고 가버리리라는 사실을 알았다. 입 밖에 내지는 않지만 매일 느끼고 있는 그녀의 가장 큰 두려움은, 그들의 세상이 자신 없이는 그리 멀리까지 비틀거리지도 못할지 모른다는 점이었다.

9

잔스의 지팡이가 금속 계단을 칠 때마다 뚜렷한 소리가 울렸다. 그 소리는 곧 그들의 하강 시간을 재는 메트로놈이 되어, 최근에 이루어진 청소의 에너지로 북적이고 진동하는 계단의 음악을 측정해주었다. 두 사람만 빼고 통행자 모두가 위로 올라가는 것 같았다. 그들은 팔꿈치를 스치고, "여, 시장님!" 하는 외침에 이어 만스에게 목례를 하며 거칠게 흐름을 밀고 지나갔다. 그리고 잔스는 그 사람들의 얼굴에서 만스를 보안관이라고 부르고 싶어 하는 표정을 보았다. 그들은 그 승진이 얼마나 끔찍한 일인지를 알고 존중하는 마음에서 유혹을 누그러뜨리고 있었다.

"몇 층까지 갈까요?" 만스가 물었다.

"왜요, 벌써 지쳤나요?" 잔스는 어깨 너머로 그에게 잘난 체하는 웃음을 던지고, 그의 무성한 콧수염이 웃음기에 비틀려 올라가는 모습을 보았다.

"내려가는 거야 문제가 아니지요. 못 하겠다 싶은 건 다시 올라가는 길이고."

나선 계단의 휘어진 난간 위에서 두 사람의 손이 짧게 스쳤다. 잔스는 등 뒤로 손을 끌고, 만스는 앞으로 손을 내밀던 참이었다. 조금도 지치지 않았다고 말하고 싶었지만, 그녀는 갑작스러운 피로를 느꼈다. 육체적이라기보다는 정신적인 피곤이었다. 그녀는 유치하게 그들이 더 젊었던 시절을 떠올리고, 만스가 그녀를 두 팔에 안아 들고 계단을 내려가는 모습을 그렸다. 강한 척하지 말고 다른 사람의 힘에 몸을 묻는다면, 힘도 책임감도 놓아버린 후련한 기분이 들겠지. 이것은 과거의 추억이 아니라, 결코 오지 않을 미래의 꿈이었다. 그리고 잔스는 생각만으로도 죄책감을 느꼈다. 남편이 옆에 있는 것 같았다. 그녀의 생각에 동요한 남편의 유령이.

"시장님? 그래서 몇 층이나 생각하고 있어요?"

두 사람은 운반인이 계단을 터벅터벅 올라오자 걸음을 멈추고 난간 쪽으로 붙었다. 잔스는 운반인 샘슨을 알아보았다. 아직 10대였지만 이미 허리 힘이 강하고 걸음걸이가 흔들림이 없었다. 짐 꾸러미를 한데 모아 묶어서 어깨 위에 짊어지고 있었다. 그 얼굴에 떠오른 냉소는 피곤이나 고통 때문이 아니라 짜증에서 나온 표정이었다. 그의 계단에 갑자기 나타난 이 모든 사람들은 대체 누구란 말인가? 이 관광객들은? 잔스는 격려할 말을 생각했다. 그녀의 무릎으로는 절대 수행할 수 없는 일을 하는 이 사람들에게 사소한 보상이라도 해주고 싶었다. 그러나 샘슨은 이미 튼튼한 젊은 다리를 움직여, 심층부에서 나온 식량과 보급품을 지고 위로 올라갔다. 가장 깨끗하고 넓은 바깥 풍경을 보려고 몰려들어 꿈틀꿈틀 사일로 위로 올라가는 사람들 때문에 속도가 느려질 뿐이었다.

그녀와 만스는 층과 층 사이에서 잠시 숨을 돌렸다. 만스는 자기 물통을 그녀에게 건넸고, 그녀는 정중하게 한 모금 마시고 돌려주었다.

"오늘 절반은 내려갔으면 좋겠네요." 그녀는 마침내 대답했다. "하지만 가는 길에 몇 군데 들르고 싶어요."

만스는 물을 한 모금 마시고 뚜껑을 닫았다. "출장인가요?"

"그 비슷한 거죠. 20층에 있는 육아실에 들르고 싶어요."

만스는 웃음을 터뜨렸다. "아기들에게 입 맞추게요? 시장님, 그렇게까지 안 해도 시장님을 떨어뜨리진 않을 겁니다. 시장님 나이에는요."

잔스는 웃지 않았다. "고맙군요." 그녀는 괜히 아픈 척하며 말했다. "하지만 아기들에게 입 맞추러 가는 건 아니에요." 그녀는 등을 돌리고 다시 걷기 시작했다. 만스는 그 뒤를 따랐다. "줄스라는 아가씨에 대한 당신의 전문적인 견해를 믿지 않는 건 아니에요. 내가 시장이 된 이후로 당신이 고른 사람은 언제나 성공작이었지요."

"그렇지만……?" 만스가 끼어들었다.

"특히 그 사람은." 잔스는 그가 무슨 생각을 하는지 알았다. "좋은 사람이었는데, 마음에 고통을 안고 있었어요. 아무리 뛰어난 사람이라도 상심에는 무너지지요."

만스는 툴툴거리는 소리로 동의를 표했다. "그래서 육아실에서는 뭘 확인하려는 겁니까? 내 기억이 맞는다면 줄리엣은 20층에서 태어나지도 않았는데."

"그래요. 하지만 줄리엣의 아버지가 지금 20층에서 근무하죠. 기왕 지나가는 길이니 그 사람을 만나보고, 딸에 대해 알아보자고 생각했어요."

"아버지에게 '성격 증인'을 시켜요?" 만스는 소리 내어 웃었다. "별로 공정한 증언은 듣지 못할 것 같은데요."

"들으면 놀랄 거예요. 짐을 싸는 동안 앨리스에게 조사를 조금 시켰어요. 앨리스가 흥미로운 사실을 알아냈더군요."

"그래요?"

"줄리엣은 이제까지 받은 휴가표를 모두 그대로 가지고 있어요."

"기계부에서는 드문 일도 아니지요. 초과 근무를 많이 하니까."

"밖으로 나오지 않을 뿐 아니라, 방문객도 받지 않아요."

"아직도 난 그게 무슨 의미가 있는지 모르겠는데요."

잔스는 한 가족이 지나갈 때까지 기다렸다. 예닐곱 살쯤 된 남자아이가 아버지의 어깨에 올라탄 채, 위층 계단 밑에 부딪치지 않으려고 고개를 숙이고 있었다. 어머니는 하룻밤을 지낼 짐 가방을 어깨에 메고, 품에는 단단히 싸맨 아기를 안고 뒤에 따라갔다. 잔스는 완벽한 가족이라고 생각했다. 가져간 만큼 대체하는 가족. 두 사람에 두 사람. 딱 티켓이 노리고, 가끔은 성공하는 그런 경우였다.

"그렇다면 무슨 이야기를 하려는 건지 말해주죠." 그녀는 만스에게 말했다. "난 이 사람 아버지를 찾아서, 그 눈을 들여다보고, 왜 딸이 기계부로 옮겨 간 후 20년 가까이 지나도록 한 번도 딸을 찾아가지 않았는지 묻고 싶어요. 단 한 번도 말이에요."

만스를 돌아보니, 콧수염 아래로 얼굴을 찌푸리고 있었다.

---

* 법정에서 원고 또는 피고의 인성에 대해 증언하는 것.

"그리고 왜 딸은 한 번도 아버지를 보러 올라오지 않았는지도요." 그녀는 덧붙였다.

10층대로 진입하고 상층부 아파트들을 지나치자 통행량이 줄어들었다. 잔스는 한 걸음 내려갈 때마다 돌아가는 길에 그만큼을 다시 올라가야 한다는 사실이 두려웠다. 지금은 쉬운 부분이라는 걸 다시금 떠올렸다. 내리막길은 강철 스프링이 풀리듯이 그녀를 밀어내렸다. 덕분에 물에 빠져 죽는 악몽이 떠올랐다. 서서 숨을 쉴 수 없는 깊이의 물은 고사하고, 몸이 완전히 잠길 만한 물도 본 적이 없다는 걸 생각하면 어처구니없는 악몽이었다. 하지만 그런 꿈은 가끔 꾸는 아주 높은 곳에서 떨어지는 꿈과 비슷했다. 다른 시대에서 내려온 유산, 잠든 머릿속에서 발굴된 부서진 파편들이 이렇게 말하는 셈이었다. '우리는 이렇게 살게 생겨먹지 않았어'라고.

그런 의미에서 이 하강, 이 나선형의 내리막길도 밤에 그녀를 집어삼키는 익사와 많이 비슷했다. 멈출 수도 없고, 빠져나갈 수도 없는 느낌이었다. 어떤 무게추가 결코 다시는 기어 올라갈 수 없도록 그녀를 끌어 내리는 것 같았다.

다음으로 그들은 의류 구역을 지났다. 다채로운 작업복들의 땅이자 잔스의 뜨개실 뭉치가 온 곳이었다. 염색약을 비롯한 다른 화학약품들의 냄새가 떠돌았다. 둥글게 휜 콘크리트 블록에 난 창으로 구역 가장자리에 자리 잡은 작은 식품점이 들여다보였다. 식품점은 몰려든 사람들이 이미 휩쓸고 간 상태였다. 지친 여행자들과 청소 후에 더해진 통행량으로 수요가 워낙 느는 바람에 선반마다 모조리 텅 비어 있었다. 운반인 몇 명이 무거운 짐을 지고 앞다투어 계단을 오르면서 수요를 맞추기 위해 최선을 다하고 있었고, 잔스는 어제의 청소에 대한 불편한 진실을 깨달았다. 그 야만적인 관행은 심리적인 안도감이나 그냥 깨끗해진 바깥 풍경을 넘어서는 효과를 가져왔다. 사일로의 경제에 힘을 실어주었다. 갑자기 여행할 핑곗거리가 생겼다. 거래할 핑계이기도 했다. 소문이 흘러 다니고, 가족들과 오랜 친구들이 몇 달이나 심지어는 몇 년 만에 처음으로 만나면서 사일로 전체에 활력을 불어넣었다. 마치 늙은 육체가 기지개를 켜며 관절을 풀고, 구석구석까지 피를 흘려 넣는 과정과 같았다. 노쇠한 사회가 다시 살아나고 있었다.

"시장님!"

고개를 돌려보니 나선 계단 위쪽에 있는 만스의 모습이 거의 보이지 않았다. 그녀는 만스가 따라잡을 때까지 멈춰 서서, 서둘러 내려오는 그의 발을 바라보았다.

"쉬엄쉬엄 가요. 그렇게 날아가면 따라갈 수가 없잖아요."

잔스는 사과했다. 그녀는 걷는 속도가 달라졌음을 깨닫지 못했다.

16층을 지나 두 번째 아파트 지대에 들어섰을 때, 잔스는 이미 1년 가까이 보지 못한 지역에 들어섰음을 깨달았다. 여기에서는 어린 발걸음들이 덜컹거리면서 계단을 따라 쫓아다니다가 느린 등반가들과 섞이고 있었다. 상위 3분의 1을 위한 초등학교는 육아실 바로 위에 있었다. 사람들이 오가는 소리와 말하는 소리로 미루어보아 학교는 쉬는 모양이었다. 잔스는 얼마나 적은 수가 수업에 나타날지 알기도 하고(부모들이 아이들을 데리고 풍경을 보러 올라갔을 테니), 더하여 교사들도 똑같이 올라가고 싶어 하기 때문이라고 생각했다. 그들은 학교로 이어지는 층계참을 지났다. 땅따먹기와 사방치기 놀이를 하느라 그려놓은 분필 자국은 하루 종일 오간 사람들의 발길에 흐릿해졌고, 아이들은 난간을 끌어안은 채 맨 무릎을 내밀고 앉아서 튀어나온 층계참 아래로 발을 흔들고 있었다. 오가던 야유와 열렬한 고함 소리들은 어른들이 나타나자 비밀스러운 속삭임으로 변했다.

"거의 다 와서 다행입니다. 이제 좀 쉬어야겠어요." 만스는 육아실까지 한 층 더 나선 계단을 내려가면서 말했다. "그 사람이 우리를 만날 시간이 있어야 할 텐데요."

"있을 거예요. 앨리스가 시장실에서 우리가 간다는 연락을 보내두었으니까."

그들은 혼잡한 육아실 층계참을 가로지르고 나서 숨을 돌렸다. 만스가 물통을 건네자 잔스는 길게 한 모금을 마신 다음, 찌그러진 물통의 곡면을 보며 머리 모양을 확인했다.

"보기 좋아요." 만스가 말했다.

"시장다워요?"

그는 웃음을 터뜨렸다. "그것만이 아니지요."

잔스는 그 말을 하는 만스의 나이 든 갈색 눈에서 반짝임을 보았다고 생각했지만, 어쩌면 입가로 가져가는 물통에 반사된 불빛일지도 몰랐다.

"두 시간 조금 넘어서 20층이라. 권장할 만한 속도는 아니지만, 벌써 이만큼 왔다는 사실은 기쁘군요." 만스는 콧수염을 닦고 손을 뒤로 돌려 물통을 가방에 다시 넣으려고 했다.

"이리 줘요." 잔스는 물통을 받아서 그의 배낭 뒤편에 달린 그물 주머니에 집어넣었다. "그리고 여기에서 대화는 내가 하게 돼요."

그녀는 다시 한번 말했다.

만스는 다른 생각은 하지도 않았다는 듯이 두 손을 들어 손바닥을 보였다. 그는 잔스를 앞질러 가서 육중한 금속 문 한쪽을 잡아당겼다. 으레 듣던 녹슨 경첩이 삐걱거리는 소리가 나지 않았다. 잔스는 그 조용함에 놀랐다. 계단 위아래에서 사람들이 낡은 문을 열고 닫는 소리에 익숙해져 있던 것이다. 농장 주변의 야생동물들처럼, 그 소리들은 계단 곳곳에 존재하며 늘 노래를 불러댔다. 그런데 여기 경첩은 기름칠을 하고 철저히 보수 유지하고 있었다. 대기실 벽에 붙은 표지판들이 그런 관찰을 뒷받침했다. 표지판마다 굵은 글씨로 조용히 할 것을 요구했고, 입술에 손가락을 댄 그림이며 열린 입을 가로질러 선을 그은 원형 표지판들이 같이 보였다. 육아실은 조용함을 중요하게 생각하는 것이 분명했다.

"지난번에 왔을 때는 표지판이 이렇게 많지 않았던 것 같은데요." 만스가 속삭였다.

"시끄럽게 떠드느라 바빠서 미처 못 봤나 보죠." 잔스가 대꾸했다.

간호사가 유리창 너머로 두 사람을 노려보았고, 잔스는 팔꿈치로 만스를 찔렀다.

"피터 니컬스를 만나러 온 잔스 시장이에요." 잔스는 간호사에게 말했다.

유리창 뒤에 앉은 간호사는 눈 하나 깜짝하지 않았다. "누구신지 알아요. 시장님에게 투표했죠."

"아, 그렇겠군요. 음, 고마워요."

"돌아서 들어오세요." 여자 간호사가 책상에 있는 버튼을 누르자 옆에 달린 문이 희미한 소리를 냈다. 만스는 그 문을 밀어 열었고, 잔스는 그 뒤를 따라 통과했다.

"이걸 입으시고요."

간호사는—옷깃에 달린 손수 쓴 이름표에 따르면 마거릿이었다—깔끔하게 접힌 하얀 가운 두 벌을 내밀었다. 잔스가 둘 다 받아서 한 벌을 만스에게 건넸다.

"가방은 여기 맡겨두고 가셔도 됩니다."

마거릿을 거부할 여지는 없었다. 잔스는 부드럽게 진동하는 문을 통과하자마자 훨씬 젊은 이 여성의 세계에 들어왔고, 이 여성의 아랫사람이 된 셈이었다. 잔스는 지팡이를 벽에 기대어놓고, 가방을 벗어서 바닥에 내려놓은 다음, 가운을 걸쳤다. 만스는 마거릿이 나서서 소매를 잡아줄 때까지 가운을 들고 씨름했다. 허우적거리면서 데님 셔츠 위로 가운을 걸치더니, 기다란 천 허리띠 끝을—이런 물건을 다루는 건 능력 밖이라는 듯이—들고 있었다. 그는 잔스가 허리띠를 묶는 모습을 지켜본 후에야 마침내 엉망으로라도 묶어서 가운이 제대로 여며지게 만들었다.

"왜 그래요?" 그는 자기를 지켜보는 잔스의 눈빛을 알아차리고 물었다. "난 이럴 때 커프스를 썼단 말입니다. 그래서 평생 매듭 묶는 방법을 배우지 않았다고요. 그래서 왜요?"

"60년 동안 말이죠." 잔스가 말했다.

마거릿이 책상에 있던 다른 버튼을 누르더니 복도 저편을 가리켰다. "니컬스 박사님은 육아실 안에 계세요. 가신다고 알려드리죠."

잔스가 앞장을 섰다. 만스는 따라가면서 물었다. "왜 그게 그렇게 믿기 힘들어요?"

"사실은 귀엽다고 생각해요."

만스는 코웃음을 쳤다. "내 나이쯤 되는 남자가 듣기에는 지독한 말인데요."

잔스는 혼자 미소 지었다. 그녀는 복도 끝에 있는 양여닫이문 앞에서 잠시 멈췄다가 빠끔히 밀어 열었다. 문 너머 방은 조명이 어두웠다. 그녀는 문을 조금 더 열었고, 두 사람은 낡았지만 깨끗한 대기실에 들어섰다. 그녀는 친구와 함께 아이를 다시 만날 시간을 기다렸던, 중간층의 비슷한 방을 떠올렸다. 유리 벽 너머로 몇 안 되는 아기 침대와 요람이 놓인 방이 들여다보였다. 잔스는 엉덩이께로 손을 떨어뜨렸다. 이제는 쓸모가 없어진, 태어날 때 삽입하고 한 번도 제거한 적 없는 단단한 피임기구를 문질렀다. 육아실 안에 있으니 그녀가 잃어버린 모든 것, 직업 때문에 포기한 모든 것이 다시 떠올랐다. 유령들 때문에 포기한 것들이었다.

그 작은 침대 중 어딘가에서 갓 태어난 아기가 움직이는지 보기에는 육아실 안이 너무 어두웠다. 잔스는 물론 모든 출생을 통고받았다. 시장으로서 태어난 아기마다 축하 편지와 출생증명서에 서명을 했지만 그 이름들은 세월과 함께 흘러갔다. 아기 부모가 몇 층에 사는지, 아기가 첫째인지 둘째인지 거의 기억할 수 없었다. 그 사실을 인정하자니 슬펐지만, 그런 증명서들은 그저 또 다른 서류 작업이자 반복되는 의무가 되어갔다.

작은 침대들 사이에서 어른 그림자가 움직였다. 관찰실의 불빛을 받아서 서류철의 쬠쇠가 반짝이고 금속 펜의 섬광이 깜박거렸다. 그림자는 확실히 키가 컸고, 걸음걸이와 체구가 나이 많은 남자 같았다. 그는 천천히 움직이다가 어느 침대 위에서 무엇인가를 보고 짧게 내용을 기록했다. 두 가지 금속빛이 어른거리면서 합쳐졌다. 기록을 끝낸 남자는 방을 가로질러 넓은 문을 통과해 만스와 잔스가 있던 대기실로 들어왔다.

잔스의 눈에 비친 피터 니컬스는 인상적인 인물이었다. 키가 크고 말랐지만, 자신 없이 사지를 접었다가 펴는 것처럼 보이는 만스와는 달랐다. 피터는 운동이 습관이 된 사람처럼 말랐다. 한 번에 두 계단씩 뛰어오를 수 있고, 특별히 그런 속도에 맞게 설계된 것처럼 보이는 운반인들이 가끔 그러하듯이 키가 자신감을 뒷받침했다. 잔스는 피터가 내민 손을 잡고 단호한 악수를 받으면서 그 사실을 느낄 수 있었다.

"오셨군요." 니컬스 박사는 그렇게만 말했다. 냉정한 관찰이었다. 놀란 기색은 거의 드러나지 않았다. 만스와도 악수를 했지만 눈은 잔스를 향했다. "비서분에게 저는 별로 도움이 되지 않을 거라고 설명했습니다. 유감이지만 줄리엣이 그림자가 된 이후 20년간 만나보지 못했으니까요."

"흠, 사실은 바로 그 이야기를 하고 싶었답니다." 잔스는 부모가 갓난아이와 재회하는 동안 초조한 조부모와 이모, 고모, 삼촌이 앉아서 기다릴 쿠션 깔린 긴 의자를 흘긋 보았다. "앉아도 괜찮을까요?"

니컬스 박사는 고개를 끄덕이고 손짓했다.

"저는 공직 임명에 대단히 신중을 기합니다." 잔스는 박사와 마주 앉아서 설명했다. "제 나이쯤 되면, 제가 임명한 판사와 법 집행관들 대부분이 저보다 오래 살기를 기대하게 되고, 그러니 조심스럽게 골라야 하지요."

"하지만 언제나 그렇지는 않지요. 안 그렇습니까?" 니컬스 박사는 고개를 옆으로 기울이고, 세심하게 면도한 여윈 얼굴에 아무 표정도 떠올리지 않은 채 말했다. "늘 시장님보다 오래 살지는 않는다는 말입니다."

잔스는 침을 꿀꺽 삼켰다. 옆에서 만스가 움직거렸다.

"박사님은 분명히 가족을 소중히 여기시겠지요." 잔스는 이 또한 아무 나쁜 뜻이 없는 관찰 소견에 불과하다는 걸 깨닫고 화제를 바꿨다. "이렇게 부담이 큰 분야에서 오랫동안 그림자 노릇을 하고 직업도 선택하셨으니 말입니다."

니컬스 박사는 고개를 끄덕였다.

"왜 박사님과 줄리엣은 서로를 찾지 않았나요? 거의 20년간 단한 번도 말입니다. 줄리엣은 박사님의 유일한 자식인데요."

니컬스 박사는 고개를 살짝 틀었고, 그의 시선은 벽을 헤맸다. 잔스는 유리 너머에서 움직이는 다른 그림자에 잠시 정신이 팔렸다. 간호사가 순회하고 있었다. 또 한 쌍의 문이 분만실로 여겨지는 방으로 이어졌다. 바로 지금도 새로 어머니가 된 여자가 요양을 하면서 가장 귀중한 소유물을 건네받을 시간을 기다리고 있으리라.

"아들도 있었습니다." 니컬스 박사가 말했다.

잔스는 저도 모르게 가방에 든 서류철을 꺼내려고 손을 뻗었지만 가방은 옆에 없었다. 형제라니, 그녀가 빠뜨린 사항이었다.

"아실 수가 없었을 겁니다." 니컬스 박사는 잔스 시장의 얼굴에 떠오른 놀라움을 정확히 읽고 말했다. "그 아이는 살아남지 못했으니까요. 엄밀히 말하면 태어나지 못했지요. 티켓은 다른 곳으로 갔습니다."

"유감이군요······."

그녀는 손을 뻗어 만스의 손을 잡고 싶은 충동과 싸웠다. 두 사람이 아무 생각 없이라도 일부러 접촉을 해본 지 수십 년은 지났건만, 방 안에 갑자기 들어찬 슬픔이 그 지나간 시간을 날려버렸다.

"그 아이 이름은 니컬러스가 될 예정이었습니다. 제 아버지의 아버지 성함이지요. 미숙아로 태어났어요. 0.68킬로그램밖에 나가지 않았지요."

그 목소리에 담긴 의학적인 정확성이 어째서인지 감정을 쏟아내는 목소리보다 더 슬펐다.

"관을 삽입해서 인큐베이터에 옮겼지만······ 합병증이 있었습니다." 니컬스 박사는 자기 손등을 내려다보았다. "당시에 줄리엣은 열세 살이었지요. 상상이 가실지 모르겠습니다만, 그 아이도 남동생이 태어난다는 사실에 저희만큼이나 흥분했습니다. 1년만 더 있으면 분만실 간호사로 있던 제 어머니의 그림자가 될 예정이었으니까요." 니컬스 박사는 눈을 들었다. "이 육아실이 아니라 저희 부부가 일하던 예전 중간층 육아실에서였습니다. 당시 저는 아직 인턴이었지요."

"그런데 줄리엣은······?" 잔스 시장은 아직도 이야기가 어떻게 연관되는지 알 수 없었다.

"인큐베이터에 결함이 있었습니다. 니컬러스가······." 박사는 고개를 옆으로 돌리고 손을 눈가로 반쯤 가져갔지만, 스스로를 가다듬을 수 있었다. "죄송합니다. 저는 아직도 그렇게 부른답니다."

"괜찮습니다."

잔스 시장은 만스 부보안관의 손을 잡고 있었다. 언제, 어떻게 일어난 일인지 알 수 없었다. 니컬스 박사는 알아차리지 못했거나, 그보다는 알아도 신경 쓰지 않는 것 같았다.

"가엾은 줄리엣." 그는 고개를 저었다. "그 아이는 제정신이 아니었어요. 처음에는 로다를 원망하더군요. 기적을 일으켜서 우리 아들에게 실낱같은 희망이라도 준 죄밖에 없는 숙련된 분만실 간호사를 말입니다. 저는 그 점을 설명했지요. 줄리엣도 알았을 겁니다. 그저 미워할 사람이 필요했던 거죠." 그는 잔스를 보고 고개를 끄덕였다. "그 나이대 여자애들, 아시지요?"

"믿거나 말거나, 저도 기억한답니다." 잔스는 억지로 미소를 지었고, 니컬스 박사도 미소로 화답했다. 잔스는 만스가 손을 꽉 쥐는 것을 느꼈다.

"제 어미를 잃고 나서는 실패한 인큐베이터를 탓했어요. 글쎄, 인큐베이터 자체라기보다는 인큐베이터가 놓인 형편없는 환경이 문제였지요. 결국 모든 것들이 처하게 되는, 전반적인 노후 상태 말입니다."

"아내분도 합병증으로 돌아가셨나요?" 이것 또한 잔스가 서류에서 놓쳤음이 분명한 사항이었다.

"아내는 일주일 후에 자살했습니다."

다시 한번, 의학적인 무심함이 적용된 말투였다. 잔스는 그것이 이런 사건들을 겪은 후에 치고 들어온 생존 메커니즘인지, 아니면 원래 성격이 그런지 궁금했다.

"그랬다면 제가 기억할 텐데 말입니다." 만스 부보안관이 말했다. 의사에게 자기소개를 한 후 처음으로 꺼낸 말이었다.

"글쎄요, 사망증명서는 제가 직접 적었으니까요. 제가 원하는 어떤 사인이든 집어넣을 수 있었고⋯⋯."

"그 사실을 인정하시는 겁니까?" 만스는 의자에서 튀어오를 태세였다. 무엇을 하기 위해서인지, 잔스는 짐작도 할 수 없었다. 그녀는 만스의 팔을 잡고 일어나지 못하게 막았다.

"위조금지법을 어긴 것 말입니까? 물론입니다. 인정합니다. 어차피 쓸모없는 거짓말이었습니다. 줄리엣은 그 나이에도 똑똑했어요. 알아차렸지요. 그것 때문에 줄리엣은⋯⋯." 니컬스 박사는 말을 멈췄다.

"어쨌다는 건가요?" 잔스 시장이 물었다. "미쳤나요?"

"아닙니다." 니컬스 박사는 고개를 저었다. "그렇게 말하려던 게 아니에요. 그것 때문에 떠났다는 얘깁니다. 그 애는 그림자 담당을 바꿔달라고 신청했어요. 기계부로 내려가서 수리점에 그림자로 들어가겠다고요. 그런 현장 실습에 들어가기에는 아직 1년이 어렸지만, 전 동의했습니다. 서명을 해줬지요. 가서 심층의 공기를 좀 마시다가 돌아올 줄 알았거든요. 제가 순진했지요. 자유를 주면 그 애한테 좋을 줄 알았는데."

"그 후로 줄리엣을 만나지 못한 건가요?"

"한 번 봤습니다. 며칠 후에 있었던 애 엄마 장례식에서. 그 애는 혼자 성큼성큼 올라와서 장례식에 참석하고, 저를 한 번 끌어안고는 성큼성큼 내려가버렸어요. 듣자 하니 한 번도 쉬지 않았다더군요. 심층 육아실에 동료가 한 명 있어서 가끔 전신으로 소식을 전해주는데, 온통 그 애 얘기만 해댄답니다."

니컬스 박사는 잠시 말을 멈추고 소리 내어 웃었다.

"그거 아십니까, 그 애가 어렸을 때는 걔 엄마 모습밖에 보이지 않았어요. 하지만 크니까 저를 더 닮았더군요."

"줄리엣이 사일로 보안관직을 맡지 못하게 할 만한 요소나, 그 자리에 맞지 않을 만한 부분을 알고 계십니까? 이 직업이 어떤 일인지는 아시겠지요?"

"압니다." 니컬스 박사는 만스 쪽을 보았다. 그의 시선은 조잡하게 묶인 가운 틈으로 보이는 구리 배지에서 허리에 불거진 권총으로 흘러갔다. "사일로 전체에 흩어져 있는 법 집행관들 모두에게는 위에서 명령을 내릴 누군가가 있어야 한다, 이거지요?"

"대충 그래요." 잔스가 대답했다.

"왜 그 아입니까?"

만스가 목청을 가다듬고 끼어들었다. "한번 우리 수사를 도와준 적이⋯⋯."

"줄스가요? 그 애가 여기까지 올라왔단 말입니까?"

"아니요. 저희가 내려갔습니다."

"그 애는 훈련을 받지 않았어요."

"아무도 훈련받은 적 없습니다." 만스가 말했다. "이건 오히려⋯⋯ 공직이라고 할 수 있어요. 시민을 위한 자리 말입니다."

"그 애는 동의하지 않을 겁니다."

"왜지요?" 잔스가 물었다.

니컬스 박사는 어깨만 으쓱였다. "직접 아시게 되겠지요." 박사는 일어섰다. "시간을 더 내어드릴 수 있으면 좋겠지만, 정말로 돌아가봐야 합니다." 그는 양여닫이문 쪽을 보았다. "곧 한 가족을 데려올 예정이라."

"이해합니다." 잔스는 일어서서 니컬스 박사와 악수를 했다. "만나주셔서 고맙습니다."

박사는 웃었다. "제게 선택권이 있었나요?"

"물론이지요."

"저런, 진작 알았으면 좋았을 텐데요."

박사는 미소 지었고, 잔스는 박사가 농담을 하고 있거나, 하려고 한다는 사실을 알았다. 박사와 헤어져서 맡겨둔 짐을 찾고 가운을 반납하러 복도를 걸어가는 동안, 잔스는 만스의 이번 지명에 점점 더 흥미가 간다는 사실을 깨달았다. 심층부의 여자라니, 만스의 스타일이 아니었다. 그것도 마음에 짐을 진 여자라니. 혹시 만스의 판단이 다른 요소에 가려졌을 가능성이 있을까 궁금했다. 그리고 만스가 주 대기실로 나가는 문을 잡아주는 동안, 잔스 시장은 혹시 자신이 그에게 동조하는 것도 판단이 흐려졌기 때문일까 생각했다.

10

점심시간이었지만 두 사람 다 배가 많이 고프지 않았다. 잔스는 옥
수수바를 조금씩 먹으면서 걸었고, 운반인처럼 '움직이면서 먹는'
스스로가 자랑스러웠다. 그들은 계속 운반인들과 스쳐 지나갔고,
그들에 대한 잔스의 존경심은 점점 더 커졌다. 잔스는 운반인 남자
와 여자들이 그렇게 많은 짐을 지고 올라가는 동안 가벼운 짐만 가
지고 아래로 내려간다는 사실에 기묘한 죄책감을 느꼈다. 게다가
운반인들은 정말 빠르게 움직였다. 그녀와 만스는 아래로 내려가
는 운반인이 미안해하며 쿵쿵 지나가는 동안 난간에 몸을 붙였다.
그 운반인의 그림자인 열다섯이나 열여섯 살쯤 된 소녀가 바로 뒤
에 붙어서, 재활용 센터에 가져가는 쓰레기 자루 같은 물건을 지고
내려갔다. 매끈하게 근육이 붙은 다리를 짧은 반바지 아래로 길게
내뻗으며 나선 계단 아래로 사라지는 어린 여자아이의 모습을 지켜
보면서 잔스는 갑자기 자신이 무척 늙고 지쳤음을 느꼈다.

두 사람은 규칙적으로 보조를 맞추었다. 뻗은 발을 다음 디딤판 위에 띄웠다가, 중력을 받아들여 뼈를 떨어뜨리듯이 발을 내리고, 손을 난간 위로 미끄러뜨린 다음, 지팡이를 앞으로 내밀기를 반복했다. 30층을 돌면서 잔스의 마음에 의혹이 스며들었다. 해돋이 무렵에만 해도 멋진 모험 같았던 일이 이제는 고역이었다. 다시 올라가기가 얼마나 힘들지 알고 있다 보니 걸음마다 마지못해 내딛게 되었다.

그들은 32층에서 상층부 정수 처리장을 지났다. 잔스는 사실상 새로운 사일로 지역을 보고 있음을 깨달았다. 인정하기 부끄러운 일이지만, 이렇게 깊이 내려와본 지 한참이 지났다. 그리고 그동안 변화가 생겼다. 건설과 보수 공사가 진행 중이었다. 벽 색깔이 기억과 달랐다. 하지만, 기억이란 본시 믿기 힘든 법이었다.

IT부가 가까워오면서 계단을 오가는 통행량이 줄어들었다. 여기는 사일로에서 가장 인구 밀도가 낮은 층들이었다. 스물다섯 명도 안 되는 남녀가—주로 남자들이—자기들만의 작은 왕국에서 작업을 했다. 사일로 서버 컴퓨터들이 거의 한 층을 다 차지했는데, 폭동 기간에 완전히 지워졌다가 최근 역사를 천천히 다시 저장하고 있었다. 서버 컴퓨터에 대한 접근은 이제 엄중히 제한되었고, 33층 층계참을 지나면서는 그들이 소모하는 전기의 강력한 울림이 잔스의 귀에까지 전해질 정도였다. 사일로가 원래 무엇이었든 간에, 아니면 원래 무엇으로 설계되었든 간에 이 이상한 기계들이 으뜸가는 기관이라는 사실은 물어보거나 듣지 않고도 알 수 있었다. 서버 컴퓨터들의 전력 소모는 예산 회의 때마다 언쟁을 불러일으켰다. 하지만 청소의 필요성, 바깥에 대해 말하기조차 꺼리는 두려움, 그와 더불어 따라오는 온갖 위험한 터부들은 IT부에 놀라운 재량권을 부여했다. 여기에는 유치장에서 기다리는 사람들 각각에게 맞추어 보호복을 만드는 연구실이 있었고, 그것만으로도 다른 모두와 달라 보였다.

아니다. 잔스는 스스로에게 말했다. 단순히 청소에 관한 터부나 바깥에 대한 두려움 때문만은 아니었다. 희망 때문이었다. 사일로 시민 모두가 품고 있는, 말하지는 않지만 막을 수 없는 희망이 있었다. 우스꽝스럽고, 근거도 없는 희망이었다. 그들 자신에게는 안 될지 몰라도 자식들 세대에는, 아니면 자식들의 자식들 대에는 다시 바깥세상에서의 삶이 가능해질지도 모르고, 그 일을 가능하게 해줄 것은 IT부의 작업과 그들의 연구실에서 튀어나오는 뚱뚱한 보호복이라는 믿음이었다.

잔스는 바깥에 산다는 생각만으로도 진저리를 쳤다. 어린 시절의 조건화란 그렇게 강력했다. 신이 그녀의 생각을 듣고 쫓아낼지도 모른다는 믿음. 보호복을 입는다는 상상을 해보았다. 그녀가 그토록 많은 사람에게 선고한 그 움직이는 관 속에 스스로를 집어넣어 보았다. 너무나 자주 하는 생각이었다.

34층에서 잔스는 층계참으로 빠져나갔다. 만스가 물통을 손에 들고 따라갔다. 잔스는 하루 종일 그의 물통으로 마시면서 자기 물통은 등에 매어두었음을 깨달았다. 여기에는 유치하고 낭만적인 구석이 있었지만, 실용적인 이유도 있었다. 다른 사람의 배낭에 넣어둔 물통을 잡기보다 자기 물통에 손을 뻗기가 더 힘들었다.

"좀 쉴까요?" 만스가 두 모금 정도 남은 물통을 건넸다. 잔스는 한 모금을 마셨다.

"여기가 우리 다음 정류장이에요." 잔스가 말했다.

만스는 문 위에 찍힌 색 바랜 숫자를 올려다보았다. 분명히 여기가 몇 층인지 알고 있을 텐데도 한 번 더 확인해야 한다는 듯이.

잔스는 물통을 돌려줬다. "과거에는, 언제나 전신으로 내 지명에 승인을 받았어요. 이전에 험프리스 시장도 그랬고, 그 전에 제퍼스 시장도 그랬거든요." 그녀는 어깨를 으쓱였다. "관례라는 거죠."

"여기에서 승인을 받아야 하는지는 몰랐는데요." 만스는 마지막한 모금을 마시고 잔스의 등을 툭툭 치더니, 손가락으로 돌아서라는 시늉을 했다.

"흠, IT부에서 내 지명을 거부한 적은 한 번도 없었어요." 잔스는 물통이 배낭에서 빠져나가는 것을 느꼈다. 그 자리에 만스의 빈 물통이 꽂혔다. 그녀의 배낭은 아주 조금 가벼워졌다. 그녀는 만스가 그녀의 물통을 들고 다니면서, 통이 빌 때까지 같이 마시기를 바란다는 사실을 깨달았다. "그런 불문율은 그저 비공식적인 감독이 있다는 사실을 알고, 모든 판사와 법 집행관을 신중하게 선택하라고 만들었을 거예요."

"그래서 이번에는 그 일을 직접 하겠다는 거군요."

잔스는 몸을 돌려 부보안관을 마주했다. "기왕 이 길을 지나가고 있으니……." 그녀는 말을 멈추고 젊은이 한 쌍이 손을 잡고, 한 번에 두 칸씩 계단을 밟으며 서둘러서 만스를 지나쳐 올라가는 동안 기다렸다. "멈춰서 살펴보지 않는 게 더 이상할지도 모르지요."

"살펴본다고요?" 만스가 말했다. 잔스는 그가 난간 너머로 침을 뱉지 않을까 생각했다. 그런 말투라면 그 정도 마무리는 지어줘야 할 것 같았다. 갑자기 약점이 또 하나 드러난 기분이었다.

"친선 사절단으로 생각해요." 그녀는 문 쪽으로 몸을 돌리면서 말했다.

"불시 진상 조사단 정도로 생각하겠수다." 만스는 그 뒤를 따르면서 중얼거렸다.

육아실과 달리 여기에서는 IT부의 신비스러운 안쪽으로 들어가기 위해 진동 소리를 내며 문을 통과하지는 않는다는 걸 알 수 있었다. 기다리는 동안 잔스는 은색 작업복으로 알아볼 수 있는 IT부 직원조차 부서를 떠나서 계단 쪽으로 나오려고만 해도 몸수색을 받는 모습을 지켜보았다. IT부의 내부 보안요원인지, 작은 지팡이를 쥔 남자가 금속 문을 통과하는 모든 사람을 확인하는 일을 맡은 모양이었다. 그러나 그 문 바깥에 있는 접수 담당자는 공손했고, 시장의 방문을 즐겁게 받아들이는 듯했다. 접수 담당자는 최근에 있었던 청소에 대한 애도를 표현했고, 이상한 말이었지만 잔스는 그런 애도를 좀 더 자주 들었으면 싶었다. 그들은 현관에 붙은 작은 회의실로 안내를 받았는데, 아마도 번거로운 보안 절차를 통과하지 않고 다양한 부서 사람들을 맞이하는 장소일 듯했다.

"이 공간 좀 봐요." 일단 방에 둘만 남게 되자 만스가 속삭였다. "현관 로비의 크기는 봤어요?"

잔스는 고개를 끄덕였다. 감시당하는 것 같은 으스스한 기분을 확인해줄 구멍이나 다른 물건을 찾아서 천장과 벽을 훑어보았다. 그녀는 가방과 지팡이를 내려놓고 푹신한 의자에 털썩 주저앉았다. 그리고 의자가 움직이자 바퀴가 달려 있음을 깨달았다. 기름을 제대로 친 바퀴였다.

"언제나 여기를 살펴보고 싶었는데." 만스가 말했다. 그는 넓은 로비가 내다보이는 유리창을 들여다보았다. "여기를 지날 때마다, 뭐 열 번 정도밖에 안 되지만, 그때마다 이 안에 뭐가 있는지 궁금하더라고요."

잔스는 그만 말하라고 부탁하고 싶었지만, 그랬다가는 마음을 상할까 걱정스러웠다.

"저 친구, 황급히 들어오네요. 시장님 때문인가 봅니다."

잔스는 고개를 돌리고 창문을 통해 그들 쪽으로 오는 버나드 홀랜드를 보았다. 버나드는 문에 다가서면서 시야에서 사라졌다. 곧이어 손잡이가 가볍게 내려가더니, IT부를 매끄럽게 굴리는 일을 맡고 있는 키 작은 남자가 방 안으로 걸어 들어왔다.

"시장님."

버나드는 이를 드러내고 웃었다. 앞니가 엉망이었다. 이런 결점을 감추려는 보잘것없는 시도로 숱이 적은 콧수염을 늘어뜨리고 있는 것 같았다. 키가 작고, 살이 찌고, 작은 코 위에 안경을 걸친 그는 모든 면에서 IT 분야의 전문가처럼 보였다. 무엇보다, 영리해 보이는 남자였다. 적어도 잔스의 눈에는.

그는 의자에서 일어서는 잔스에게 손을 내밀었고, 그 망할 의자는 잔스가 팔걸이를 누르며 일어나자 거의 튀어 나가다시피 했다.

"조심하셔야지요." 버나드는 잔스의 팔꿈치를 잡고 부축하면서 말했다. "부보안관." 그는 잔스가 균형을 다시 잡는 사이에 만스를 향해 고개를 끄덕였다. "여기까지 내려오다니 영광입니다. 이런 여행을 자주 하지 않는 줄 아는데요."

"촉박한 통보에도 만나줘서 고맙군요." 잔스가 말했다.

"당연한 일입니다. 부디, 편하게 앉으시지요." 버나드는 래커 칠을 한 회의 탁자를 손으로 쓸었다. 시장실 탁자보다 더 좋았지만, 잔스는 시장실만큼 자주 쓰지 않아서 반짝이는 것뿐이라고 스스로를 달랬다. 그녀는 조심스럽게 의자에 앉은 다음, 가방 안에 손을 넣어 서류철을 꺼냈다.

"언제나처럼 바로 업무에 들어가시는군요." 버나드가 그 옆에 앉으면서 말했다. 그는 작고 동그란 안경을 코 위로 밀어 올리고 통통한 배가 탁자에 닿을 때까지 의자에 앉은 몸을 앞으로 밀었다. "그 점에 대해서는 언제나 감사드립니다. 짐작하실 수 있겠지만, 저희는 어제의 불행한 사건으로 언제나처럼 바쁘거든요. 처리해야 할 데이터가 잔뜩이에요."

"그건 어떻게 되어가나요?" 잔스는 앞의 서류를 정리하면서 물었다.

"언제나처럼 긍정적이기도 하고 부정적이기도 합니다. 밀폐 센서의 정보를 판독해보니 호전되기는 했습니다. 알려진 여덟 가지 독소의 대기 수준이 하락했습니다. 많이는 아니지만요. 그리고 두 가지는 상승했습니다. 대부분은 변화가 없고요." 버나드는 손을 내저었다. "지루한 기술적 설명이 잔뜩이지만 다 제 보고서에 들어갈 겁니다. 시장실로 돌아가시기 전에 올려 보내야 할 텐데요."

"괜찮아요." 잔스는 다른 말을 더 덧붙이려 했다. 버나드의 부서가 맡은 노고에 감사를 표하고, 도무지 이유는 알 수 없지만 또 한 번 청소가 성공적으로 이루어졌다는 사실을 알리고 싶었다. 그러나 청소를 한 사람은 홀스턴이었다. 잔스에게는 그림자나 다름없었던 존재, 그녀가 죽어서 과일나무 양분이 되었을 때 시장실을 맡길 수 있었던 유일한 사람. 청소가 잘되었다는 사실에 갈채를 보내기는커녕, 청소에 대해 언급하기도 너무 일렀다.

"보통 이런 사안은 전신으로 보내지만, 어차피 지나가는 길이기도 하고, 당신은 다음 위원회의까지…… 어디 보자, 석 달은 올라오지 않을 테니까 말이지요."

"시간은 빨리 흘러가지요." 버나드가 말했다.

"지금 비공식으로 합의를 이뤄두면 우리의 첫 번째 후보자에게 일자리를 제안할 수 있겠다고 생각했어요." 잔스는 만스를 흘긋 보고 말을 이었다. "일단 그 사람이 수락을 하면, 다시 올라오는 길에 서류 작업을 마무리할 수 있겠지요. 괜찮다면요." 그녀는 버나드 쪽으로 서류철을 밀었고, 버나드가 그 서류철을 받는 대신 다른 서류철을 내밀자 놀랐다.

"흠, 이걸 검토해봅시다." 버나드는 서류철을 열고, 엄지손가락에 침을 묻혀서 고급스러운 종이 몇 장을 넘겼다. "시장님의 방문에 대해서는 연락을 받았습니다만, 후보자 목록은 오늘 아침에야 제 책상에 떨어졌습니다. 그렇지만 않았어도 내려왔다가 다시 올라가시는 여행은 피하도록 해봤을 텐데요." 버나드는 구김살 하나 없는 종이 한 장을 뽑았다. 색도 바래지 않은 듯했다. 잔스는 시장실에서도 옥수수 가루 반죽을 뭉쳐 종이를 만드는데 IT부는 그런 종이를 어디에서 얻는 걸까 생각했다. "제 생각에는, 여기 목록에 오른 이름 셋 중에 빌링스가 적임입니다."

"그 친구는 다음번에 고려할……." 만스 부보안관이 입을 열었다.

"지금 고려해야 한다고 봅니다." 버나드는 잔스 쪽으로 종이를 밑었다. 승인서였다. 맨 밑에 서명들이 들어가 있었다. 그중 한 줄만 비어 있었고, 그 아래 시장의 이름이 깔끔하게 찍혀 있었다.

잔스는 숨이 턱 막혀왔다.

"벌써 피터 빌링스에게 접촉을 한 건가요?"

"빌링스는 받아들였습니다. 워낙 젊고 원기 왕성하니, 법복은 그 친구에게는 조금 답답할 테지요. 저야 그 자리에도 괜찮은 선택이었다고 생각합니다만, 지금 보안관직에는 더 좋은 선택이라고 봅니다."

잔스는 피터 빌링스의 임명 과정을 기억했다. 장래에 그녀의 선택이 받아들여질 만한 포석으로 여기고 버나드의 제안대로 택한 경우였다. 잔스는 서명을 찬찬히 살펴보았다. 현재 피터가 그림자로 일하고 있는 윌슨 판사를 대신해서 올려 보냈던 다양한 기록 덕분에 손 글씨가 눈에 익었다. 그날 계단에서 미안하다고 말하며 두 사람을 지나쳐 달려갔던 운반인 중 누군가가 바로 이 종이를 부리나케 배달하지 않았을까 상상했다.

"유감이지만 피터는 현재 우리 목록에서 세 번째예요." 잔스 시장은 마침내 말했다. 목소리에서 갑자기 피로감이 느껴졌다. 다 쓰지도 않으면서 크기만 해 휑뎅그렁하게 낭비되는 회의실 안에서, 그녀의 목소리는 약하고 노쇠하게 들렸다. 그녀는 만스를 쳐다보았다. 그는 턱을 악물었다가 힘을 뺐다가 하면서 승인서를 노려보고 있었다.

"흠, 우리 양쪽 다 머피의 이름이 들어간 건 겉치레라는 걸 안다고 생각하는데요. 머피는 보안관 일을 하기에는 너무 나이가 많고……."

"나보다는 젊소이다." 만스가 말을 끊었다. "난 잘 버티고 있고."

버나드는 고개를 기울였다. "그래요, 뭐, 어쨌든 안타깝지만 두 분의 첫 번째 후보는 안 될 겁니다."

"왜 그렇지요?" 잔스가 물었다.

"신원 조사가 얼마나…… 철저했는지 잘 모르겠습니다만, 그 후 보자는 저희 부서와 문제가 꽤 있었습니다. 제가 이름을 알아볼 정 도니까요. 기계부 사람인데도 말이죠."

버나드는 '기계부'라는 말을, 마치 유해한 무언가를 삼켰다는 듯 이 발작적으로 내뱉었다.

"어떤 문제 말이오?" 만스는 내용을 요구했다.

잔스는 부보안관에게 경고하는 눈빛을 던졌다.

"뭐랄까, 보고하고 싶은 내용은 아니었어요." 버나드는 만스를 돌아보았다. 그 자그마한 남자의 눈에는 독기가 어려 있었다. 부보 안관에 대한, 아니면 그의 가슴팍에 달린 별에 대한 노골적인 미움 이 가득했다. "법을 끌고 들어올 만한 일은 아니에요. 하지만 그 여 자 사무실에서 약간…… 창의적인 징발이 있었지요. 얼토당토않게 우선권이니 뭐니를 주장하면서 우리가 쓸 물건을 다른 경로로 수송 해 갔어요." 버나드는 심호흡을 하고 앞에 놓인 서류철 위에 두 손 을 포갰다. "그 자체로 도둑질이라고까지 부르지는 않겠지만, 우리 는 기계부 책임자인 디건 녹스에게 이…… 부정행위를 알리는 항 의문을 보냈습니다."

"그게 다요?" 만스는 으르렁거렸다. "물자 징발이?"

버나드는 얼굴을 찌푸리면서 서류철 위에 손을 펼쳤다. "그게 다 냐니요? 제대로 들은 겁니까? 그 여자는 내 부서에서 다른 경로로 물건을 빼돌렸어요. 사실상 물건을 훔쳤단 말입니다. 그걸 사일로를 위해 썼는지도 분명하지 않아요. 사사로운 이득을 추구했을 수도 있지요. 누가 알겠습니까, 그 여자는 전기도 허용량보다 더 쓰는데. 어쩌면 그걸 치트와 바꿔서……."

"이건 공식 고발입니까?" 만스가 물었다. 그는 주머니에서 종이철을 꺼내고 샤프를 찰칵거렸다.

"아, 아닙니다. 말했다시피, 보안관 사무실을 귀찮게 하고 싶지는 않습니다. 하지만, 보시다시피 사법부의 고위직에 발을 들일 만한 사람이 아니지요. 솔직히 기계공이라면 그럴 수도 있고, 그러니 이 후보자는 그 자리에 머물러야 해요." 버나드는 문제는 그것으로 끝이라는 듯이 서류철을 두드렸다.

"그게 당신의 의견이로군요." 잔스 시장이 말했다.

"아, 그렇죠. 그리고 훌륭한 후보자가 대기하고 있고 기꺼이 봉사할 마음인 데다가 이미 상층부에 살고 있으니……."

"당신 의견은 감안하겠어요." 잔스는 탁자에 놓인 빳빳한 승인서를 집어서 일부러 반으로 접은 다음, 손톱으로 주름을 잡아서 쭉 눌렀다. 그녀는 버나드가 충격 받은 표정으로 지켜보는 가운데 그 종이를 서류철에 끼워 넣었다.

"그리고 우리의 첫 번째 후보자에 대해 공식적인 항의는 없으시니, 그 사람과 보안관직에 대해 이야기를 나눠보아도 좋다는 암묵적인 승인으로 받아들이지요." 잔스는 일어서서 가방을 움켜쥐었다. 그러고는 서류철들을 배낭 바깥 주머니에 밀어 넣고 끈을 조인 다음, 회의 탁자에 기대어놓았던 지팡이를 잡았다. "만나줘서 고마워요."

"그야, 그렇지만······." 버나드는 서둘러 일어나서 문으로 향하는 잔스를 쫓아갔다. 만스는 미소 지으며 일어나 그 뒤를 따랐다.

"피터에게는 뭐라고 말하지요? 언제든 일을 시작하는 줄 알고 있는데요!"

"애초에 피터에게는 아무 말도 말았어야지요." 잔스가 말했다. 그녀는 로비에 멈춰 서서 버나드를 쏘아보았다. "난 비밀리에 목록을 보냈는데, 당신은 그 신뢰를 배신했어요. 당신이 사일로를 위해 하는 모든 일에 대해서는 고맙게 생각합니다. 당신과 나는 오랫동안 평화롭게 같이 일하면서, 아마도 우리 시민들이 아는 가장 번창한 시대를 관리했지요."

"바로 그래서······." 버나드가 입을 열었다.

"바로 그래서 이 권력 남용을 용서하는 겁니다." 잔스 시장이 말했다. "이건 내 일이에요. 내 시민들입니다. 시민들은 바로 이런 결정을 내리라고 나를 뽑았어요. 그러니 부보안관과 나는 가던 길을 가겠습니다. 우리는 가장 유력한 후보를 제대로 면담할 겁니다. 그리고 서명할 내용이 있을 경우에는 올라오는 길에 꼭 들르도록 하지요."

버나드는 졌다는 듯이 양손을 펼쳤다. "좋습니다. 사과드리지요. 그저 이 과정을 더 신속하게 처리할 수 있지 않을까 했습니다. 자, 부디 조금이라도 쉬고 가시지요. 두 분은 저희의 손님입니다. 음식이라도 좀 들고 가세요. 과일이라도."

"가던 길 가겠어요." 잔스가 말했다.

"알겠습니다." 버나드는 고개를 끄덕였다. "하지만 물이라도 받아 가시지요? 물통은 채우셔야 하지 않습니까?"

잔스는 물통 하나가 이미 비었고, 아직 몇 층은 더 내려가야 한다는 사실을 떠올렸다.

"그건 친절한 제안이 되겠군요." 그녀는 말하고 나서 만스에게 신호를 했고, 만스는 그녀가 그의 배낭에 든 물통을 잡을 수 있게 몸을 돌렸다. 이어서 잔스도 자기 배낭에 든 물통을 잡을 수 있게 등을 돌렸다. 버나드는 부하 직원 한 명에게 손짓해서 물통을 가져다가 가득 채우도록 했지만, 내내 이 특이하고 친밀한 물통 교환에서 시선을 떼지 않았다.

11

잔스는 거의 50층까지 내려가서야 제대로 생각을 할 수 있었다. 배낭에 든 피터 빌링스의 승인서 무게를 느낄 수 있을 것만 같았다. 만스는 몇 걸음 뒤에서 버나드를 욕하고 투덜거리며 잔스를 따라 잡으려 애쓰고 있었고, 잔스는 어느새 집착이 생겼음을 깨달았다. 이 여행이 실수 정도가 아니라 헛된 짓일지도 모른다는 느낌이 점점 커지면서 허벅지와 종아리에 느껴지는 피로감도 심해졌다. 자기 딸은 받아들이지 않을 거라고 경고하는 아버지. 다른 사람을 고르라는 IT부의 압력. 이제는 내려가는 걸음마다 두려움이 깃들었다. 두려웠지만, 그럼에도 줄리엣이 적임자라는 새로운 확신이 생겼다. 그들은 기계부에서 일하는 이 여자가 보안관직을 맡게 설득해야 했다. 하다못해 버나드에게 보여주기 위해서라도, 이 고된 여행이 완전히 쓸모없는 짓이 되지 않기 위해서라도.

잔스는 늙었고, 오랫동안 시장으로 있었다. 그녀가 일을 제대로 했기 때문이기도 했고, 더 나쁜 일이 일어나지 않게 막았기 때문이기도 했지만, 무엇보다 소란을 일으키는 일이 드물었던 덕이 컸다. 그녀는 이제 때가 됐다고 느꼈다. 지금, 결과가 문제가 되지 않을 만큼 나이를 먹었을 때 감행해야 했다. 그녀는 만스를 흘긋 돌아보고 그에게도 마찬가지라는 사실을 알았다. 그들의 시간은 거의 끝났다. 그들이 사일로를 위해 할 수 있는 제일 좋은 일이자 제일 중요한 일은 그들의 유산이 지속되게 만드는 것이었다. 폭동도 없고, 권력 남용도 없도록. 그것이 잔스가 지난 몇 번의 선거에서 경쟁자 없이 당선된 이유였다. 하지만 이제 그녀는 자신이 결승선으로 미끄러져 가는 동안, 더 강하고 젊은 주자들이 추월할 준비를 하고 있음을 느낄 수 있었다. 버나드의 요청대로 승인해준 판사가 몇 명이었던가? 그리고 이제는 보안관까지? 버나드가 시장이 될 때까지는 얼마나 걸릴까? 아니면 더 나쁜 경우, 사일로 도처에 줄을 늘어뜨리고 꼭두각시 인형을 움직이는 인물이 될 때까지는?

"진정해요." 만스가 씨근거렸다.

잔스는 너무 빨리 걷고 있음을 깨닫고 걸음을 늦췄다.

"그놈 때문에 열 받았군요." 만스가 말했다.

"당신도 화내야죠." 잔스는 그에게 쇳소리를 냈다.

"이러다가 정원을 지나치겠어요."

층계참의 번호를 확인해보니 만스 말이 옳았다. 주의를 기울이고 있었다면 냄새도 알아차렸을 터였다. 다음 층계참에 연결된 문이 활짝 열리더니, 양쪽 어깨에 과일 자루를 짊어진 운반인이 성큼성큼 걸어 나오면서 따라 나온 싱싱하고 촉촉한 식물 냄새가 그녀를 압도했다.

저녁 식사 시간도 지난 터라 그 냄새에 도취되는 기분이었다. 운반인은 짐을 과하게 짊어지고서도 두 사람이 계단을 벗어나서 층계참으로 들어서는 모습을 보더니, 무겁고 커다란 자루에 울퉁불퉁한 팔을 감고, 든든하게 중심을 잡은 발로 열린 문을 받쳤다.

"시장님." 그는 잔스에게 고개를 숙이고 만스에게도 목례를 했다.

잔스는 고맙다고 말했다. 사일로 전역에 배달하는 모습을 보고 또 본 탓인지 운반인들은 대부분 낯이 익었다. 하지만 붙잡고 이름을 물어 기억할 만큼 그들은 한곳에 오래 머물지 않았다. 이런 식의 친분 쌓기는 보통 그녀가 명민함을 발휘하는 기술인데도 그랬다. 그녀는 만스와 함께 수경재배 농장으로 들어가면서 운반인들은 매일 집에 가서 가족과 함께 밤을 보낼까 생각했다. 아니, 운반인들에게 가족이 있기는 할까? 사제들과 비슷할까? 이렇게 나이를 먹고 호기심도 강한 잔스가 그 정도도 모르다니. 하지만 운반인들을 제대로 알아차리고, 그 직업에 고마워하려면 계단에서 하루를 보내야 하는지도 몰랐다. 운반인들은 숨 쉬는 공기와 같아서, 언제나 존재하고, 언제나 근무했다. 너무나 필요했기에 어디에나 있었고 당연하게 여겨졌다. 하지만 이제는 계단을 내려가면서 느낀 피로가 운반인들에 대한 감각을 완전히 열어준 셈이었다. 갑자기 산소가 적어졌을 때처럼, 주어진 것에 감사하는 마음이 일어났다.

"저 오렌지 냄새 좀 맡아봐요." 만스의 목소리에 잔스는 퍼뜩 생각에서 깨어났다. 만스는 낮은 정원 문을 통과하면서 쿵쿵 공기 냄새를 맡았다. 초록색 작업복을 입은 직원이 들어오라고 손짓했다. "가방은 여기 두세요, 시장님." 직원은 어깨에 거는 가방과 꾸러미들이 드문드문 채워진 보관함 벽을 가리켰다.

잔스는 그 말에 따라 보관함 하나에 가방을 넣었다. 만스는 그녀의 가방을 뒤로 밀어 넣고 같은 보관함에 자기 가방을 넣었다. 공간을 아끼기 위해서인지, 그냥 보호하는 습관 때문인지 알 수 없었지만 잔스에게는 그 행동이 정원 안의 공기처럼 달콤했다.

"저녁을 예약했는데요." 잔스는 직원에게 말했다.

직원은 고개를 끄덕였다. "한 층 내려가시면 숙소가 나옵니다. 아직 두 분 방은 준비 중일 거예요. 여기는 그냥 들르신 건가요, 식사를 하실 건가요?"

"글쎄요, 생각 중인데."

젊은 남자 직원은 미소를 지었다. "식사하시다 보면 두 방 다 준비되어 있을 겁니다."

'방이 두 개구나.' 잔스는 생각하고, 청년에게 고맙다고 인사한 후 만스 뒤를 따라 정원 네트워크로 들어갔다.

"여기 와본 게 얼마 만이에요?" 잔스가 부보안관에게 물었다.

"허어. 꽤 됐지요. 4년쯤 됐나?"

"맞아요." 잔스는 소리 내어 웃었다. "내가 그걸 어떻게 잊겠어요? 세기의 강도 사건이 있었는데."

"시장님이 재미있다고 생각하니 기쁘군요." 만스가 말했다.

복도 끝까지 가자, 수경재배 정원의 배배 꼬인 나선 통로가 양쪽 방향으로 갈라져 뻗어나갔다. 이 주 통로는 안쪽 콘크리트 벽까지 미로처럼 사일로 두 층을 구불구불 이었다. 파이프에서 지속적으로 떨어지는 물방울 소리가 이상하게 마음을 달래주었고, 떨어지는 물소리는 낮은 천장에 반사되어 메아리쳤다. 통로는 양쪽이 트여서, 하얀 플라스틱 파이프의 격자 속에서 자라는 무성한 식물과 채소와 작은 나무들, 사방으로 뻗어나가는 덩굴과 긴 줄기들을 지탱해주는 노끈들을 보여주었다. 어린 그림자를 거느린 남자와 여자들이 하나같이 초록색 작업복을 입고 식물을 돌보았다. 그들의 목에 걸린 자루는 그날의 수확물로 부풀어 있었고, 손에 들린 절단기는 몸의 일부인 양 자연스럽게 찰칵거렸다. 가지치기는 최면에 걸린 듯 노련하고 수월하게 이루어졌다. 몇 날, 몇 주, 몇 년의 연습과 반복으로만 얻을 수 있는 능력이었다.

"도둑질이 내부 범죄일 수도 있다고 처음 말한 사람이 당신 아니었어요?" 잔스는 아직도 혼자 웃으면서 물었다. 두 사람은 작물 시식과 식사를 위한 식당을 가리키는 표지판들을 따라갔다.

"정말로 그 이야기를 해야겠어요?"

"왜 그 일을 창피해하는지 모르겠네요. 당신도 웃어야죠."

"시간이 지나면요." 만스는 멈춰 서서 그물 울타리 너머로 토마토 더미를 응시했다. 잘 익은 토마토 냄새가 풍겨오자 잔스의 배가 꼬르륵거렸다.

"당시 우린 불시 단속 생각에 걱정이 태산이었어요." 만스는 조용히 말했다. "홀스턴은 내내 엉망이었고. 밤마다 최신 정보를 달라고 전신을 보내는데, 홀스턴이 누군가를 그렇게 열심히 잡고 싶어 하는 모습은 처음 봤다니까요. 정말 필요한 일처럼 말이에요. 알죠?" 그는 보호용 격자에 손가락을 감고 마치 지나가는 세월을 들여다보듯이 채소들을 훑어보았다. "돌이켜보면, 그때도 앨리슨에게 무슨 일이 벌어지고 있다는 걸 알았지 싶어요. 광기가 다가오는 걸 봤다고 해야 하나." 만스는 잔스를 돌아보았다. "앨리슨이 청소하기 전에 어땠는지 기억해요? 청소한 지 정말 오래돼서, 모두가 곤두서 있었지요."

잔스는 오래전에 미소를 거둔 상태였다. 그녀는 만스에게 가까이 다가섰다. 그는 식물 쪽으로 고개를 돌리고, 일꾼 하나가 빨갛게 익은 토마토를 잘라서 바구니에 넣는 모습을 지켜보았다.

"난 홀스턴이 사일로에서 김을 빼고 싶어 했다고 생각해요, 당신도 알겠지만. 내려와서 직접 절도 사건을 수사하고 싶었을 거예요. 그 일에 목숨이라도 걸린 사람처럼 매일 보고를 받으려고 했지요."

"그 일을 끄집어내서 미안해요." 잔스는 그의 어깨에 손을 올리고 말했다.

만스는 고개를 돌리고 그녀의 손등을 바라보았다. 콧수염 아래로 아랫입술이 보였다. 잔스는 그녀의 손에 입을 맞추는 그의 모습을 그려볼 수 있었다. 그녀는 손을 떼어냈다.

"괜찮아요. 그런 응어리만 없다면 꽤 웃긴 일인 건 맞으니까." 그는 몸을 돌리고 복도를 다시 걸었다.

"그게 어떻게 여기 들어왔는지는 알아냈나요?"

"계단으로 올라왔겠죠. 그럴 수밖에 없어요. 어린애가 애완동물로 기르려고 한 마리 훔쳤다가 여기에 풀어놨다고 하는 소리도 듣긴 했지만."

잔스는 웃음을 터뜨렸다. 어쩔 수가 없었다. "토끼 한 마리가 우리 시대 가장 훌륭한 법 집행관을 혼란에 빠뜨리고 1년 치 채소를 가지고 내빼다니."

만스는 고개를 저으며 조금 킬킬거렸다. "가장 훌륭한 건 아니죠. 나는 절대 아니었어요." 그는 복도 저편을 보면서 목청을 가다

듣었고, 잔스는 그가 누구를 생각하는지 온전히 알 수 있었다.

그들은 푸짐하고 만족스러운 저녁 식사 후에 아래층에 있는 객실로 물러났다. 잔스는 두 사람에게 방을 제공하기 위해 수고가 더 들어가지 않았나 생각했다. 방마다 꽉 찼고, 많은 경우 이중 삼중으로 예약되어 있었다. 청소가 두 사람이 급하게 결정한 면담 모험보다 훨씬 전에 잡혀 있었으니, 자리를 내기 위해 여러 방을 이리저리 이동해야 했을 것이다. 두 사람이 따로 방을 배정받은 데다가, 시장의 방에는 침대가 두 개라는 점이 더 나빴다. 이것은 그냥 낭비가 아니라 누군가의 주선으로 가능해진 일이었다. 잔스는 가능하면 불편을 덜 끼치고 싶었다.

그리고 만스도 똑같이 느끼고 있을 게 틀림없었다. 아직 잘 때까지는 몇 시간이 남았고, 두 사람 다 훌륭한 식사와 독한 와인으로 활기를 얻었기에, 만스는 정원이 정리되는 동안 잡담이라도 나누자며 자기의 작은 방으로 그녀를 불렀다.

그 방에는 2인용 침대 하나만 놓였지만 우아하고 아늑하게 잘 꾸며져 있었다. 상층 정원들은 열 군데 남짓한 대형 민간 기업 중 하나였다. 두 사람이 머무는 비용은 시장실의 출장비로 감당이 될 터였고, 그 돈은 다른 여행자들이 내는 요금과 마찬가지로 더 좋은 물건들, 이를테면 베틀로 짠 좋은 이불보와 삐걱거리지 않는 매트리스 등의 설비에 보탬이 될 것이다.

잔스는 침대 발치에 앉았다. 만스는 권총집을 벗어서 옷장 위에 올려놓고 몇 발짝 떨어진 접이식 의자에 털썩 주저앉았다. 그녀가 부츠를 벗고 아픈 발을 문지르는 동안 그는 계속 손으로 콧수염을 쓸면서 음식에 대해 말하고, 방을 따로 쓰는 낭비에 대해 말했다.

잔스는 엄지손가락으로 발꿈치의 아픈 부분을 문지르다가, 막간을 이용해 말했다. "아무래도 바닥층에서 일주일은 쉬어야 다시 올라오겠는데요."

"그렇게 나쁘지는 않아요. 두고 봐요. 아침에는 발이 아프겠지만, 일단 움직이기 시작하면 오늘보다 튼튼해져 있을 테니까. 올라올 때도 마찬가지예요. 그냥 한 발 한 발 딛기만 하면 미처 깨닫기도 전에 집에 도착하는 거죠."

"그 말이 맞았으면 좋겠네요."

"게다가 우린 이틀이 아니라 나흘 동안 움직일 거니까. 그냥 모험으로 생각해요."

"난 이미 그러고 있어요. 믿어도 좋아요."

그들은 한동안 조용히 앉아 있었다. 잔스는 베개에 기대어 쉬고, 만스는 허공을 멍하니 바라보았다. 잔스는 그저 방 안에 만스와 둘만 있다는 사실이 얼마나 자연스럽고 마음을 안정시키는지 새삼 놀랐다. 대화는 필요 없었다. 그들은 그냥 있을 수 있었다. 배지도, 지위도 없이. 그냥 두 사람으로.

"사제를 찾아가지는 않지요?" 만스가 마침내 물었다.

그녀는 고개를 저었다. "그래요. 당신은요?"

"나도 그래요. 하지만 생각은 하고 있지요."

"홀스턴 때문에?"

"어떤 면에서는." 그는 몸을 앞으로 기울이고, 아픔을 짜서 몰아내려는 것처럼 손으로 허벅지를 누르며 무릎 쪽으로 쓸어냈다. "사제들은 홀스턴의 영혼이 어디로 갔다고 생각하는지 들어보고 싶긴 해요."

"아직 우리와 함께 있어요. 어쨌든, 사제들은 그렇게 말해요."

"당신은 어떻게 생각해요?"

"나요?" 잔스는 자신을 지켜보는 그를 지켜보면서 한쪽 팔꿈치를 대고 베개에 기대 있던 몸을 일으켰다. "모르겠어요, 정말로. 그런 생각을 하기에는 너무 바빠요."

"도널드의 영혼이 아직 여기 우리와 함께 있다고 생각해요?"

잔스는 오한을 느꼈다. 마지막으로 누군가가 그 이름을 소리 내어 말한 게 언제였는지 기억도 나지 않았다.

"그이가 내 남편이었던 세월보다 떠난 후의 세월이 더 길어요. 난 그이보다는 그이의 유령과 결혼한 셈이죠."

"그렇게 말할 건 아닌 것 같은데."

잔스는 조금 흐려진 세상 속에서 침대를 내려다보았다. "그이는 신경 쓰지 않을걸요. 그리고 맞아요, 그이는 아직 나와 같이 있어요. 그게 매일 내가 좋은 사람으로 살아야 할 이유가 되지요. 언제나 나를 지켜보는 그이를 느껴요."

"나도 그래요."

고개를 들어보니 만스가 그녀를 빤히 바라보고 있었다.

"그 친구가 당신이 행복하기를 바랄까요? 그러니까 내 말은, 모든 면에서?" 그는 다리 문지르기를 그만두고 무릎 위에 손을 얹고 앉아 있다가 결국 눈을 돌렸다.

"당신은 그이의 절친한 친구였지요. 당신은 어떻게 생각해요?"

잔스의 물음에 그는 얼굴을 문지르고, 아이들이 깔깔거리면서 복도를 요란하게 달려가는 동안 닫힌 문 쪽을 건너다보았다. "그 친구는 오직 당신이 행복하기만을 바랐다고 생각해요. 그래서 그 친구가 당신에게 맞는 남자였지."

잔스는 그가 보지 않는 사이에 눈가를 닦고, 젖은 손가락을 신기한 듯 내려다보았다.

"시간이 늦었네요." 그녀는 그렇게 말하고, 작은 침대 가장자리로 미끄러져 내려가서 부츠를 찾았다. 가방과 지팡이는 문가에서 그녀를 기다리고 있었다. "그리고 당신 말이 맞을 것 같네요. 아침에는 조금 아프겠지만, 결국에는 더 강해진 기분이 들 것 같아요."

12

심층부를 향한 하강 둘째 날이자 마지막 날, 신기함은 습관으로 변했다. 거대한 나선 계단이 철컹거리는 소리는 리듬을 찾았다. 잔스는 생각에 잠겨 있었고, 너무나 평온하게 백일몽에 빠진 나머지 한 번씩 눈을 들어 층수를 보면 72층이 되고 84층이 되어 있어서 열두 층이 대체 어디로 갔을까 생각할 정도였다. 왼쪽 무릎의 뒤틀림도 누그러졌는데, 그것이 피곤에 마비된 탓인지 실제로 건강을 되찾아서인지는 알 수 없었다. 지팡이도 덜 쓰게 되었다. 지팡이가 자꾸 디딤판 사이로 미끄러져 들어가 끼는 바람에 속도를 지연시킬 뿐이라는 사실을 깨달아서였다. 지팡이는 팔 아래 끼고 있을 때 더 쓸모 있게 느껴졌다. 마치 뼈가 하나 더 생겨서 몸을 지탱해주는 것 같았다.

비료 냄새와, 이 유용한 오물을 생산하는 돼지와 다른 동물들의 악취가 진동하는 90층을 지나친 잔스는 원래 계획했던 관광과 점심 식사를 건너뛰고 계속 걸어 내려갔다. 그녀는 다른 농장에서 탈출해서, 눈에 띄지 않고 40층 정도를 올라간 다음, 3주 동안 신나게 작물을 먹어치우면서 사일로 인구 절반을 혼란에 빠뜨린 작은 토끼에 대해 잠시 생각했다.

엄밀히 말하자면, 97층에 도달했을 때 그들은 이미 심층부에 있었다. 여기부터가 아래쪽 3분의 1이었다. 하지만 사일로가 수학적으로 48층씩 세 구획으로 나뉜다 해도, 그녀의 두뇌는 그런 식으로 작동하지 않았다. 100층이 더 좋은 경계선이었다. 이정표. 그녀는 처음으로 세 자리 숫자가 달린 층계참이 나올 때까지 손꼽아 기다리다가 마침내 휴식을 위해 멈춰 섰다.

그러고 보니 만스가 숨을 몰아쉬고 있었다. 그러나 잔스는 기분이 좋았다. 이 여행을 통해 희망했던 대로 그녀는 새로워지고 살아 있는 기분이었다. 전날의 공허와 공포와 피로는 사라졌다. 남은 것은 그런 어두운 느낌이 돌아올 수도 있다는 찌르르한 두려움뿐이었다. 이 활력과 의기양양한 기분은 일시적인 고양감일 뿐이고, 멈춰서서 너무 오래 생각한다면 어둠이 튕기듯이 돌아와서 다시 한번 음울한 기분에 빠질지도 모른다는 사소한 염려가 남아 있었다.

그들은 수업을 빼먹은 아이들처럼 넓은 층계참의 금속 격자 위에 앉아서, 난간 위에 팔꿈치를 얹고 발은 텅 빈 허공에 흔들면서 작은 빵 한 덩어리를 나눠 먹었다. 100층은 오가는 사람들이 많았다. 층 전체가 물건을 교환하고, 노동의 대가로 받은 표를 무엇이든 필요하거나 원하는 물건으로 바꾸는 시장이었다. 그림자를 단 노동자들이 오가고, 정신을 어지럽히는 군중 속에서 가족들이 서로를 부르고, 상인들은 제일 좋은 가격을 외쳤다. 오가는 사람들 때문에 열려 있는 문이 다른 층의 두 배 폭인 층계참에 냄새와 소리를 흘려보냈고, 층계참의 격자는 흥분으로 떨렸다.

잔스는 오가는 군중 속의 익명성을 한껏 즐겼다. 반쪽짜리 빵을 베어 물고, 그날 아침에 구운 빵의 신선한 발효 정도를 음미하며 그냥 다른 누군가가 된 기분을 느꼈다. 더 젊은 누군가였다. 만스가 치즈 한 조각과 사과 한 쪽을 잘라서 빵에 끼워 건넸다. 그의 손이 그녀의 손을 스쳤다. 콧수염에 묻은 빵 부스러기마저 그 순간에 완벽함을 더했다.

"예정보다 빠르군요." 만스는 그렇게 말하고 과일을 한 입 깨물었다. 기분 좋은 확인이었다. 두 사람의 나이 든 등을 두드리는 손길 같았다. "저녁 먹을 때쯤이면 140층에 도착하겠어요."

"지금 당장은 올라가는 길도 두렵지 않아요." 잔스가 말했다. 그녀는 치즈와 사과를 마저 입에 넣고 만족스럽게 씹었다. 여행 중에는 모든 것이 더 맛있다는 생각이 들었다. 아니면 기분 좋은 동행, 혹은 시장에서 새어 나오는 음악 때문일지도 모르겠다. 거지들이 군중의 소음 위로 우쿨렐레를 뜯고 있었다.

"왜 우린 더 자주 내려오지 않는 걸까요?" 잔스가 물었다.

만스는 툴툴거렸다. "100층을 내려와야 하기 때문에? 게다가 우리에겐 풍경도 보이고, 라운지도 있고, 키퍼네 술집도 있어요. 이 사람들 중에 얼마나 많은 수가 몇 년에 한 번 이상 그걸 누리러 올라갈까요?"

잔스는 마지막 한 입의 빵과 함께 그 말을 곱씹었다.

"그게 자연스럽다고 생각해요? 사는 곳에서 멀리 돌아다니지 않는 게?"

"무슨 말인지 모르겠군요." 만스가 음식을 문 채로 말했다.

"이건 어디까지나 가정인데, 사람들이 언덕 위에 솟아 있는 옛 지상의 사일로들에 살았다고 해봐요. 그 사람들이 이렇게 안 돌아다녔으리라 생각하지는 않죠? 같은 사일로 안에만 머물기를 좋아했을까요? 이쪽으로 여기까지 와보거나, 100층의 계단을 오르내리는 일도 없이?"

"난 그런 것들은 생각하지 않아요." 만스가 말했다. 잔스는 그 말을 그녀도 생각하지 말아야 한다는 암시로 받아들였다. 때로는 바깥에 대해 무슨 말을 할 수 있고, 무슨 말을 할 수 없는지 알 수가 없었다. 그런 말은 배우자들끼리나 나누는 법이었다. 같이 걷고 함께한 어제 하루가 그녀에게 영향을 미친 모양이었다. 아니면 다른 누구나와 마찬가지로 그녀 역시 청소 후의 도취감에 빠졌는지도 몰랐다. 어떤 규칙은 느슨해질 수도 있다는 감각, 몇 가지 유혹이 고개를 들고, 사일로 내부의 압박감이 풀어졌다는 사실이 한 달 정도는 기뻐하며 자리에서 들썩거릴 핑계로 느껴지는 것이다.

"이제 갈까요?" 만스가 빵을 다 먹자 잔스가 물었다.

그는 고개를 끄덕였고, 두 사람은 일어서서 소지품을 챙겼다. 지나가던 여자 하나가 고개를 돌리고 빤히 쳐다보더니 얼굴에 알아보는 빛이 스쳤다가, 서둘러 아이들을 따라잡느라 사라졌다.

이 아래는 또 다른 세계 같다고, 잔스는 혼자 생각했다. 찾아오지 않은 지 너무 오래 지났다. 그리고 다시는 그러지 않겠다고 스스로에게 다짐하면서도, 마음 한쪽 구석으로는 이 여행이 마지막 방문이 되리라는 걸 알고 있었다. 제 나이를 감지할 수 있는, 녹슬어가는 기계처럼.

몇 층이 시야에 들어왔다가 사라졌다. 하부 정원들, 130층에 있는 더 큰 농장, 그 아래에서 톡 쏘는 냄새를 풍기는 정수 처리장. 잔스는 저도 모르게 생각에 잠겨서, 전날 밤에 만스와 나눈 대화, 도널드는 현실보다는 기억으로 그녀와 더 오랜 시간을 살았다는 말을 떠올리다가 140층 문 앞에 도달했다.

그 사이 파란색 데님 작업복이 월등히 많아지고, 옷이나 음식이나 소지품보다 부품과 공구 가방을 든 운반인이 많아졌는데도, 잔스는 오가는 사람들의 변화를 미처 알아차리지 못하고 있었다. 그러나 이제 문 앞에 모인 사람들을 보자 기계부 위층에 도착했음을 알 수 있었다. 입구에 모인 사람들은 여기저기에 오래된 얼룩이 묻은 헐렁한 파란색 작업복을 입은 일꾼들이었다. 그 사람들이 들고 있는 도구를 보고 직업을 짐작할 수 있었다. 늦은 시간이었으니, 대부분이 사일로 여기저기에서 수리 작업을 마치고 집으로 돌아오는 모양이었다. 그렇게 많은 계단을 오르내린 다음에 일을 해야 한다고 생각하니 움찔했다. 그러고 나서야 그녀도 지금 그런 상황이라는 사실이 떠올랐다.

두 사람은 시장의 지위나 만스의 권력을 휘두르지 않고, 문에서 점검을 받고 들어가는 일꾼들 줄에 서서 기다렸다. 지친 남자들과 여자들이 서명을 하고 이동 목적과 시간을 기록하는 동안, 잔스는 이 긴 계단을 내려오면서 줄리엣의 마음을 움직일 전술을 갈고닦았어야 하는데 자기 인생에 대해 숙고하느라 시간을 낭비했다고 생각했다. 줄이 짧아지는 동안 잔스는 드물게 느끼는 긴장감에 속이 뒤틀렸다. 두 사람 앞에 서 있던 일꾼이 기계공을 뜻하는 파란색 신분증을 보였다. 그는 가루투성이 석판에 정보를 휘갈겨 썼다. 두 사람

차례가 되어, 그들은 바깥문을 밀고 들어가 금색 신분증을 보였다. 경비원이 눈썹을 올리더니 시장을 알아보는 것 같았다.

"각하." 경비원은 그렇게 말했고, 잔스는 굳이 호칭을 바로잡지 않았다. "이번 근무시간에 오실 줄은 몰랐습니다." 경비원은 두 사람의 신분증을 밀어두고 분필 조각에 손을 뻗었다. "제가 하겠습니다."

잔스는 경비원이 석판을 돌려서 깔끔한 글씨로 두 사람의 이름을 적고, 손날로는 분필 아래로 떨어지는 가루를 쓸어 모으는 모습을 지켜보았다. 만스에 대해서는 '보안관'이라고 적었고, 이번에도 잔스는 굳이 바로잡지 않았다.

"우리가 이렇게 일찍 올 줄은 예상하지 못했겠지만, 괜찮다면 지금 줄리엣 니컬스를 만날 수 있을까요?" 잔스가 물었다.

경비원은 몸을 돌리고 정확한 시간을 기록하는 디지털시계를 돌아보았다. "앞으로 한 시간은 더 있어야 발전실에서 나올 겁니다. 줄리엣을 알아서 하는 말입니다만, 두 시간이 될 수도 있을 텐데요. 식당에 가서 기다리셔도 됩니다."

잔스는 만스를 쳐다보았고, 그는 어깨를 으쓱이며 말했다. "아직 그렇게 배가 고프지는 않은데."

"작업장에서 만나도 될까요? 줄리엣이 무슨 일을 하는지 보면 좋겠는데요. 방해하지 않도록 최선을 다하지요."

경비원은 어깨를 으쓱했다. "시장님께 안 된다고 할 수야 없지요." 두 사람이 기다리는 동안 문밖에 줄지어 선 사람들은 조바심을 내며 자세를 바꾸고 있었다. 경비원은 분필 조각으로 복도 쪽을 가리켰다. "녹스를 만나보십시오. 누군가를 시켜서 안내해드릴 겁니다."

기계부 책임자는 못 알아보긴 힘든 남자였다. 녹스는 잔스가 평생 동안 본 제일 큰 작업복을 넉넉하게 채웠다. 추가로 필요한 데님 때문에 치트를 더 쓰진 않았을까, 그리고 어떻게 사람이 저렇게 큰 배를 유지할 수 있을까, 잔스는 생각했다. 빽빽한 턱수염 때문에, 두 사람이 다가가는 모습을 보고 웃는지 얼굴을 찌푸리는지 알 도리가 없었다. 그는 콘크리트 벽처럼 흔들림 없이 서 있었다.

잔스는 무슨 일을 하려는지 설명했다. 만스는 안부 인사를 건넸고, 그녀는 만스가 지난번에 내려왔을 때 녹스를 만났다는 걸 깨달았다. 녹스는 귀를 기울이고 고개를 끄덕이더니, 너무 걸걸해서 말하는 내용을 제대로 알아들을 수 없는 목소리로 뭐라고 외쳤다. 그래도 누군가에게는 그 목소리가 의미가 통했는지, 뒤에서 어린 소년이 튀어나왔다. 밝은 오렌지색 머리가 눈에 띄는 비쩍 마른 아이였다.

"줄스에게 안내해드려라." 녹스가 으르렁거렸다. 단어와 단어 사이가 입이 있을 자리를 뒤덮은 턱수염만큼이나 빈틈없이 붙어 있었다.

그림자치고도 어린 소년은 손을 흔들더니 달려갔다. 만스는 미동도 없는 녹스에게 고맙다고 말했고, 두 사람은 소년을 따라갔다.

기계부의 복도는 사일로 안의 다른 어느 곳보다 더 좁았다. 두 사람은 근무시간이 끝나고 이동하는 사람들을 밀고 지나갔다. 양쪽 벽의 콘크리트 블록은 밑칠은 했으나 페인트칠은 하지 않은 채여서인지 어깨를 스치고 지나가는 느낌이 거칠었다. 머리 위로는 나란히 놓이기도 하고 서로 꼬이기도 한 파이프와 전선 도관들이 드러난 채 매달려 있었다. 잔스는 머리 위로 15센티미터 정도 공간이 있는데도 허리를 굽히고 싶었다. 그녀보다 키가 큰 일꾼들 다수는 구부정하게 걷고 있었다. 머리 위 조명은 흐린 데다가 드문드문 떨어져 있어서, 땅속으로 점점 깊이 들어가는 듯한 느낌이 심해졌다.

오렌지색 머리의 어린 그림자는 앞장서서 몇 번인가 방향을 바꿨는데, 몸에 밴 길인 듯 가는 길에 자신감이 있었다. 그들은 계단에 이르러서 두 층을 더 내려갔다. 방향이 직각으로 꺾어지는 사각형의 계단이었다. 잔스는 내려가면서 점점 커지는 우르릉 소리를 들었다. 142층에서 계단을 벗어난 그들은 복도에서 바로 이어지는 널찍하게 트인 방에서 기묘한 장치 옆을 지났다. 사람 몇 명을 이은 길이만 한 강철 팔이 위아래로 움직이면서, 콘크리트 바닥을 뚫고 피스톤을 움직이고 있었다. 잔스는 걸음을 늦추고 그 리드미컬한 회전 운동을 지켜보았다. 공기 중에서 화학약품 같기도 하고 썩은 것 같기도 한 냄새가 났다. 그녀는 어느 쪽인지 잘 알 수 없었다.

"이게 발전기인가?"

그 말에 만스가 유독 남자다운 방식으로, 얕잡아 보듯이 웃었다.

"펌프예요. 유정. 이것 덕분에 당신이 밤에 글을 읽을 수 있는 거예요."

그는 앞질러 지나가면서 잔스의 어깨를 꽉 잡았다가 놓았고, 잔스는 바로 그의 비웃음을 용서했다. 그녀는 서둘러 그와 녹스의 어린 그림자 뒤를 쫓아갔다.

"발전기는 지금 들리는 저 쿵쿵 소리예요." 만스가 말했다. "저 펌프로 석유를 길어 올리고, 몇 층 아래에 있는 정유 설비에서 가공을 하면, 태울 준비가 되는 겁니다."

잔스는 어렴풋이 그 내용을 알고 있었다. 아마 위원회에서 들었으리라. 명목상으로나마 사일로를 운영하는 사람인 그녀에게도 낯선 부분이 얼마나 많은지 다시 한번 놀랐다.

복도 끝으로 다가갈수록 끊임없이 벽을 울리는 진동 소리도 커졌다. 오렌지색 머리의 소년이 문을 잡아당겨 열자, 그 소리는 귀가 멀 정도로 커졌다. 잔스는 더 다가가기가 조심스러워졌다. 만스조차도 멈칫하는 것 같았다. 소년은 어서 들어오라고 미친 듯이 손을 흔들었고, 잔스는 저도 모르게 그 소리를 향해 발을 움직였다. 문득, 혹시 이렇게 해서 바깥으로 나가게 되는 걸까 생각했다. 그녀가 떠올릴 수 있는 가장 위험한 경우를 상상하면서 탄생한, 논리적이지도 않고 말도 안 되는 생각이었다.

그녀가 만스 뒤로 몸을 숙이고 문을 통과하자, 소년은 문을 쾅 닫아서 기습적으로 그들을 가둬버렸다. 소년은 벽에 있는 선반에서 선이 이어지지 않은 헤드폰을 꺼냈다. 잔스는 소년의 안내에 따라 헤드폰을 썼다. 소리가 줄어들고 가슴과 신경 말단에 울리는 진동만 남았다. 대체 왜 이런 방음 장비를 방 바깥이 아니라 방 안에 놓아두었는지 궁금했다.

소년이 손을 흔들면서 뭐라고 말을 했지만, 움직이는 입술밖에 보이지 않았다. 두 사람은 소년을 따라 바닥이 사일로 각 층의 층계참 바닥과 비슷한 강철 격자로 이루어진 좁은 통로를 따라갔다. 복도가 방향을 틀면서 한쪽 벽이 사라지고 삼중 가로봉으로 이루어진 난간이 나타났다. 난간 너머에는 예상을 넘어서는 기계가 버티고 서 있었다. 그 기계는 잔스의 아파트와 사무실을 다 합친 크기였다. 처음에는 아무것도 움직이지 않는 것 같았고, 그녀의 가슴팍과 피부를 따라 느껴지는 진동을 설명할 이유가 없어 보였다. 그러나 기계 주위로 반 바퀴를 돌자 기계 뒤쪽에 튀어나온 강철 막대기가 맹렬하게 회전하면서 또 다른 육중한 금속 기계 안으로 사라지는 것을 볼 수 있었다. 두 번째 기계에 달린 남자 허리만큼 굵은 케이블은 천장으로 솟아 올라갔다.

그 방 안에 있는 힘과 에너지는 손에 잡힐 듯 뚜렷했다. 두 번째 기계 끝으로 다가간 잔스는 마침내 기계 옆에서 혼자 일하는 형체를 보았다. 작업복을 입고, 안전모를 쓰고, 갈색 머리를 땋아서 등 뒤로 늘어뜨린 젊어 보이는 여자가 자기 키만큼 긴 렌치에 몸을 기울이고 있었다. 그 여자 덕분에 기계의 크기가 아찔하게 다가왔지만, 여자는 기계를 두려워하는 것 같지 않았다. 여자는 굉음을 울리는 기계에 무서울 정도로 가까이 다가서서 렌치에 몸을 던졌다. 그 모습을 본 잔스는 코끼리라는 상상 속 동물에게서 가시를 뽑은 쥐가 나오는 오래된 동화를 생각했다. 이 정도 크기의 여자가 그렇게 흉포한 기계를 고친다는 생각 자체가 터무니없게 여겨졌다. 그러나 잔스가 여자의 일하는 모습을 지켜보는 동안, 어린 그림자는 재빨리 문을 통과해 달려가서 그 여자의 작업복을 잡아당겼다.

여자는 놀라지 않고 몸을 돌리더니 눈을 가늘게 뜨고 잔스와 만스를 보았다. 그녀는 한쪽 손등으로 이마를 닦고, 반대쪽 손으로는 렌치를 빙글 돌려서 어깨에 얹었다. 그러고는 어린 그림자의 머리를 쓰다듬고 두 사람을 만나러 걸어 나왔다. 잔스는 그 여자의 팔이 군살 없는 근육질임을 알아보았다. 여자는 셔츠를 받쳐 입지 않고 그냥 파란색 작업복을 가슴 위까지 여미며, 땀에 반짝이는 올리브빛 피부를 살짝만 드러냈다. 작물재배용 조명 아래에서 일하는 농부들처럼 피부색이 짙었지만, 데님 작업복의 상태로 미루어보아 기름 자국과 얼룩 때문에 시커매진 듯했다.

여자는 잔스와 만스 바로 앞에 멈춰 서서 고개를 끄덕였다. 만스에게는 알아보는 기색의 미소를 보였다. 손을 내밀지는 않았는데, 잔스는 그 점에 감사했다. 악수를 하는 대신 여자는 유리 칸막이 옆에 있는 문을 가리키고, 앞장서서 그쪽으로 향했다.

만스는 강아지처럼 그 뒤를 따라갔고, 잔스가 바짝 쫓아갔다. 어린 그림자가 따라오지 않나 보려고 고개를 돌려보니, 발전실의 흐린 조명에 머리카락을 반짝이며 왔던 길로 종종걸음 쳐 돌아가는 모습만 보였다. 소년이 생각하기에는 자기 할 일을 다 한 모양이었다.

작은 제어실에 들어서니 소음이 줄어들었다. 두꺼운 문을 꽉 닫자 소리가 거의 들리지 않았다. 줄리엣은 안전모와 귀마개를 벗어서 선반에 내려놓았다. 잔스는 머뭇거리면서 헤드폰을 들어 올렸다가, 소음이 멀어서 웅웅거리는 정도로 줄어든 것을 확인하고 완전히 벗었다. 방 안에는 잔스가 본 적 없는 금속 표면과 깜박거리는 불빛들이 꽉 차 있었다. 자신이 존재를 거의 알지 못했고 다룰 줄도 모르는 게 뻔한 기계들로 꽉 찬 이 방의 시장이기도 하다는 사실이 이상하게 느껴졌다.

잔스의 귀울림이 잦아드는 동안, 줄리엣은 다이얼을 몇 개 조정하고, 차단 유리 아래에서 흔들리는 작은 바늘들을 지켜보았다. "내일 아침에나 뵙게 될 줄 알았는데요." 줄리엣은 자기 일에 집중하면서 말했다.

"예상보다 빨리 도착했어요."

잔스는 귀마개를 양손에 쥔 채 불편하게 무게중심을 옮기고 있는 만스 쪽을 보았다.

"다시 만나서 반갑군요, 줄스." 만스가 말했다.

줄리엣은 고개를 끄덕이고 몸을 기울여서 두꺼운 유리창 밖으로 거대한 기계를 노려보더니, 굳이 내려다볼 필요도 없는 커다란 조작반 위로 바쁘게 손을 놀리며 희미해져가는 하얀 표시가 붙은 커다란 검은 다이얼들을 조정했다.

"파트너분 일은 안됐어요." 줄리엣은 표시된 정보 열을 흘긋 내려다보면서 이렇게 말하고는 몸을 돌려서 만스를 살폈다. 잔스는 이 여자가 땀과 더러움을 씻어내면 아름답다는 사실을 알 수 있었다. 얼굴은 군살 없이 단단했고, 눈은 총명했다. 멀리서도 가늠할 수 있는 날카로운 지성의 소유자였다. 그리고 줄리엣은 이마에 파인 골에서 드러나듯, 순수한 연민을 품고 만스를 보았다. "정말이에요. 정말 안타까워요. 좋은 분 같았는데."

"최고였지." 만스는 갈라지는 목소리로 더듬거리며 말했다.

줄리엣은 해야 할 말은 그게 다라는 듯이 고개를 끄덕이고는 잔스를 돌아보았다.

"바닥에 느껴지는 진동 있죠, 시장님? 그건 결합이 2밀리미터 정도 어긋났을 때 나는 겁니다. 여기에서 불편하게 느껴진다 싶으면 기계 틀에 손을 대봐야 해요. 바로 손가락이 얼얼해질걸요. 오래 대고 있으면 온몸이 분해되는 것처럼 뼈가 덜그럭거리고요."

줄리엣은 몸을 돌리고 잔스와 만스 사이로 손을 뻗어서 육중한 스위치를 누르더니, 다시 조작반 쪽으로 등을 돌렸다. "이제 저 발전기가 저렇게 흔들려서 어떻게 될지 상상해보세요. 변속기의 이가 서로 갈리기 시작하고, 작은 금속 부스러기들이 사포처럼 기름

사이를 돌아요. 그다음에는 강철이 터져 나가고, 비상용 발전으로 어떻게 할 수 있는 부분을 제외하면 전력이 없어지는 겁니다."

잔스는 숨을 멈췄다.

"도움을 요청해야 하는 거요?" 만스가 물었다.

줄리엣이 소리 내어 웃었다. "이건 새로운 뉴스도 아니고 다른 곳이라고 사정이 다른 것도 아니에요. 비상용 발전기가 새 개스킷을 씌우느라 분해되어 있지만 않고, 일주일 동안 출력을 절반으로 낮출 수 있다면, 그 결합 부위를 잡아당기고 받침대를 조정해서 최고의 상태로 돌아가게 만들 수 있죠." 줄리엣은 잔스를 힐끗 보았다. "하지만 우린 끊임없이 전출력으로 돌리라는 지시를 받고 있으니 그럴 수가 없어요. 그래서 제가 풀어지려는 볼트를 계속 조이면서, 여기 발전기가 아름답게 노래할 수 있도록 해줄 혁명적인 방법을 찾으려는 겁니다."

"그 지시에 서명했을 때는 전혀 몰랐는데……."

"그리고 이제는 제가 보고서를 분명하게 이해될 만큼 단순화시킨 것 같군요."

"고장이 날 때까지 얼마나 남았나요?"

잔스는 갑자기 지금 자기가 이 여자를 인터뷰하고 있는 것이 아니라는 사실을 깨달았다. 일은 반대 방향으로 이루어지고 있었다.

"얼마나 남았냐고요?" 줄리엣은 웃으면서 고개를 가로저었다. 그녀는 마지막 조정을 마치고 두 사람을 마주 보며 팔짱을 꼈다. "당장 일어날 수도 있고, 100년 후에 일어날 수도 있어요. 중요한 건 그 일이 일어날 것이고, 절대로 막을 수가 없다는 점이죠. 목표는 여기를 우리가 죽을 때까지……." 줄리엣은 잔스 쪽을 날카롭게 보며 말을 이었다. "현재 임기 동안만 굴리는 게 아니어야 해요. 영원히 굴릴 작정이 아니라면, 당장 짐을 싸는 게 낫죠."

잔스는 이 말에 만스가 긴장하는 모습을 보았다. 그녀 자신도 몸이 저절로 반응해서, 피부를 따라 흐르는 한기를 느낄 수 있었다. 마지막 말은 반역죄에 위험할 정도로 가까웠다. 비유하자면 그렇다는 말이라 해도 의미는 반밖에 덜어지지 않았다.

"단전 휴일을 공표할 수 있어요." 잔스가 제안했다. "청소한 사람들을 기리는 뜻이라고 해두죠." 잔스는 좀 더 생각해보고 말을 이었다. "여기에 있는 기계 말고도 여러 가지를 점검할 구실이 될 거예요. 우린……."

"쥐똥 같은 IT부에 단전을 시킬 수 있을지, 행운을 빌죠." 줄리엣이 말했다. 그러고는 손목으로 턱을 닦은 다음 그 손목을 다시 작업복에 닦았다. 그녀는 데님으로 옮겨 간 더러움을 내려다보며 말했다. "말이 험해서 죄송합니다, 시장님."

괜찮다고 말하고 싶었지만, 상대의 태도와 힘을 보니 거의 돌이키기도 쉽지 않은 예전의 자신이 너무 많이 생각났다. 세세한 부분 따위는 필요 없이 원하는 바를 얻어내던 젊은 시절의 그녀가. 잔스는 저도 모르게 만스를 흘긋 보았다. "왜 그 부서를 지목하는 거죠? 그러니까, 전력 문제에서 말이에요."

줄리엣은 소리 내어 웃더니 팔짱을 풀었다. 그리고 두 손으로 천장을 가리켰다. "왜냐고요? IT부가 어디 보자, 144층 중에 세 층을 점하고 있죠? 그런데도 IT부는 우리가 생산하는 전력의 4분의 1 이상을 쓰거든요. 수학 계산도 대신 해드릴까요?"

"괜찮아요."

"그리고 전 서버 컴퓨터가 누구에게 밥을 먹여줬다거나 누군가의 생명을 구했다거나 바지에 난 구멍을 기워줬다는 말을 들은 기억이 없거든요."

잔스는 미소 지었다. 불현듯 만스가 이 여자를 왜 좋아하는지 알 수 있었다. 그녀 역시 그가 한때 더 젊은 시절의 그녀에게서 보았던 것, 그녀가 그의 절친한 친구와 결혼하기 전에 보았던 무엇인가를 볼 수 있었다.

"IT부에서 일주일 동안 자체 점검을 위해 조금씩 전력 사용을 낮추게 한다면요? 그러면 통할까요?"

"우린 이 사람을 이 모든 일에서 빼내 가려고 내려온 것 같은데요." 만스가 툴툴거렸다.

줄리엣은 만스를 흘긋 보았다. "그 문제는 당신인지 당신 비서인지에게 애쓰지 말라고 전했을 텐데요. 당신이 하는 일에 대해서는 조금도 나쁘게 생각하지 않지만, 난 여기 아래에 필요한 사람이에요." 줄리엣은 팔을 들어 올리고 손목에 매달린 무엇인가를 확인했다. 시계였다. 하지만 그녀는 마치 그 시계가 아직도 작동한다는 듯이 들여다보고 있었다.

"저기, 이야기를 더 나누고 싶기는 한데." 줄리엣은 잔스를 쳐다보고 말했다. "단전 휴일을 쥐어짜내주실 수 있다면 더더욱 그렇고요. 하지만 아직 조정할 게 남았는데 이미 초과 근무 상태거든요. 제가 교대 시간을 너무 많이 넘기면 녹스가 열 받을 거예요."

"방해하지 않고 나갈게요." 잔스가 말했다. "우린 아직 저녁 전인데, 식사 후에 만날 수 있을까요? 일 끝내고 씻은 다음에."

줄리엣은 씻을 필요가 있다는 사실을 확인이라도 하는 것처럼 자기 몸을 내려다보았다. "그러죠, 뭐. 합숙소에 배정받으셨나요?"

만스가 고개를 끄덕였다.

"좋아요. 나중에 찾아갈게요. 그리고 귀마개 잊지 마세요." 줄리엣은 귀를 가리켜 보이고, 만스의 눈을 들여다보며 고개를 끄덕인 다음, 하던 일로 돌아갔다. 이로써 두 사람에게 일단 대화가 끝났음을 알렸다.

13

만스와 잔스는 막 두 번째 교대조 근무를 끝내고 나온 기계공 마크의 안내를 받아 식당으로 향했다. 만스는 안내가 필요하다는 사실에 모욕감을 느끼는 눈치였다. 부보안관은 자기가 어디에 있는지 모를 때에도 아는 척한다는 면에서 남성성이 두드러졌다. 그는 이 점을 증명하려고 약간 앞서 걷다가 교차로가 나오면 멈칫하고 질문하듯이 한쪽 방향을 가리켰고, 마크는 웃으면서 방향을 바로잡았다.

"하지만 다 똑같아 보여서 말이지." 만스는 계속 앞서 걸으면서 투덜거렸다.

잔스는 그런 남자다운 과시욕을 보고 웃다가, 젊은 기계공이 줄리엣과 같은 교대조에서 일했다는 사실을 알아차리고 그의 말을 듣기 위해 뒤에 남았다. 마크에게서는 심층부의 냄새가 났다. 기계공들이 시장실에 무엇인가를 고치러 올라올 때마다 따라오는 냄새였다. 그들의 일에서 태어난 냄새랄까, 땀과 기름과 희미한 화학약품 냄새가 섞여 있었다. 하지만 잔스는 그 냄새에 신경 쓰지 않는 방법을 익히고 있었다. 마크는 친절하고 온화한 남자였다. 덜컹거리는 부품 수레가 서둘러 지나가자 그녀의 팔을 잡아주었고, 툭 튀어나온 파이프와 축 늘어진 전선들이 있는 어두운 통로에서도 지나가는 사람마다 알아보았다. 잔스는 마크가 평균 이상으로 잘 살아가는 남자라고 생각했다. 그는 자신감을 발했고, 어둠 속에서도 그의 미소는 그림자를 밀어냈다.

"줄리엣을 얼마나 잘 알지요?" 잔스는 시끄러운 수레가 덜컹거리면서 멀어지자 물었다.

"줄스요? 여동생이나 마찬가지지요. 여기 밑에서는 모두가 가족이에요."

그는 마치 나머지 사일로는 다르게 돌아간다고 여기는 듯이 말했다. 두 사람 앞에서 만스가 다음 교차로를 보고 머리를 긁적이다가 제대로 방향을 맞혔다. 반대 방향에서 기계공 두 명이 웃으면서 모퉁이를 돌았다. 두 사람과 마크는 잔스에게는 외국어처럼 들리는 짧은 대화를 나눴다. 잔스는 마크의 말처럼, 사일로 최심층부에서는 일이 다르게 돌아가는 게 아닐까 생각했다. 이 밑에 사는 사람들은 여기저기에 그대로 노출된 파이프와 전선들처럼 생각과 감정을 밖에 드러내고 다니다가, 속내를 그대로 말하는 것 같았다.

"이쪽으로요." 마크는 넓은 방 너머로 뒤섞인 대화 소리와 금속 접시에 칼과 포크가 부딪치는 소리가 요란하게 들리는 방향을 가리키며 말했다.

"그럼, 줄스에 대해 우리에게 말해줄 수 있을까요?" 잔스가 묻고는, 그녀를 위해 문을 잡아주는 마크에게 미소를 지었다. "우리가 알아야 한다고 생각하는 내용이라면 뭐든지요." 두 사람은 만스를 따라 얼마 안 되는 빈자리로 향했다. 주방 직원들이 테이블 사이를 바쁘게 돌아다니면서, 기계공들이 줄을 서서 받게 놓아두지 않고 직접 음식을 가져다주고 있었다. 세 사람이 찌그러진 알루미늄 벤치에 제대로 앉기도 전에 수프 그릇들이 준비되고, 라임 조각을 띄운 물잔과 큰 덩어리에서 잘라낸 빵 조각들이 낡은 테이블 위에 바로 놓였다.

"저보고 줄스의 신원보증을 하라는 말씀인가요?" 마크는 자리에 앉아서, 그들에게 음식과 숟가락을 나누어 준 덩치 큰 남자에게 고맙다는 인사를 했다. 잔스는 냅킨을 찾아 주위를 둘러보다가 대부분의 남녀가 뒷주머니나 윗옷 주머니에 매달린 기름투성이 천을 쓰고 있음을 알았다.

"그냥 우리가 알아야 할 거라면 뭐든지요." 잔스는 말했다.

만스는 빵을 살피고 냄새를 맡아보더니, 한쪽 귀퉁이를 수프에 담갔다. 옆 테이블에서 무슨 이야기나 농담이 끝났는지 왁자하게 웃음이 터졌다.

"어떤 일이 주어져도 할 수 있다는 건 알고 있지요. 언제나 해냈어요. 하지만 이렇게 멀리까지 내려오실 정도면 굳이 제가 이야기할 필요가 없을 것 같은데요. 이미 마음을 정하셨을 테니까요."

마크는 수프를 한 숟가락 떠먹었다. 잔스는 자신의 식기가 이가 빠지고 뒤틀렸으며, 숟가락 손잡이는 무엇인가를 찌르는 데 쓰기라도 한 것처럼 긁혀 있는 걸 보았다.

"줄스를 안 지는 얼마나 됐소?" 만스가 물었다. 부보안관은 푹 적신 빵을 씹으면서, 주위 환경에 녹아들고 여기 속한 사람처럼 보인다는 엄청난 과제를 수행하고 있었다.

"전 여기에서 태어났어요." 마크는 소음이 가득한 방에서 말을 하느라 목소리를 높였다. "전기실에서 그림자로 있을 때 줄스가 나타났죠. 저보다 한 살 어렸어요. 전 2주만 있으면 줄스가 발을 구르고 비명을 지르면서 뛰쳐나갈 거라고 생각했어요. 도망자와 이적자는 그 전에도 웬만큼 있었거든요. 골칫거리가 여기까지는 따라오지 못할 거라 생각하고 오는 중간층 꼬마들 말예요."

마크는 테이블 맞은편, 만스 옆으로 비집고 들어온 얌전한 여자를 보고 눈을 빛내며 하던 말을 끊었다. 새로 도착한 여자는 누더기 수건으로 손을 닦고 가슴 앞주머니에 밀어 넣더니, 테이블 위로 몸을 기울여 마크의 뺨에 입을 맞췄다.

"여보, 만스 부보안관님 기억하지?" 마크가 손바닥으로 콧수염을 닦고 있던 만스를 가리켰다. "이쪽은 제 아내, 셜리입니다." 두 사람은 악수를 나눴다. 셜리의 손가락 마디에 묻은 검은 얼룩은 일터에서 박힌 영구적인 문신 같았다.

"그리고 이쪽은 잔스 시장님." 두 여자도 악수를 나눴다. 잔스는 기름때에 신경 쓰지 않고 단단한 손을 마주 잡은 스스로가 자랑스러웠다.

"반갑습니다." 말을 마치고 셜리가 앉았다. 인사를 나누는 사이 어디선가 셜리의 음식이 나타나, 수프 표면에서 모락모락 김을 올리고 있었다.

"범죄가 일어났나요, 경찰 나리?" 셜리는 빵을 뜯어내면서 만스에게 빙긋 웃는 얼굴로 농담이라는 사실을 알렸다.

"줄스에게 두 분과 같이 꼭대기로 올라가자는 열변을 토하러 오셨대." 마크가 말했고, 잔스는 마크가 아내를 보고 한쪽 눈썹을 들어 올리는 모습을 포착했다.

"행운을 빌어요." 셜리가 말했다. "걔가 층을 옮긴다면 여기에서 광산 안으로 내려가는 길일걸요."

잔스는 그게 무슨 뜻인지 묻고 싶었지만, 마크가 고개를 돌리고 하던 말을 계속했다.

"그러니까 전 줄스가 나타났을 때 전기실에서 일하고 있었는데 말입니다……."

"당신 그림자 시절 이야기로 두 분을 괴롭히고 있었어?" 셜리가 물었다.

"줄스가 왔을 때 이야기를 하고 있는 거야."

셜리는 미소만 지었다.

"당시에 전 워커 아저씨 밑에서 공부하고 있었죠. 아직 그분이 돌아다니고, 밖에 나오기도 하고 그러던 때인데……."

"아, 그렇지. 워커." 만스가 숟가락으로 잔스를 찔렀다. "재주가 뛰어난 친구인데, 자기 작업실을 떠나는 법이 없어요."

잔스는 이야기를 따라가려고 애쓰며 고개를 끄덕였다. 옆 테이블에서 식사를 즐기던 사람들 몇 명이 나가려고 일어섰다. 셜리와 마크는 그 사람들에게 잘 가라고 손을 흔들고 몇 마디를 나눈 후에 다시 관심을 돌렸다.

"어디까지 얘기했죠? 그렇지, 그래서 처음 만났을 때 줄스는 펌프를 가지고 워커 아저씨 작업실에 도착한 참이었거든요." 마크는 자문자답하고 물을 한 모금 마셨다. "줄스한테 처음 시킨 일 중 하나였죠. 여기에서 명심하셔야 할 게, 줄스는 깡마른 계집애에 불과

했다는 거예요. 열세 살이었는데, 파이프처럼 말랐었다고요. 중간
층이나 그보다 더 위에서 막 내려왔고." 그는 위쪽은 다 거기서 거
기라는 듯이 손을 내저었다. "그런 애한테 이렇게 무거운 펌프를
워커 아저씨 작업실로 가져가서 모터를 다시 감아 오라고 시킨 겁
니다. 기본적으로는 1.5킬로미터인가 선을 풀어서 제자리로 돌려
놓는 작업이죠." 마크는 말을 멈추고 웃었다. "뭐, 워커 노인장이야
저한테 그 일을 다 하게 했지요. 어쨌든 그건 입문식 같은 거였어
요. 아시죠? 다들 자기 그림자한테 그런 일을 시키잖아요? 기세를
좀 꺾으려고."

잔스도 만스도 반응하지 않았다. 마크는 어깨를 으쓱이고 말을
이었다. "어쨌든, 이 펌프는 무거웠단 말이에요? 분명히 줄스보다
더 무거웠을 거예요. 두 배는 됐을걸요. 그런데 줄스는 혼자 낑낑대
면서 그걸 수레에 싣고 계단을 네 층이나 올라가서……."

"잠깐만. 어떻게요?" 잔스가 그 나이대 여자애가 자기 몸무게의
두 배에 달하는 금속 덩어리를 옮기는 모습을 상상해보려고 애쓰면
서 물었다.

"방법은 아무래도 좋아요. 도르래, 밧줄, 뇌물, 뭐든 좋은 방법을
쓰는 거죠. 그게 핵심이었어요. 아시겠어요? 그리고 그놈들은 줄스
보고 배달하라고 그런 펌프를 열 개나 챙겨줬고……."

"열 개나요?" 잔스는 그 말을 되풀이했다.

"그래요. 그리고 아마 그중에 정말로 되감아야 했던 건 두 개 정
도였을 거예요." 셜리가 덧붙였다.

"아, 고작해야 그랬겠지." 마크는 웃었다. "그래서 워커 아저씨
와 전 줄스가 그만두고 아버지한테 달려갈 때까지 얼마나 걸릴까

내기를 했어요."

"전 일주일에 걸었죠." 셜리가 말했다.

마크는 수프를 휘저으며 고개를 설레설레 저었다. "사실은, 줄스가 그 일을 해낸 후에도 어떻게 한 건지 아는 사람이 아무도 없었어요. 몇 년이 지나서야 겨우 줄스가 말해줬죠."

"우린 저 테이블에 앉아 있었는데, 평생 그렇게 심하게 웃어본 적이 없어요." 셜리가 다른 테이블을 가리키며 말했다.

"뭐라고 했기에요?" 잔스가 물었다. 수프는 까맣게 잊고 있었다. 모락모락 피어오르던 김은 멈춘 지 오래였다.

"흠, 말할 것도 없이, 전 그 주에 펌프 열 개를 감았어요. 그러면서 내내 줄스가 무너지기를 기다렸죠. 그러길 바랐어요. 손가락이 아팠거든요. 줄스가 그걸 다 옮길 수 있을 리가 없었어요." 마크는 고개를 내저었다. "어림없었죠. 하지만 전 계속 펌프를 감았고, 줄스는 계속 펌프를 가지고 나갔다가 다른 펌프를 가져왔어요. 엿새 만에 열 개를 다 해치웠죠. 그 건방진 꼬마는 녹스한테 가더니, 그때 녹스는 그냥 조장이었는데, 하루 쉬어도 되느냐고 물었어요."

셜리가 깔깔거리면서 수프를 들여다보았다.

"그렇다면 돕는 사람이 있었던 게로군." 만스가 말했다. "아마 줄스가 안쓰러웠던 누군가였겠지."

마크는 눈가를 닦으며 고개를 저었다. "아, 천만에요. 그랬다면 누군가가 봤거나, 무슨 말을 했겠죠. 특히나 녹스가 어떻게 된 건지 알아야겠다고 했을 때는요. 녹스는 거의 꼭지가 돌아서 줄스에게 어떻게 했는지 물었거든요. 줄스는 죽은 배터리처럼 가만히 서서 어깨만 으쓱였지요."

"어떻게 한 거죠?" 잔스가 물었다. 이제는 잔스도 알고 싶어 죽을 지경이었다.

마크는 미소 지었다. "펌프를 하나만 옮겼던 거예요. 펌프 하나를 여기까지 가지고 올라오느라 허리가 부러질 뻔하기는 했지만, 하나뿐이었어요."

"그래, 그리고 당신은 그 물건을 열 번이나 다시 감은 거지." 셜리가 말했다.

"어이, 나한테 그 말까지 할 필요는 없잖아."

"잠깐만요." 잔스가 손을 들어 올렸다. "하지만 다른 펌프는요?"

"자기가 직접 했지요. 그게 다 줄스가 첫날 밤에 작업실을 쓰는 동안 쉴 새 없이 떠든 워커 아저씨 탓이에요. 줄스는 질문을 던지고, 저한테 계속 물어대면서 첫 번째 펌프 작업을 하는 저를 지켜봤거든요. 제가 작업을 끝내자 줄스는 그 펌프를 복도로 밀고 나가서, 굳이 계단까지 가지 않고 수레에 담은 채로 페인트실에 집어넣었죠. 그런 다음 아래층으로 내려가서 다음 펌프를 가지고 모퉁이를 돌아서 사람 없는 공구실로 옮긴 거예요. 그리고 밤새 혼자서 모터를 다시 감는 방법을 익힌 거죠."

"아하." 잔스는 이야기가 어디로 가는지 깨닫고 말했다. "그리고 다음 날 아침에는 모퉁이만 돌아서 전날과 똑같은 펌프를 가져다준 거군요."

"그렇지요. 그다음에는 네 층 아래에서 구리선을 감은 거고요. 제가 여기에서 똑같은 짓을 하는 동안에 말이죠."

만스가 크게 웃음을 터뜨리며 그릇과 빵이 튀어오르도록 테이블을 때렸다.

"전 그 주에 하루 평균 두 개의 모터를 감았다고요. 인정사정없는 속도였어요."

"엄밀히 말하자면 하나뿐이었지." 셜리가 웃으면서 지적했다.

"그래. 그리고 줄스는 계속 내 속도를 따라잡았고. 그 모터를 다 담당에게 반납하고, 하루를 남겨서 쉬게 해달라고 요청한 거예요."

"실제로 하루 쉬었어요, 내 기억이 맞다면." 셜리가 덧붙여 말하고 고개를 저었다. "그림자에게 휴일이라니. 터무니없는 일이죠."

"중요한 건, 줄스는 애초에 그 과제를 해내지 못해야 정상이었다는 겁니다."

"똑똑하네요." 잔스가 미소 지으며 말했다.

"지나치게 똑똑하죠." 마크가 말했다.

"그래서 그 휴일에 줄스는 뭘 했답디까?" 만스가 물었다.

마크는 손가락으로 물잔 속의 라임 조각을 바닥으로 밀어 넣고 잠시 그대로 있었다.

"저와 워커 아저씨와 같이 보냈어요. 그러면서 작업실을 쓸고, 일이 어떻게 돌아가는지, 이 전선은 어디로 가는지, 볼트는 어떻게 풀고 어떻게 파내는지, 그런 것들을 물었지요." 그는 물을 한 모금 마셨다. "제가 하려는 말은, 줄스에게 어떤 일을 맡기고 싶으시다면, 아주 조심하셔야 한다는 겁니다."

"왜 조심하라는 거요?" 만스가 물었다.

마크는 눈을 들어 머리 위에 혼란스럽게 얽힌 파이프와 전선들을 올려다보았다.

"그 일을 지독하게 잘해버릴 테니까요. 그렇게 잘하길 바라지 않을 때마저도 말입니다."

14

식사를 마친 후, 셜리와 마크는 두 사람에게 합숙소로 가는 방향을 일러주었다. 잔스는 결혼한 두 젊은이가 입맞춤을 나누는 모습을 지켜보았다. 마크는 근무시간이 끝났고 셜리는 교대하러 들어가는 길이었다. 같이 한 식사가 한 사람에게는 아침이었고 한 사람에게는 저녁인 셈이었다. 잔스는 두 사람 모두에게 시간을 내주어서 고맙다고 인사하고 음식을 칭찬했다. 그런 다음 만스와 함께 거의 발전실만큼이나 시끄러웠던 식당을 떠나서, 구불구불한 복도를 따라 밤을 지새울 침대로 향했다.

만스는 수습 기계공들이 쓰는 공동 합숙소에 머물게 되었다. 잔스가 어림잡기에도 그에게 15센티미터는 짧아 보이는 작은 침대가 마련되어 있었다. 잔스에게는 합숙소에서 복도를 따라가면 나오는 작은 방이 예약되어 있었다. 두 사람은 그 방에서 기다리기로 했다. 아픈 다리를 문지르고, 심층부에서는 모든 것이 얼마나 다른지 이야기하면서 시간을 보내다 보니 문을 두드리는 소리가 났다. 줄리엣이 문을 밀어 열고 안으로 들어왔다.

"두 분을 한 방에 넣은 건가요?" 줄리엣은 놀라서 물었다.

잔스는 웃고 말았다. "아니, 부보안관은 합숙소에 배정됐어요. 나도 기꺼이 다른 사람들과 같이 잤을 텐데요."

"신경 쓰지 마세요. 어차피 이 방에는 새로 뽑은 사람들이나 방문 온 가족들을 재우니까. 별것 아니에요."

잔스는 줄리엣이 긴 끈을 입에 물고, 아직 샤워 물기에 젖은 머리카락을 모아서 하나로 묶는 모습을 지켜보았다. 그 사이 다른 작업복으로 갈아입었는데, 아무리 봐도 세탁한 옷을 입고 다음 근무시간에 대비하는 모양새였기에, 잔스는 지금 보이는 작업복 얼룩은 지워지지 않는 모양이라고 생각했다.

"그래서 그 단전 휴일은 얼마나 빨리 발표할 수 있죠?" 줄리엣이 물었다. 그녀는 머리를 다 묶고 팔짱을 낀 채, 문 옆 벽에 몸을 기댔다. "청소 직후의 분위기를 이용하고 싶으실 텐데, 맞죠?"

"당신은 얼마나 빨리 시작할 수 있나요?" 잔스가 물었다. 그녀는 문득, 이 여자를 보안관으로 얻고 싶어 하는 이유에 얻을 수 없는 사람이라는 느낌도 포함된다는 사실을 깨달았다. 잔스는 만스 쪽을 흘긋 보면서, 오래전 그녀가 젊고 도널드와 함께했을 때 만스가 그녀에게 느낀 매력 중에 어느 정도가 그처럼 단순한 동기에서 비롯했을까 생각했다.

"내일이라도 시작할 수 있어요." 줄리엣이 대답했다. "아침이면 비상용 발전기에 접속할 수 있으니까요. 오늘 밤에 연장 근무를 해서 개스킷과 밀폐 문제를 해결할 수 있고……."

"아니." 잔스는 손을 들어 올렸다. "보안관 일을 얼마나 빨리 시작할 수 있냐는 거예요." 잔스는 열린 가방 속을 뒤져서 침대 위에 서류철들을 늘어놓고 승인서를 찾았다.

"아, 이 문제는 이미 끝난 줄 알았는데요. 전 그 일에 아무 관심이……."

"그런 사람이 가장 좋은 법이지." 만스가 말했다. "관심이 없는 사람들." 그는 양손 엄지손가락을 작업복에 걸치고서, 줄리엣 맞은 편 벽에 기대서 있었다.

"죄송하지만, 여기 아래에는 그냥 제 일을 맡을 수 있는 사람이 없어요." 줄리엣은 고개를 저으며 말했다. "두 분이 저희가 하는 일을 다 이해하진 못하겠지만……."

"당신도 우리가 위에서 무슨 일을 하는지 이해하지 못하는 것 같네요. 왜 우리에게 당신이 필요한지도요."

잔스의 말에 줄리엣은 고개를 젖히고 웃었다. "이것 보세요, 전 여기 아래에 두 분은 상상도 못 할 기계들을……."

"그 기계들이 무슨 쓸모가 있지요?" 잔스가 물었다. "그 기계들이 뭘 하나요?"

"이 망할 사일로 전체를 굴리죠!" 줄리엣은 단호했다. "두 분이 마시는 산소? 우리가 이 아래에서 재활용하는 거예요. 두 분이 내뿜는 독소? 우리가 그걸 펌프질해서 땅속으로 돌려보내죠. 석유로 만드는 물건을 모조리 적어드릴까요? 플라스틱 하나, 고무 한 조각, 모든 용액과 세제, 전부 다예요. 석유로 만드는 전력 얘기는 제쳐두고 다른 것만 해도 그렇다고요!"

"그리고 그건 모두 당신이 태어나기 전부터 여기 있었지요." 잔스가 지적했다.

"글쎄요, 사실대로 말하자면 그래도 제가 죽을 때까지 유지되진 않을걸요. 그전 같은 상태로는." 줄리엣은 다시 팔짱을 끼고 벽에 등을 기댔다. "이 기계들이 없으면 우리가 무슨 난장판에 떨어질지 잘 모르시는 것 같군요."

"그리고 당신은 사람들이 없다면 이 기계들이 얼마나 무의미해지는지 잘 모르는 것 같고요."

줄리엣은 고개를 돌렸다. 움찔하는 모습은 처음이었다.

"왜 한 번도 아버지를 보러 가지 않나요?"

줄리엣은 고개를 홱 돌리고 반대쪽 벽을 쳐다보았다. 그리고 이마에 흘러내린 머리카락을 쓸어 넘겼다. "가서 제 근무 기록을 보세요. 언제 그럴 시간이나 있나 말해보시라고요."

잔스가 그래도 가족이라고, 시간은 언제나 있기 마련이라고 대꾸하기 전에 줄리엣이 고개를 돌려 그녀를 마주했다. "제가 사람들에게 신경 쓰지 않는다고 생각하세요? 그런 건가요? 그 생각은 틀렸거든요. 전 이 사일로에 사는 모든 사람에게 신경을 써요. 그리고 여기 아래, 이 잊혀진 기계부에 있는 남자와 여자 모두가 내 가족이에요. 난 이 사람들을 매일 만나요. 하루에 몇 번씩 같이 밥을 먹죠. 우린 함께 일하고, 살고, 죽어요." 줄리엣은 만스를 보고 말했다. "그렇지 않나요? 보셨잖아요."

만스는 아무 말도 하지 않았다. 잔스는 줄리엣이 '죽는다'는 부분을 특별히 들먹인 걸까 생각했다.

"아버지한테는 왜 절 만나러 오지 않는지 물어보셨어요? 아버지에겐 남는 게 시간일 텐데. 저 위에서는 하는 일도 없다고요."

"그래요, 만나봤어요. 아버님은 아주 바쁜 분 같더군요. 당신만큼 단호했어요."

줄리엣은 시선을 돌렸다.

"당신만큼 고집스럽기도 하고." 잔스는 서류를 침대 위에 둔 채 몸을 일으켜 문가에, 줄리엣과 한 발자국밖에 떨어지지 않은 거리에 섰다. 젊은 여자의 머리카락에서 풍기는 비누 냄새를 맡을 수 있었다. 빠르고 거친 호흡으로 벌렁거리는 콧구멍도 볼 수 있었다.

"하루하루가 쌓이면서 사소한 결정들에 무게를 더하죠. 찾아가지 않겠다는 결정 말이에요. 처음 며칠은 분노와 젊은 혈기와 함께 쉽게 지나가지요. 하지만 곧 시간은 재활용되지 않는 쓰레기처럼 쌓여버려요. 그렇지 않나요?"

줄리엣은 손을 내저었다. "무슨 말을 하시는지 모르겠네요."

"며칠이 몇 주가 되고 몇 달이 되고 몇 년이 된다는 이야기를 하는 거예요." 잔스는 자기도 똑같은 일을 겪어봤다고, 아니 아직도 나날을 쌓고 있다고 말할 뻔했지만, 만스가 같은 방에서 듣고 있었다. "시간이 지나면, 그저 예전에 저지른 실수를 정당화하기 위해 계속 화를 내게 되지요. 그다음에는 그냥 게임이 되어버려요. 두 사람이 서로를 외면하면서, 어깨 너머를 돌아보지 않으려고 하는 거죠. 그 기회를 잡는 첫 번째 사람이 되기가 두려워서……."

"그런 게 아니었어요." 줄리엣이 말했다. "전 그 자리를 원하지 않아요. 분명히 원하는 사람이 넘칠 텐데요."

"당신이 아니면, 내가 믿을 수 있을지 확신하지 못하는 남자가 될 거예요. 당신만큼 확신할 수 없어요."

"그럼 다음 여자에게 넘기세요."

"당신 아니면 그 남자예요. 그리고 그 남자는 나나 협정보다는 30층대에서 나오는 지시를 더 많이 받을 거라고 봐요."

이 말에는 줄리엣도 반응하는 것 같았다. 단단히 끼고 있던 팔이 느슨해졌다. 줄리엣은 고개를 돌리고 잔스와 눈을 마주쳤다. 만스는 방 저편에서 이 모든 상황을 찬찬히 살피고 있었다.

"지난번 보안관, 홀스턴요, 그 사람에겐 무슨 일이 생긴 거죠?"

"청소를 하러 나갔어요."

"자원했다오." 만스가 무뚝뚝하게 덧붙였다.

"알아요. 하지만 왜죠?" 줄리엣은 얼굴을 찌푸렸다. "부인 때문이라고 듣기는 했는데."

"온갖 추측이 난무하지만……."

"두 분이 조지의 죽음을 조사하러 내려왔을 때, 홀스턴이 부인에 대해 이야기하던 모습이 기억나요. 처음에는 나한테 집적거리나 했는데, 내내 자기 부인 얘기만 했죠."

"우리가 내려왔을 때는 그 부부가 티켓을 쥐고 있을 때였으니까." 만스가 상기시켰다.

"그래요. 맞아요." 줄리엣은 한동안 침대에 펼쳐진 서류를 골똘히 보다가 다시 말했다.

"전 이 일을 어떻게 하는지도 몰라요. 기계를 고치는 일밖에 모른다고요."

"똑같은 일이에요." 만스가 말했다. "우리가 여기 아래에서 수사할 때 당신이 큰 도움이 됐었지. 당신은 일이 어떻게 돌아가는지, 어떻게 맞아 들어가는지 볼 줄 알아요. 다른 사람들이 놓치는 작은 단서들도 찾아내고."

"그건 기계 얘기죠."

"사람도 별로 다르지 않다오." 만스가 말했다.

"난 당신이 이미 안다고 생각해요." 잔스가 말했다. "사실은 딱 맞는 태도를 지녔다고 생각해요. 이 일에 어울리는 기질이랄까요. 이건 정치적인 면이 약간 가미된 자리일 뿐이에요. 거리를 두는 편이 더 좋지요."

줄리엣은 고개를 내젓고 다시 만스를 쳐다보았다. "그러니까 부보안관님이 절 추천하신 거군요, 맞죠? 이게 어쩌다가 튀어나온 얘긴가 궁금했어요. 땅에서 솟아난 얘기 같았거든요."

"당신은 잘할 거예요. 뭐든 작정만 하면 굉장히 잘할 사람이라고 보거든. 그리고 이건 생각하는 것보다 더 중요한 일이에요."

"그럼 전 꼭대기에 올라가 사나요?"

"사무실이 1층에 있으니까요. 에어록 옆에."

줄리엣은 곰곰이 생각하는 것 같았다. 잔스는 줄리엣이 질문까지 던진다는 사실에 들떴다.

"급료는 지금보다 나을 거예요. 초과 근무 수당을 더한다고 해도."

"확인하셨어요?"

잔스는 고개를 끄덕였다. "내려오기 전에 실례를 좀 저질렀지요."

"제 아버지와 이야기도 나누시고요."

"맞아요. 알겠지만, 만나보고 싶어 하실 거예요. 같이 간다면요."

줄리엣은 자기 신발을 내려다보았다. "그건 잘 모르겠네요."

"한 가지가 더 있습니다." 만스가 잔스의 시선을 끌었다. 그는 침대에 놓인 서류를 흘긋 보았다. 맨 위에 곱게 접힌 피터 빌링스의 빳빳한 승인서가 놓여 있었다. "IT부요."

잔스는 만스의 뜻을 이해했다.

"받아들이기 전에 정리할 문제가 하나 있어요."

"제가 받아들이는 건지 잘 모르겠는데요. 전 그 단전 휴일에 대해 더 들어보고, 여기 아래 근무시간을 편성하고 싶……."

"전통에 따라, IT부가 모든 공직 임명을 승인해요."

줄리엣은 눈을 굴리고 숨을 훅 내쉬었다. "IT부가요."

"그래요. 그리고 우린 내려오면서 IT부에도 들렀어요. 일을 매끄럽게 처리하려고요."

"그러셨겠지요."

"물자 징발 문제 말이오." 만스가 끼어들었다.

줄리엣은 그를 돌아보았다.

"아마 별것 아닐 줄 알지만, 그 문제가……."

"잠깐만요. 그 열 테이프 얘긴가요?"

"열 테이프?"

"그래요." 줄리엣은 얼굴을 찌푸리고 고개를 내저었다. "그 개자식들."

잔스는 허공을 5센티미터 정도 집는 시늉을 했다. "그 사람들이 당신에 대해 이렇게 두꺼운 서류철을 가지고 있더군요. 자기들이 받아야 할 물자를 빼돌렸다면서요."

"그럴 리가. 농담하세요?" 줄리엣은 문 쪽을 가리켰다. "우리는 그놈들 때문에 필요한 물자도 못 받아요. 그 열 테이프가 필요했을 때는―몇 달 전에 열 교환기에 누수가 있었거든요―열 테이프를 받을 수가 없었어요. 공급부에서 그 테이프에 대는 재료가 다 예약이 되어 있다고 하더군요. 우리 주문은 꽤 예전에 했던 거였는데 말이죠. 그러고 나서 운반인 한 명한테 이런 얘길 들었어요. 그 테이프는 IT부로 가고, 거기서는 시험용 보호복에 쓰기 위해 그 물건을 몇 킬로미터 치나 가지고 있다고요."

줄리엣은 심호흡을 했다.

"그래서 제가 일부 가로챘어요." 줄리엣은 그 사실을 시인하면서 만스를 보았다. "보세요, 전 그놈들이 위에서 무슨 짓이든 할 수 있게 전력을 대주고 있는데, 기본 물자도 받을 수가 없다고요. 그리고 겨우 받더라도, 질이 형편없어요. 아마 비현실적인 할당량 때문이겠죠. 제조망을 급하게 돌려서……."

"정말 필요한 물건이었다면." 잔스가 말을 막았다. "나도 이해해요."

잔스는 만스를 쳐다보았다. 만스는 마치 이 사람이 적임자라고 말하지 않았냐는 듯이 웃으며 턱을 살짝 내렸다.

잔스는 그를 무시하고 줄리엣에게 말했다. "사실은 이쪽 편 이야기를 들어서 기쁘군요. 그리고 다리가 아픈 만큼이나 이런 여행을 더 자주 할 걸 그랬다고 생각해요. 꼭대기 층에서는 당연하게 받아들이는 일들이 있어요. 대개는 잘 이해하지 못하기 때문이지요. 이제는 우리가 연락을 더 해야 하고, 내가 IT부와 나누는 것 같은 지속적인 접촉이 더 필요하다는 사실을 알겠네요."

"전 그런 말을 20년 동안 했어요. 이 아래에 있는 저희들은, 우리가 방해되지 않게 여기에 배치해뒀다는 농담을 하죠. 그리고 때로는 정말로 그렇게 느껴져요."

"당신이 꼭대기로 올라온다면, 이 자리를 맡는다면, 사람들도 당신 말을 들을 거예요. 이 지휘 계통의 첫 번째 고리가 될 수 있어요."

"IT부는 어디 들어가죠?"

"저항이 있겠지만, 그건 으레 있는 일이에요. 그런 일은 전에도 처리해봤어요. 시장실에 연락해서 비상용 포기 서류를 만들게 하겠어요. 그걸 소급 적용해서, 당신이 취득한 물자까지 올리도록 하죠." 잔스는 손아래 여자를 찬찬히 보며 말했다. "그 가로챈 물자 모두가 정말 필요한 것이었다는 보장만 받을 수 있다면요."

줄리엣은 도전을 받고도 눈 하나 깜짝하지 않았다. "필요했어요. 어차피 쓸모는 없었지만요. IT부에서 빼돌린 물건은 쓰레기였거든요. 일부러 그렇게 만들었어도 그 정도로 잘 떨어질 순 없었을 거예요. 말씀드리는데, 우리는 결국 공급부에서 받은 물건으로 추가 테이프를 만들었어요. 올라가는 길에 기꺼이 화해의 선물로 제공하죠. 우리 설계가 훨씬 뛰어나고……."

"올라가는 길에?" 잔스는 줄리엣이 무슨 말을 하는지 짚고, 무엇에 동의하는지 확실히 해두려고 물었다.

줄리엣은 두 사람을 번갈아 보더니 고개를 끄덕였다. "발전기 문제를 해결하게 일주일만 주세요. 그 단전 약속은 지키셔야 해요. 그리고 정확히 이해하셔야 할 게, 전 언제나 스스로를 기계공으로 생각할 것이고, 이 일도 문제를 무시했을 때 무슨 일이 생기는지 알기 때문에 하는 거예요. 제가 이 밑에서 대대적으로 밀던 게 예방 정비였거든요. 고장 나기를 기다렸다가 고치지 말고, 아직 돌아가고 있을 때 고쳐서 활기를 유지하자는 거죠. 너무 많은 문제를 무시하고, 질이 저하되게 놔두고 있어요. 그리고 사일로를 하나의 커다란 엔진으로 본다면 여기 밑에 있는 우리는 사람들이 관심을 둬야 할 지 저분한 기름받이라고 생각해요." 줄리엣은 잔스에게 손을 내밀었 다. "단전 휴일을 만들어주신다면, 전 시장님 사람이에요."

잔스는 미소 지으며 그 손을 잡고, 줄리엣의 자신감 있는 악수에 깃든 온기와 힘에 경탄했다.

"아침에 제일 먼저 그것부터 처리하죠. 그리고 고마워요. 승선을 환영해요."

만스도 방을 가로질러서 줄리엣과 악수를 나눴다. "모시게 되어 기쁘군요, 대장."

줄리엣은 만스의 손을 잡으면서 씩 웃었다. "뭐, 너무 앞서가지 말자고요. 그렇게 부르시기 전에 제가 배워야 할 게 많을걸요."

15

꼭대기 층으로 다시 올라가는 여정이 단전 중에 이루어지다니, 어울린다는 느낌이었다. 잔스는 스스로도 새로운 법령에 따르는 듯, 힘든 걸음걸음마다 기운이 빨려 나가는 걸 느낄 수 있었다. 내려가는 길의 괴로움은 장난이었다. 운동의 피로를 가장했을 뿐 사실은 계속 움직이는 게 불편한 정도였다. 하지만 이제 잔스의 연약한 근육은 진짜 일을 해야 했다. 한 걸음 또 한 걸음을 정복해야 했다. 잔스는 다음 계단을 향해 신발을 들어 올리고, 한 손을 무릎에 얹고, 100만 미터처럼 느껴지는 25센티미터짜리 나선 계단을 올라갔다.

오른쪽 층계참에 58이라는 숫자가 보였다. 이제는 층계참마다 한 층 한 층 내딛는 것이 시야에 또렷이 들어왔다. 몽상에 잠겨서 몇 층씩 지나치던 내려갈 때와는 달랐다. 이제 그 숫자들은 바깥 난간 너머로 서서히 모습을 드러낸 다음, 잔스가 한 번에 한 걸음씩 허우적거리며 위로 올라가는 동안 어두운 녹색 비상등 불빛 속에서 비웃으며 그 자리를 지켰다.

만스는 그녀 옆에서 걸었다. 그녀의 손이 바깥 난간을 잡을 때 그의 손은 안쪽 난간을 잡았고, 지팡이는 두 사람 사이의 쓸쓸한 계단에 금속성을 울렸다. 이따금씩 두 사람의 팔이 스치기도 했다. 마치 몇 달은 떠나 있던 것 같았다. 그들의 사무실로부터, 그들의 의무로부터, 그들의 냉담한 친근함으로부터. 새로운 보안관을 설득하기 위해 아래로 내려간 모험은 잔스가 상상한 것과는 다르게 풀렸다. 젊은 시절로 돌아가는 꿈을 꾸었는데, 그 대신 오래된 유령들에게 시달리기만 했다. 새로운 활력을 얻기를 바랐는데, 그 대신 몇십 년간 닳아버린 무릎과 허리만 느꼈다. 그녀의 사일로를 순회하려던 계획은 상대적으로 익명성 속에 터벅터벅 걷는 길이 되어버렸고, 이제는 사일로의 유지와 운행에 그녀가 필요하기는 한지조차 의문이었다.

주변의 세상은 계층화되어 있었다. 이제는 그 어느 때보다 또렷이 보였다. 상층부는 아침 식사와 함께 즐기는 생과일주스를 당연하게 여기며, 흐려져가는 풍경을 걱정했다. 그 아래에 살면서 정원에서 일하거나 가축우리를 청소하는 사람들은 흙과 나뭇잎과 비료로 이루어진 자기들만의 세계 주위를 돌았다. 그들에게 바깥 풍경이란 청소가 이루어질 때까지 무시해도 좋은, 지엽적인 무엇이었다. 그리고 심층부, 기계 공장과 화학 연구소, 끌어 올리는 석유와 삐걱거리는 장치들, 기름때 묻은 손톱과 힘든 일의 땀 냄새로 이루어진 실무적인 세상이 있었다. 이 사람들에게 바깥세상과 아래로 떨어지는 음식은 그저 소문과 자양분에 지나지 않았다. 그 사람들에게 사일로의 핵심은 기계들을 계속 돌리는 데 있었다. 잔스는 긴

생애 동안 언제나 반대로 생각했는데 말이다.

57층이 어둠을 뚫고 나타났다. 어린 여자아이 하나가 층계참에 앉아서 두 팔로 무릎을 끌어안고, 보호용 플라스틱 커버에 든 어린이책을 머리 위 전구에서 흘러나오는 약한 빛 속에 들어 올리고 있었다. 잔스가 지켜보는 동안 소녀는 형형색색의 책장 위를 달리는 눈동자 외에는 꼼짝도 하지 않았다. 누가 아파트 층 옆을 지나가는지 쳐다보지도 않았다. 그들은 소녀를 뒤에 남기고 떠났고, 사흘째 계단을 오르느라 지친 잔스와 만스가 힘겹게 위로 올라가는 동안 소녀는 서서히 어둠 속으로 사라졌다. 위에도 아래에도 흔들림이나 발소리가 없는 상태로, 사일로는 무서울 정도로 생명의 흔적이 없이 고요하게 가라앉은 채 오래된 두 친구, 두 전우에게 페인트가 벗겨진 계단을 나란히 걷기에 충분한 공간을 선사했다. 팔을 흔들며, 그러다가 가끔씩, 아주 가끔씩은 서로의 팔을 스치며.

그들은 그날 밤을 중층부 보안관 사무실에서 보냈다. 중층부를 담당하는 부보안관은 두 사람이 자기 환대를 받아들여야 한다고 주장했고, 잔스는 또 한 번 보안관을 경찰 외부에서 지명한 데 대한 지지를 얻기 위해 열심이었다. 거의 캄캄한 조명 속에서 차가운 저녁 식사를 마치고, 그들을 초대한 주인과 그 아내를 만족시킬 만큼 농담을 나눈 후에, 잔스는 사무실로 물러났다. 그들이 소파 겸 침대를 최대한 편안하게 준비해두었는데, 더 좋은 곳에서 빌려 온 이불에서는 2치트짜리 비누 냄새가 났다. 만스는 유치장 안에 있는 침대에서 잤고, 그 방에서는 아직도 청소 이후에 지나치게 흥분해버린 주정뱅이와 통에서 만든 알코올 냄새가 풍겼다.

이미 워낙 어두웠던 탓에 언제 조명이 꺼졌는지 알아차릴 도리가 없었다. 잔스는 어둠 속에서 침대에 누웠다. 욱신거리는 근육은 비로소 가만히 있게 된 상황을 즐겼고, 발은 뻐근하다 못해 단단한 뼈 같았으며, 시큰한 허리에는 스트레칭이 필요했다. 그러나 정신은 계속 움직여서, 제일 최근에 계단을 오르면서 시간을 보냈던 지친 대화로 돌아갔다.

그녀와 만스는 서로의 주위를 맴돌며, 옛 끌림의 기억을 시험하고, 오래된 흉터가 얼마나 물렀는지 살피고, 약해지고 부서지기 쉬운 몸에 남은 부드러운 부분을 찾는 것 같았다. 주름지고 메마른 피부 어딘가에서, 그리고 법과 정치에 굳은살이 박인 심장 속에서.

자주, 시험하듯 떠오르는 도널드의 이름은, 어른들의 침대 속으로 파고들어 조심스러운 두 연인 사이에 틈을 벌리는 어린아이 같았다. 잔스는 오래전에 잃은 남편에 대해 다시 슬퍼했다. 평생 처음으로, 그 이후에 이어진 고독한 수십 년을 슬퍼했다. 언제나 소명으로 여겼던 일, 이렇게 고독하게 살면서 더 큰 선의를 위해 봉사하는 일이 이제는 오히려 저주 같았다. 그녀는 인생을 빼앗겼다. 꼭 짜여 펄프가 되어버렸다. 그녀의 노력과 희생한 세월에서 짜낸 즙은 사일로 아래로 뚝뚝 떨어져버렸고, 40층만 내려가도 거의 아무도 알지 못하고 신경 쓰지도 않았다.

이 여행에서 제일 슬픈 부분은 잔스가 홀스턴의 유령을 이해하게 되었다는 점이었다. 이제는 받아들일 수 있었다. 그녀가 여행을 떠난 주된 이유는, 어쩌면 줄리엣을 보안관으로 채용하고 싶어 한 이유까지도, 심층부까지 내려가서 언덕 골짜기에서 서로를 부둥켜안은 채 허비해버린 청춘을 바람 속에 드러내고 있는 두 연인의 슬픈 모습에서 멀어지고 싶어서였다. 그녀는 홀스턴에게서 도망치려고 떠났다가, 오히려 홀스턴을 찾고 말았다. 이제는 알 수 있었다. 왜 청소형에 처해진 사람들 모두가 실제로 청소를 하느냐는 수수께끼는 몰라도, 그 일에 자원하는 슬픈 몇 사람의 이유는 알게 되었다. 유령에게 쫓기기보다는 차라리 유령과 함께하는 편이 나아서였다. 텅 빈 삶을 사느니 살지 않는 편이 나아서였다.

기름칠로도 해결되지 않을 만큼 낡은 경첩 때문에 사무실 문에서 삐걱 소리가 났다. 잔스는 일어나 앉아서 어둠 속을 보려고 했지만, 근육이 너무 아팠고 눈은 너무 늙었다. 대신 소리라도 쳐서 주인들에게 괜찮다고, 아무것도 필요 없다고 말하고 싶었다. 그러나 그녀는 그저 귀를 기울였다.

낡은 카펫에서 거의 보이지 않는 발걸음이 다가왔다. 말은 없었다. 그저 침대로 다가오는 나이 든 관절의 삐걱거림, 비싸고 향기로운 이불을 들어 올리는 손길, 그리고 살아 있는 두 유령 사이에 오가는 이해뿐이었다.

잔스의 호흡이 가슴에서 딱 멈췄다. 그녀는 이불을 잡은 손목을 더듬어 찾았다. 그리고 작은 간이침대 위에서 몸을 움직여 공간을 만들고, 그를 옆으로 끌어당겼다.

만스는 그녀의 등에 팔을 두르고, 밑에서 조금씩 움직여서 그녀가 한쪽 다리를 그의 다리 위에 걸치고, 두 손으로 그의 목을 잡고 옆에 눕게 만들었다. 그녀는 뺨을 스치는 그의 콧수염 감촉을 느끼고, 그가 입술을 오므렸다가 그녀의 입가에 가볍게 대는 소리를 들었다.

잔스는 그의 뺨을 잡고 그의 어깨에 얼굴을 묻었다. 학생처럼, 낯설고 무서운 직장의 황야에서 길을 잃은 겁에 질린 신참 그림자처럼 울었다. 두려워하며 울었지만, 그 두려움은 곧 빠져나갔다. 그의 손이 닿자 사라져버린 등의 아픔처럼 빠져나갔다. 두려움이 빠져나가고 그 자리에 마비된 느낌이 자리를 잡았다가, 영원처럼 느껴지는 시간 동안 몸을 떨며 울고 나자, 생생한 감각이 다시 그 자리를 이어받았다.

잔스는 온몸으로 살아난 기분이었다. 그녀의 팔이 그의 단단한 갈빗대를 스치고, 그녀의 손이 그의 어깨를 만지고, 그의 손이 그녀의 엉덩이를 잡았을 뿐인데도 살과 살이 맞닿는 얼얼한 느낌이 났다. 그리고 이제 즐거운 해방감, 잃어버린 시간에 대한 슬픔, 오랫동안 미뤄두었다가 이제야 팔을 두르고 꽉 끌어안은 반가운 순간의 슬픔 때문에 눈물이 흘렀다.

잔스는 그렇게, 계단을 오른 피로보다 훨씬 더 지쳐서 잠들었다. 몇 번인가 떨리는 입맞춤을 나누고, 손을 꽉 잡고, 다정하고 고마운 말을 속삭였을 뿐인데도 깊은 잠이 그녀를 끌어 내렸다. 지친 관절과 뼈는 그녀가 원하지는 않았지만 몹시 필요로 했던 수면에 굴복했다. 잔스는 몇십 년 만에 처음으로 남자를 품에 안고 잠들었고, 익숙한 빈 침대에서, 이상하게 꽉 찬 마음으로 깨어났다.

여행의 넷째 날이자 마지막 날이었다. 오르막길 중간에 그들은 30층대 중앙에 있는 IT부에 접근했다. 잔스는 올라가는 길 내내 평소보다 더 자주 멈춰 서서 물을 마시고 근육을 문질렀다. 피로 탓인 척했지만 사실은 여기에 들러서 버나드를 보아야 한다는 두려움, 여행이 끝에 이르렀다는 두려움 때문이었다.

단전 휴일이 드리운 깊고 어두운 그림자가 두 사람을 따라 올라왔고, 상인들 대부분이 사일로 전역의 소등 때문에 일을 접어서 오가는 사람도 드물었다. 수리 과정을 감독하기 위해 뒤에 남은 줄리엣은 잔스에게 비상용 발전기에서 나오는 불빛은 깜박거릴 수도 있다고 경고했다. 그 사실을 알고 있다 해도, 어른거리는 조명의 효과는 긴 오르막길 동안 그녀의 신경을 갉아먹었다. 계속 깜박거리는 조명 때문에 첫 임기 절반 이상을 불쾌하게 견뎌야 했던 나쁜 전구 상태가 떠올랐다. 그때는 전기실에서 서로 다른 기계공 두 명이 전구를 검사하러 왔었다. 두 사람 다 교체하기에는 전구 상태가 너무 좋다고 여겼다. 그 전구를 갈기 위해서는 결국 그 당시에도 공급부 책임자였던 매클레인에게 호소해야 했다.

잔스는 전구를 직접 가져다준 매클레인을 기억했다. 당시 매클레인은 공급부 책임자가 된 지 오래되지 않았고, 정직하게 전구를 들고 그 많은 계단을 올라왔다. 그때도 잔스는 힘과 책임감이 넘치는 그 여자를 우러러보았다. 매클레인이 잔스에게 왜 다른 사람들처럼 하지 않았느냐고, 왜 그냥 전구를 망가뜨리지 않았느냐고 물었던 기억이 났다.

그런 생각이 한 번도 떠오르지 않았다는 사실이 예전에는 잔스를 괴롭혔다. 그러다가 그녀는 그런 결점을 자랑스럽게 여기게 되었다. 매클레인을 충분히 잘 알고 나자 그 질문이 칭찬이었으며, 손수 배달해준 것이 그 보상이었음을 이해할 수 있었다.

34층에 도착했을 때, 잔스는 어떤 의미에서는 집에 돌아왔다고 느꼈다. IT부의 본관 층계참에 이르니 익숙한 영역으로 돌아온 느낌이었다. 잔스가 층계참에서 난간과 지팡이에 기대어 기다리는 동안, 만스가 문을 잡았다. 문이 소리를 내며 열리자, 안에서 피어난 밝은 불빛이 계단을 채우고 있던 희미한 전등 빛을 쓸어냈다. 널리 알려지지는 않았으나, 다른 층에서 심각하게 전력을 규제해야 했던 것은 주로 IT부가 지닌 면제권 때문이었다. 버나드는 재빨리 이 점을 지지하는 〈협정〉의 다양한 조항들을 지적했다. 줄리엣은 서버 컴퓨터가 작물재배용 조명보다 우선권을 갖는 게 말이 되느냐며 욕했지만, 주 발전기를 조정하기 위해 가능한 만큼만 받아들이고 물러났다. 잔스는 줄리엣에게 이 일로 정치적인 타협에 대한 첫 번째 수업을 마친 셈 치라고 말했다. 줄리엣은 오히려 힘이 없다는 사실만 알았다고 대답했다.

안에서는 버나드가 신 과일주스라도 마신 듯한 얼굴로 두 사람을 기다리고 있었다. 두 사람이 들어가자 옆에 비켜선 IT부 직원들 사이에 오가던 대화가 빠르게 사그라졌고, 잔스는 그들이 올라가는 길임을 알고 기다린 게 아닌가 살짝 의심했다.

"버나드." 잔스는 호흡을 고르게 하려고 노력하면서 말했다. 얼마나 지쳤는지 알리고 싶지 않았다. 버나드에게는 심층부에서부터 아무 일도 아니라는 듯이 어슬렁어슬렁 걸어왔다고 생각하게 하고 싶었다.

"마리."

고의적인 모욕이었다. 버나드는 만스 쪽을 보지도 않았고, 이 방에 부보안관이 있다는 것도 모르는 척했다.

"여기에서 서명하겠어요? 아니면 회의실에서?" 잔스는 줄리엣의 이름이 들어간 승인서를 꺼내려고 가방에 손을 넣었다.

"무슨 게임을 벌이는 겁니까, 마리?"

잔스는 열이 오르는 것을 느꼈다. 은색 IT부 작업복을 입은 직원 한 무리가 두 사람의 대화를 따라가고 있었다. "게임을 벌여요?"

"그 단전 휴일이 귀여운 줄 압니까? 그렇게 제게 앙갚음하는 방식이?"

"앙갚음이라니⋯⋯?"

"내겐 서버 컴퓨터가 있어요, 마리."

"당신네 서버 컴퓨터는 전력을 온전히 할당받았어요." 잔스는 목소리를 높이며 사실을 상기시켰다.

"하지만 서버 냉각용 공기는 기계부에서 올라오지요. 온도가 조금이라도 올라가면 가동을 줄여야 할 텐데, 이제까지는 한 번도 그럴 필요가 없었단 말입니다!"

만스가 두 손을 들고 두 사람 사이에 끼어들었다. "진정하시죠." 만스는 버나드를 바라보며 냉정하게 말했다.

"댁의 별 볼 일 없는 그림자는 치우시죠." 버나드가 잔스에게 눈을 고정한 채 대꾸했다.

잔스가 만스의 팔에 손을 올렸다.

"협정 내용은 분명해요, 버나드. 내가 선택하고, 내가 임명해요. 당신과 나는 서로의 의견대로 승인해주던 좋은 시절이 있었고⋯⋯."

"그리고 내가 말했죠, 그 구덩이 출신 애송이는 이 일을 맡지 않을 거라고⋯⋯."

"그 사람은 받아들였소." 만스가 버나드의 말을 끊었다. 잔스는 만스의 손이 권총 손잡이로 내려가 있음을 알아차렸다. 버나드도 그 사실을 알아차렸는지는 알 수 없었지만, 어쨌든 조용해졌다. 그러나 버나드의 시선은 잔스의 눈을 떠나지 않았다.

"서명하지 않겠습니다."

"그렇다면 다음부터는 당신에게 묻지 않겠어요."

버나드는 미소 지었다. "다음번 보안관도 앞세우고 사실 거라 생각하는 모양이지요?" 그는 구석에 모여 선 직원들 쪽으로 몸을 돌리고 한 명을 손짓해 불렀다. "왜 난 그게 의심스러울까?"

소곤거리던 사람들 사이에서 기술자 한 명이 나와서 그들 쪽으로 다가왔다. 잔스는 그 젊은이를 알아보았다. 그녀가 늦게까지 일하던 밤에 몇 번인가 꼭대기 층 식당에 올라와 있던 청년이었다. 기억이 정확하다면 루카스라고 했다. 그는 잔스와 악수를 나누고 미소 지으며 어색하게 인사했다.

버나드는 조바심을 내며 허공에 손을 휘저었다. "필요하다는 대로 서명하게. 난 거부하니까. 사본을 만들고, 나머지 일을 처리해." 버나드는 됐다는 듯이 손을 흔들고 돌아서서 마지막으로 만스와 잔스를 위아래로, 마치 두 사람의 상태인지, 나이인지, 지위인지, 무엇인지가 역겹다는 듯이 훑어보았다. "아, 그리고 심스에게 두 분 물통을 채워드리라고 해. 비틀거리면서 집까지 돌아가기에 음식이 충분한지도 살펴보고. 저 노쇠한 다리가 원래 속한 곳으로 돌아가는 데 필요한 건 뭐든 해드리라고."

그 말을 끝으로 버나드는 성큼성큼 IT부의 심장으로 이어지는 문으로 향했다. 서버 컴퓨터들이 행복하게 진동하고 있는 환하게 불 밝힌 사무실들 쪽으로. 그 느리게 움직이는 공기 속에서는 마치 화가 난 몸속에서 모세혈관이 조여들고 그 속에 흐르는 피가 끓어오를 때처럼 온도가 올라가고 있었다.

16

집으로 다가갈수록 한 층 한 층이 더 빨리 흘러갔다. 사람들이 쭈그
리고 앉아서 평소로 돌아가기를 기다리고 있는 조용한 층과 층 사
이, 제일 어두운 계단에서 나이 든 손과 손이 서로를 감싸 쥐고 두
여행자 사이에서 흔들렸다. 두 사람은 서로를 꼭 붙잡고 나머지 손
으로 서늘한 강철 난간을 훑어 올라갔다.

잔스는 가끔 지팡이가 등에 안전하게 묶여 있는지 확인하거나,
만스의 배낭에서 물통을 꺼내어 한 모금 마실 때만 손을 놓았다. 두
사람은 자기 배낭에 손을 뻗기보다 서로의 배낭에 손대기가 더 쉬
웠기에 상대의 물통으로 물을 마셨다. 서로에게 필요한 물건을 지
고 가면서 철저히 공평하게 제공하고 또 보답받을 수 있다는 데 달
콤함이 있기도 했다. 그것은 손을 놓을 가치가 있는 일이었다. 잠시
동안이라면.

잔스는 물을 마저 마시고, 사슬에 매달린 금속 뚜껑을 돌려 닫은

후 만스의 배낭 바깥 주머니에 집어넣었다. 일단 돌아가면 모든 것이 달라질지 알고 싶어 죽을 지경이었다. 이제 20층밖에 남지 않았다. 어제는 불가능하게 보였던 거리가 이제는 생각 없이 지나갈 수 있는 거리로 보였다. 그리고 집에 도착하면, 친숙한 환경이 친숙한 역할을 다시 불러낼까? 어젯밤의 일이 점점 더 꿈처럼 느껴질까? 아니면 오래된 망령들이 돌아와서 두 사람 다 쫓아다닐까?

잔스는 그런 질문을 던지고 싶었지만, 대신 사소한 문제들을 이야기했다. 줄스는, 본인 주장으로 줄스라고 부르기로 했지만, 언제 근무 준비가 될까? 만스와 홀스턴이 제기한 사건 중에서 제일 먼저 처리해야 할 사건은 무엇인가? IT부를 행복하게 해주고, 버나드를 진정시키기 위해 어떤 일을 양보할까? 그리고 피터 빌링스의 실망은 어떻게 해결할까? 언젠가 피터 빌링스가 판사로 법정 심리를 주도하게 된다면 이 일이 어떤 영향을 미칠까?

이런 일들을 의논하는 동안 잔스는 배 속에서 나비가 팔락거리는 느낌을 받았다. 아니면 말하고 싶지만 할 수 없는 모든 것들이 일으키는 불안감일지도. 이런 화제들은 바깥 공기에 떠다니는 먼지 알갱이처럼 많았고, 꼭 그런 먼지처럼 입을 말리고 혀를 진정시켰다. 그리고 보니 잔스는 만스의 물통을 점점 더 자주 찾고 있었다. 그녀의 물통이 등에서 덜그럭거리고 층계참이 나올 때마다 배 속이 요동을 치는 가운데, 눈에 보이는 숫자는 점점 여행의 결말을 향해 줄어들었다. 정말 여러 가지 면에서 완벽한 성공을 거둔 여행이었다.

우선 그들은 모든 면에서 만스가 시사한 대로 자신만만하고 영감을 주는 사람으로 보이는 심층부의 불같은 여자를 보안관으로 얻었다. 잔스는 그런 사람들이 사일로의 미래라고 보았다. 장기적으로 생각하고, 계획을 하고, 일을 해결하는 사람들. 이전에도 보안관이 시장에 출마한 선례가 여러 번 있었다. 그녀는 줄리엣이 언젠가는 좋은 선택지가 되리라 생각했다.

그리고 출마에 대해 말하자면, 이 여행은 잔스 자신의 목표와 야심에도 불을 붙였다. 경쟁자가 없을지도 모르지만 그녀는 다가오는 선거에 들떴고, 올라가면서 수십 번의 짧은 연설을 생각하기도 했다. 어떻게 일을 더 잘 운영할 수 있을지, 어떻게 자신의 의무를 더 성실하게 수행할 수 있을지, 그리고 어떻게 사일로가 늙은 뼈에 새로운 생명을 불어넣을 수 있을지가 보였다.

그러나 제일 큰 변화는 그녀와 만스 사이에 자라난 무엇인가였다. 잔스는 마지막 몇 시간 사이에야 겨우, 만스가 결코 승진을 받아들이지 않는 진짜 이유는 그녀가 아니었을까 의심하기 시작했다. 부보안관이라면 두 사람 사이에 그의 희망을, 그녀를 잡는다는 그의 불가능한 꿈을 충족시킬 만한 거리가 있었다. 보안관이 되면 그런 일은 일어날 수 없었다. 이해관계가 지나치게 충돌했고, 너무 직속상관이 되어버렸다. 이 가설에는 강력한 슬픔과 경외심을 불러일으키는 다정함이 담겨 있었다. 잔스는 그런 생각을 하면서 잡은 손에 힘을 주었고, 그 가설은 그녀에게 깊은 공허감을 주었다. 만스가 말없이 희생한 모든 것, 다음에 무슨 일이 일어난다 해도 부응하지 못할 엄청난 빚을 생각하니 속이 뒤틀렸다.

육아실 층계참이 가까워졌다. 원래 그곳에 들러서 줄리엣의 아버지를 보고 딸이 올라올 때 만나보라고 설득할 계획은 없었음에도, 방광이 해방을 호소하자 잔스는 마음을 바꾸었다.

"화장실에 가야겠어요." 만스에게 말하면서 그녀는, 참을 수 없다는 사실을 인정했다는 데 어린아이처럼 부끄러워졌다. 입이 말랐고 배 속은 물을 너무 마셔서 부글거렸다. 어쩌면 집에 간다는 두려움 때문일 수도 있었다. "줄리엣의 아버지를 만나보는 것도 괜찮겠고요." 그녀는 덧붙였다.

그 변명에 만스의 콧수염 끝이 살짝 올라갔다. "그러면 들러야지요."

대기실은 비어 있었고, 표지판들이 조용히 해야 한다는 사실을 상기시켰다. 잔스는 유리 칸막이 너머를 들여다보고 어두운 복도를 조용히 걸어오던 간호사의 찌푸린 얼굴이 누구인지 알아보는 가벼운 미소로 변하는 것을 보았다.

"시장님." 간호사가 속삭였다.

"미리 연락하지 않아서 미안하지만, 니컬스 박사님을 뵈었으면 하는데요. 그리고 화장실도 좀 이용할 수 있을까요?"

"물론이죠." 간호사는 문을 열고 들어오라고 손짓했다. "지난번에 다녀가신 후로 분만이 두 번 있었어요. 이 발전기 난장판 때문에 일이 엉망……."

"단전 휴일이라오." 만스가 두 사람보다 걸걸하고 큰 목소리로 바로잡았다.

간호사는 그를 흘긋 보았지만, 알았다는 듯이 고개를 끄덕였다. 간호사는 선반에서 가운 두 장을 가져다가 내밀면서, 소지품은 책상 옆에 두고 가라고 말했다.

대기실에서 간호사는 벤치 쪽으로 손짓을 하고는 니컬스 박사를 데려오겠다고 말했다. "화장실은 저쪽이에요." 간호사가 가리킨 문에 그려진 오래된 표지판은 닳아서 거의 보이지 않을 지경이었다.

"금방 돌아올게요." 잔스는 만스에게 말했다. 그녀는 손을 뻗어 그의 손을 꽉 쥐고 싶은 충동과 싸웠다. 은밀하던 습관이 최근에는 일상적으로 되어버린 탓이었다.

화장실에는 거의 불빛이 없었다. 잔스는 배 속이 시끄럽게 부글거리는 동안 속으로 욕을 하며 익숙지 않은 칸막이 문을 더듬다가, 겨우 문을 밀어 열고 서둘러 변기에 앉았다. 소변을 보면서도 배 속이 불타는 느낌이었다. 반가운 해방감과 너무 오래 참아서 화끈거리는 느낌이 뒤섞여서 숨을 쉴 수가 없었다. 그 영원처럼 느껴지는 시간 동안 다리가 가눌 수 없이 흔들리자 그녀는 올라오는 길에 스스로를 너무 몰아세웠음을 깨달았다. 다시 20층을 올라가야 한다는 생각에 당황스러웠고, 두려움에 속이 텅 비었다. 볼일을 마치고 옆에 붙은 변기로 옮겨 가 씻은 다음, 수건으로 손을 닦았다. 그러고는 양쪽 변기의 물을 다 내려서 순환시켰다. 그녀의 아파트와 사무실에서라면 자연스럽게 간격과 위치를 알았겠지만, 여기는 낯설어서 어둠 속을 꽤 더듬거려야 했다.

잔스는 하룻밤을 더 머물러야 할지, 분만 침대에서 자고 아침을 기다렸다 시장실까지 올라가야 할지 생각하면서 약해진 다리로 비틀비틀 화장실을 빠져나갔다. 문을 당겨 열고 대기실에 있는 만스에게 돌아가는 동안에도 다리는 거의 감각이 없었다.

"좀 나아요?" 만스가 물었다. 그는 당연하다는 듯이 옆자리를 남겨두고 가족용 긴 의자에 앉아 있었다. 잔스는 고개를 끄덕이고 털썩 주저앉았다. 얕게 숨을 몰아쉬면서, 오늘은 더 갈 수 없다는 것을 인정하면 만스가 자신이 약해졌다 생각할까 궁금했다.

"잔스? 괜찮아요?"

만스가 몸을 앞으로 기울였다. 그는 잔스가 아니라 바닥 쪽을 보고 있었다. "잔스, 대체 무슨 일이 있었던 거요?"

"목소리 낮춰요." 잔스는 속삭였다.

만스는 오히려 비명을 질렀다.

"의사!" 만스가 소리쳤다. "간호사!"

육아실의 어스레한 유리 너머로 누군가의 형체가 나타났다. 잔스는 입술을 움직여서 말을 하려고, 만스에게 목소리 낮추라고 말하려고 애를 쓰면서 등받이에 고개를 댔다.

"잔스, 이 사람아, 뭘 한 거요?"

그는 그녀의 손을 잡고 손등을 쓰다듬고 있었다. 그가 그녀의 팔을 흔들었다. 잔스는 그저 자고 싶었다. 달려오는 발소리가 울렸다. 불빛이 기분 나쁠 정도로 밝아졌다. 간호사가 뭐라고 소리를 질렀다. 줄리엣의 아버지, 그 의사의 귀에 익은 목소리가 들렸다. 의사라면 침대를 내어주겠지. 이 깊은 피로감을 이해하겠지…….

피에 대한 대화가 오갔다. 누군가가 그녀의 다리를 검사하고 있었다. 만스가 울고 있었다. 희끗희끗한 콧수염 위로 눈물이 떨어졌다. 그가 그녀의 눈을 들여다보며 어깨를 흔들고 있었다.

"난 괜찮아요." 잔스는 그렇게 말하려고 했다.

그녀는 입술을 축였다. 너무 건조했다. 입이 너무 말랐다. 물을 달라고 했다. 만스가 물통을 더듬어 찾아서, 그녀의 입술에 갖다 대고 물을 튀기다가 흘려 넣다가 했다.

삼키려고 했지만 그럴 수가 없었다. 그들은 잔스를 긴 의자 위에 눕히고, 의사는 그녀의 갈비뼈를 만지면서 눈동자에 불빛을 비추고 있었다. 하지만 그래도 모든 것이 점점 어두워졌다.

만스가 한 손에 물통을 쥐고 반대쪽 손으로 그녀의 머리를 쓸어 넘겼다. 만스가 뭐라고 떠들고 있었다. 어째서인지 무척 슬펐다. 그가 그녀보다 훨씬 에너지가 넘쳤다. 그녀는 그에게 미소를 지어 보이고 기적적인 노력으로 그에게 손을 뻗었다. 그의 손목을 잡고 사랑한다고 말했다. 기억할 수 있는 한 언제나 그랬다고. 지친 마음은 비밀을 움켜잡은 손아귀를 풀고, 눈물이 흘러내리는 만스의 얼굴을 향해 입 모양으로 말을 하고 말았다.

잔스는 주름이 잡힌 채로 반짝이며 그녀를 내려다보는 그의 눈을 보고, 그의 손에 들린 물통에 시선을 돌렸다.

내내 그가 지고 온 물통.

그 물. 그녀는 깨달았다. 그 독은 만스를 위한 것이었다.

17

발전실은 평소와 달리 사람이 가득하면서도 으스스하게 조용했다. 낡은 작업복을 입은 기계공들이 난간 뒤에 세 줄로 서서 첫 번째 교대조의 작업을 지켜보았다. 줄리엣은 그 사람들을 거의 의식하지 못했다. 오직 정적만을 날카롭게 의식했다.

줄리엣은 직접 만든 장치 위로 몸을 구부렸다. 금속 바닥에 높은 플랫폼을 용접해 붙이고, 거울과 가느다란 틈을 다수 배열하여 이리저리 빛을 반사하는 장치였다. 이 빛은 발전기와 발전기에 연결된 대형 동력기에 붙인 거울들에 비쳐 반짝이면서, 그녀가 발전기를 완벽하게 조정할 수 있도록 도왔다. 주의를 기울이는 부분은 두 발전기 사이를 연결하는 축, 그러니까 연료를 태워서 나오는 동력을 전기로 변환하는, 남자 허리 굵기의 긴 강철봉이었다. 줄리엣은 이 봉 양쪽 끝에 있는 두 기계가 1천 분의 1센티미터 수준으로 나란히 놓이기를 바라고 있었다. 하지만 그들이 하고 있는 모든 일은 선례가 없었다. 절차는 비상용 발전기를 연결하는 동안 밤을 새워 회의를 하면서 서둘러 계획했다. 지금으로서는 그저 집중하고, 열여덟 시간의 근무가 쓸모가 있었기를 바라고, 제대로 쉬고 깊이 생각할 수 있었을 때 짜둔 계획을 믿을 수밖에 없었다.

줄리엣이 마지막 배치를 지시하는 동안, 그녀를 둘러싼 방 안의 공기는 무덤 속처럼 고요했다. 그녀가 신호하자 마크와 그의 팀이 새로운 고무 바닥판에 육중한 볼트 몇 개를 조였다. 이제 단전 나흘째였다. 발전기는 아침까지 살아나서 움직여야 했고, 다음 날 저녁까지는 전출력에 들어가야 했다. 새로운 개스킷과 밀폐 처리를 씌우고, 어린 그림자들이 그 거대한 짐승의 심장부까지 기어 내려가 원통형의 축을 닦았다. 돌아가기는 할지조차 걱정이었다. 줄리엣이 살아 있는 동안 발전기가 완전히 출력을 멈춘 적은 한 번도 없었다. 늙은 녹스는 그림자 시절에 긴급 사태가 일어나서 발전기를 차단했던 일을 기억했지만, 다른 모두에게는 발전기의 굉음이 자신의 심장박동 소리만큼이나 꾸준하고 가까운 소리였다. 줄리엣은 모든 것이 잘 돌아가야 한다는 극심한 압박감을 느꼈다. 수리하자는 생각을 꺼낸 사람이 그녀였으니까. 줄리엣은 올바른 일이었다고, 지금 일어날 수 있는 최악의 사태라고 해봐야 어디가 잘못되었는지 모조리 가려낼 때까지 단전 휴일을 연장하는 것뿐이라고 스스로를 안심시켰다. 몇 년 후에 닥칠 고장이라는 대재난보다는 그편이 훨씬 나았다.

마크가 볼트들을 튼튼하게 조이고 보조 나사도 조였다는 신호를 보냈다. 줄리엣은 직접 만든 플랫폼에서 뛰어내려서 마크와 합류하기 위해 발전기 쪽으로 걸어갔다. 그렇게 많은 눈이 쳐다보는 가운데 아무렇지도 않게 걷자니 힘들었다. 이 소란스러운 일당이, 그녀의 문제적인 확대가족이 이렇게 완벽하게 침묵을 지킬 수 있다는 것도 믿기 힘든 일이었다. 마치 모두가 지난 며칠간의 무시무시한 일정이 헛수고로 돌아갈지 어떨지 궁금해하며 숨을 참고 있는 것 같았다.

"준비됐어?" 줄리엣은 마크에게 물었다.

마크는 언제나 어깨에 걸치고 있는 듯한 지저분한 넝마에 손을 닦으며 고개를 끄덕였다. 줄리엣은 손목시계를 확인했다. 시계의 두 번째 바늘이 꾸준히 움직이는 모습을 보면 마음이 편안해졌다. 무엇인가가 제대로 돌아갈지 의심스러울 때마다 그녀는 손목시계를 보았다. 시간을 보기 위해서가 아니라 자신이 고친 물건을 보기 위해서였다. 그토록 복잡하고 곤란한 물건을 수리했다는 사실, 몇 년이 걸려서 내부를 청소하고 너무 작아서 보이지도 않는 부품들을 조립해서 성공했다는 사실에 비하면, 현재 주어진 과제가 무엇이든 작게 느껴졌다.

"계획대로 가는 거지?" 마크가 씩 웃으면서 물었다.

"잘되어가고 있어." 줄리엣은 제어실 쪽으로 고갯짓을 했다. 재가동이 임박했다는 사실을 깨달은 사람들이 술렁거리며 속삭이기 시작했다. 수십 명이 목에 걸고 있던 헤드폰을 당겨서 귀를 막았다. 줄리엣과 마크는 제어실에서 셜리와 합류했다.

"좀 어때?" 줄리엣은 두 번째 교대근무조의 조장인 작고 활발한 젊은 여자에게 물었다.

"최고야." 셜리는 조정을 계속하고, 몇 년 동안 쌓인 수정 내용을 모두 0으로 돌리면서 대답했다. 그들은 예전의 수정과 조작 내용이 새로운 증상처럼 보이는 사태가 없도록 원점에서 시작하고 있었다. 새로운 시작이었다. "준비 다 됐어."

셜리는 조작반에서 물러나서 남편 가까이에 가 섰다. 알기 쉬운 몸짓이었다. 이것은 줄리엣의 프로젝트였다. 아마도 심층의 기계부에서 그녀가 고치게 될 마지막 기계였다. 발전기를 가동하는 영예와 그에 따르는 책임은 온전히 줄리엣 몫이었다.

줄리엣은 조작반 앞에 서서, 캄캄한 어둠 속에서도 찾을 수 있을 손잡이와 다이얼들을 내려다보았다. 인생의 이번 단계가 끝나고, 새로운 단계가 시작되기 직전이라는 사실을 믿기가 힘들었다. 꼭대기로 올라간다는 생각을 하면 이 프로젝트 생각을 할 때보다 더 무서웠다. 친구와 가족들을 떠나서 정치 문제를 다룬다는 건 그녀의 입술에 묻은 땀과 기름만큼 달콤하지 않았다. 하지만 그래도 위에 협력자가 있기는 했다. 잔스와 만스 같은 사람들이 그럭저럭 해낼 수 있다면, 그런 사람들이 살아남을 수 있다면, 줄리엣도 괜찮을 것이다.

줄리엣은 긴장 때문이라기보다는 지쳐서 떨리는 손으로 시동 모터를 켰다. 작은 전기 엔진이 육중한 디젤 발전기를 움직이려 들면서 크게 우는 소리를 냈다. 그 소리가 영원히 이어지는 것 같았지만, 줄리엣은 정상적인 소리가 어떤지 알지 못했다. 마크가 문가에 서서, 소리를 더 잘 듣고 중단하라고 소리를 지를 수 있게 문을 열었다. 그는 점화 장치를 계속 잡고 있는 줄리엣 쪽을 보았고, 옆방에서 시동 엔진이 신음하며 우는 소리를 내자 걱정스러운 얼굴로 이마에 주름을 잡았다.

바깥에서 누군가가 두 팔을 흔들며 유리 너머로 신호를 보내려했다.

"꺼, 꺼." 마크가 말했다. 셜리가 도우려고 서둘러 조작반으로 향했다.

줄리엣이 점화 장치를 놓고 차단 스위치에 손을 뻗었다가, 누르기 전에 멈췄다. 바깥에서 소리가 들렸다. 강력한 진동 소리였다. 바닥을 통해서도 느낄 수 있었지만, 예전의 진동과는 달랐다.

"벌써 돌아가고 있었어!" 누군가가 외쳤다.

"벌써 돌고 있었어." 마크가 말하고 소리 내어 웃었다.

바깥에 선 기계공들이 환호하고 있었다. 누군가가 헤드폰을 벗어서 허공에 던졌다. 줄리엣은 시동 엔진 소리가 다시 조립한 발전기 소리보다 크다는 사실을, 발전기가 이미 가동을 시작해서 계속 돌아가고 있었는데도 점화 장치를 잡고 있었다는 사실을 깨달았다.

셜리와 마크가 얼싸안았다. 줄리엣은 0으로 돌려놓은 계기반들에 나타난 온도와 압력을 모두 확인하고 조정할 필요가 거의 없음을 알았지만, 발전기가 달아오를 때까지는 확신할 수 없었다. 엄청난 압박감이 사라지면서 솟구친 감정에 목이 메었다. 작업조 사람들이 난간 위를 뛰어넘어 재조립된 괴물 주위로 몰려들었다. 발전실을 거의 찾지 않던 사람들은 숭배에 가까운 감정을 품고 손을 내밀어 만져보기도 했다.

줄리엣은 제어실을 나서서 사람들을 지켜보고, 완벽하게 돌아가는 기계와 가지런히 정렬된 장치들이 내는 소리에 귀를 기울였다. 난간 뒤에 서서, 예전에는 발전기가 애를 쓰는 동안 덜거덕거리고 춤을 추던 강철 난간에 손을 얹고, 평소에는 사람들이 피하던 작업 공간에서 벌어지는 믿기 힘든 축하 풍경을 지켜보았다. 진동음이 참으로 아름다웠다. 두려움 없이 얻은 힘, 그토록 서둘러 쏟은 노력과 계획의 정점이었다.

이 성공은 줄리엣에게 앞에 놓인, 아니 위에 놓인 일에 대한 새로운 자신감을 선사했다. 워낙 기분이 좋았고, 강력하고 향상된 기계에 몰두하고 있었기에 그녀는 젊은 운반인이 잿빛이 된 얼굴에, 길고 미친 듯한 질주로 가슴을 부풀리며 서둘러 들어서는 모습을 알아차리지 못했다. 운반인이 가져온 소식이 입에서 입으로 기계공들 사이에 퍼지고, 사람들의 눈에 공포와 슬픔이 자리 잡을 때까지도 거의 눈치를 채지 못했다. 축하 분위기가 완전히 사그라지고 방안에 다른 종류의 침묵이 내려앉아서야, 정적 속에서 간간이 흐느끼는 소리와 믿지 못하겠다는 헉 소리, 다 큰 남자들이 우는 소리가 들릴 때에야 겨우 줄리엣은 무엇인가가 잘못되었음을 알았다.

무슨 일인가가 일어났다. 거대하고 강력한 무엇인가가 배열에서 벗어났다.

그리고 그 일은 발전기와는 아무 상관이 없었다.

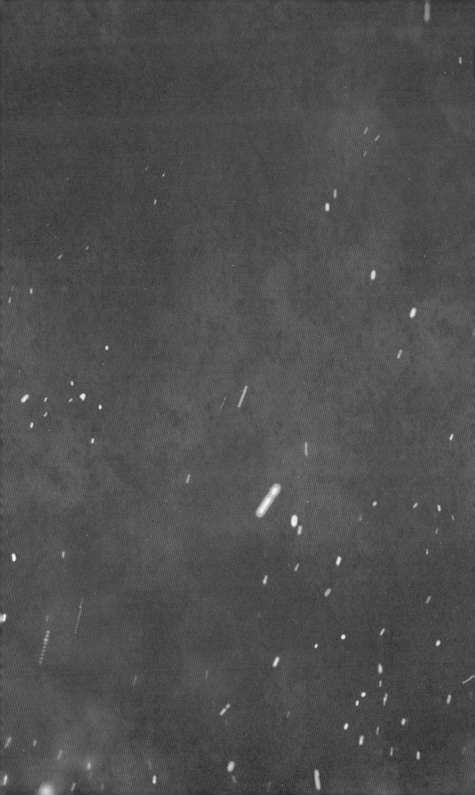

3부

풀리다

18

주머니마다 숫자가 박혀 있었다. 줄리엣이 가슴팍을 내려다보고 숫자를 읽을 수 있었으니 거꾸로 인쇄된 게 분명했다. 다른 누구도 아닌 그녀만이 읽기 위한 숫자였다. 줄리엣은 뒤쪽 문이 밀폐되는 동안 헬멧 바이저를 통해 멍하니 그 숫자들을 바라보았다. 앞에는 또 다른 문이, 금지된 문이 열리기를 기다리며 조용히 버티고 서 있었다.

줄리엣은 두 문 사이의 이 빈 공간에서 길을 잃은 느낌이었다. 천장과 벽에 밝은색 파이프들이 잔뜩 튀어나오고, 모든 것이 플라스틱 장막에 싸여 어른거리는 이 에어록에 갇힌 느낌이었다.

방 안에 아르곤 가스가 쏟아져 들어오는 소리가 헬멧 너머로 아득하게 들렸다. 그 소리가 끝이 가까웠다는 사실을 알렸다. 플라스틱에 압력이 가해지면서 벤치와 벽을 에워싼 장막에 주름이 잡히고, 파이프 주변의 장막을 단단하게 감쌌다. 줄리엣은 보이지 않는 손이 보호복을 부드럽게 잡는 듯한 압력을 느낄 수 있었다.

　다음에 일어날 일은 알고 있었다. 그리고 마음 어딘가에서는 어쩌다가 자신이 여기에 오게 되었는지 의아해하고 있었다. 바깥세상에 대해 손톱만큼도 신경 쓰지 않던 기계공, 경범죄 말고는 저지른 적 없는, 평생을 땅속 제일 깊은 곳에서 기름 범벅이 되어 고장 난 기계를 고치며 살았어도 만족했을 사람이, 주위를 둘러싼 죽은 자들의 넓은 세상에는 관심도 없던 그녀가 어쩌다가 여기에 섰을까……

19

며칠 전

줄리엣은 높다란 철창 벽을 등지고, 벽 스크린에 비치는 잔인한 세상을 앞에 두고 유치장 바닥에 앉아 있었다. 혼자서 사일로 보안관이 되는 방법을 배워보려던 지난 사흘 동안, 그녀는 이 바깥 풍경을 찬찬히 뜯어보면서 이 모든 게 다 대체 무슨 호들갑인가 생각했다.

바깥에 보이는 것이라고는 흐릿한 경사면들, 회색 언덕들이 더 짙은 회색 구름들을 향해 솟아오르고 그 구름이 걸러낸 어룽거리는 햇빛이 그다지 성공적이라고 할 수 없는 형태로 땅을 밝히는 풍경뿐이었다. 그 위를 가로지르는 것이라곤 끔찍한 바람뿐, 미친 듯한 돌풍이 작은 흙먼지 구름과 소용돌이를 일으켜 자기들에게만 의미가 있는 풍경 위에서 서로를 쫓아다녔다.

그 풍경은 줄리엣에게 어떠한 영감도, 일말의 호기심도 일으키지 못했다. 쓸모 있는 것이라고는 없는, 사람이 살 수 없는 황무지였다. 언덕 너머에서 무너져가는 탑들의 재료로 쓰였을 녹슨 강철 말고는 자원이라곤 없었고, 그 강철을 회수해서 수송하고 제련하고 정제하자면 사일로 아래 광산에서 새로운 철광석을 캐내는 것보다 비용이 더 들 게 뻔했다.

그녀가 보기에, 바깥세상에 대한 금지된 꿈은 슬프고 텅 빈 꿈이었다. 죽은 꿈이었다. 꼭대기 층에서 이런 풍경을 숭배하는 사람들은 모든 것을 거꾸로 알고 있었다. 미래는 아래에 있었다. 전력을 생산하는 석유도, 쓸모 있는 물건들을 만드는 광물도, 농장의 흙을 새롭게 만들어주는 질소도 다 아래에서 나왔다. 화학과 금속공학의 발자취 안에서 그림자 노릇을 해본 사람이라면 누구나 아는 사실이었다. 어린이책을 읽는 사람들, 잊혀지고 알 수 없는 과거의 수수께끼를 짜 맞추려 드는 사람들은 착각에 사로잡혀 있는 것이다.

단 하나, 그들의 집착에서 이해할 수 있는 부분이 있다면 탁 트인 공간 그 자체였다. 솔직히 그녀는 그 풍경이 두려웠다. 어쩌면 사일로의 벽을 사랑하고, 심층부의 캄캄하고 좁은 공간을 사랑하는 그녀가 잘못된 건지도 몰랐다. 다른 사람은 다들 탈출하는 생각을 품고 사는 걸까? 그녀가 어딘가 이상한 걸까?

줄리엣은 메마른 언덕과 먼지바람에서 눈을 돌려 주위에 흩어진 서류철들을 바라보았다. 전임자가 끝내지 못한 일이었다. 그녀의 한쪽 무릎 위에는 아직 닳지 않은, 반짝이는 별이 가만히 놓여 있었다. 한 서류철 위에, 재활용 비닐 증거 봉투 안에 담긴 물통이 놓여 있었다. 이미 치명적인 임무를 마치고 난 물통은 결백해 보였다. 봉투 위에는 검은 잉크로 선을 그어 지워놓은 숫자들이 있었다. 오래 전에 해결됐거나 버려진 사건 번호들이었다. 한쪽 구석에는 새로운 숫자가 적혀 있었는데, 그 숫자와 같은 사건 번호가 적힌 서류철, 누구나 사랑했지만 누군가는 살해한 시장의 죽음에 대한 증언과 기록들이 몇 페이지고 채워진 그 서류철은 이곳에 없었다.

줄리엣도 그 기록들을 일부 보기는 했지만 멀리서일 뿐이었다. 만스 부보안관의 손으로, 미친 듯이 서류철을 꽉 잡고 내어주지 않는 그 손으로 쓴 기록들이었다. 줄리엣은 책상 너머로 그 서류철을 훔쳐보았다. 글자가 번지고 종이를 울게 만드는 눈물 자국들. 그 마른 눈물 자국들 사이로 보이는 건 다른 서류철에 담긴 것처럼 깔끔한 글씨가 아니었다. 그녀가 본 것은 분노로 마구 휘갈겨 썼다가 맹렬히 줄을 긋고 다시 쓴 글씨들이었다. 그것은 만스 부보안관이 내도록 보여주고 있는 격렬한 감정과, 줄리엣이 자기 책상을 떠나서 유치장에서 일하도록 만드는 그 끓어오르는 분노와 꼭 같은 것이었다. 그런 부서진 영혼을 마주하고는 제대로 생각할 수가 없었다. 지금 자신 앞에 보이는 바깥세상의 풍경이 아무리 슬프다 해도, 그처럼 우울한 그림자를 드리우지는 않았다.

줄리엣은 잡음 가득한 무전 호출을 받고 소란을 해결하러 가는 사이사이에 유치장 안에서 시간을 죽였다. 그냥 그 자리에 앉아서 사안의 경중에 따라 서류철을 이렇게 정리했다 저렇게 정리했다 할 때도 많았다. 그녀는 사일로 전체의 보안관이었고, 그림자 노릇을 한 적도 없이 그 일을 이해하기 시작했다. 잔스 시장이 마지막으로 했던 말 중 하나는 생각보다 더 사실이었다. 사람들은 기계와 비슷했다. 망가지고, 덜컹거렸다. 조심하지 않으면 화상을 입거나 불구가 될 수도 있다. 그녀가 할 일은 사건이 왜 일어났고 누구 탓인지를 밝혀내는 것만이 아니라, 사건이 벌어지려는 낌새에 귀를 기울이는 것이기도 했다. 보안관 일이란 기계공과 마찬가지로, 고장 난 후에 청소만 하는 게 아니라 예방 정비도 해야 하는 섬세한 기술이었다.

바닥에 흩어진 서류철들은 후자에 해당하는 서글픈 사건들이었다. 감당할 수 없게 되어버린 이웃 간의 불평불만, 신고된 도둑질, 통에서 만든 유해한 알코올의 출처, 그리고 그 알코올이 일으킨 말썽에서 가지를 친 몇 가지 다른 사건들. 각각의 서류철은 모두 추가적인 조사와 발품을 기다리고 있었다. 배배 꼬인 나선 계단을 내려가서 배배 꼬인 대화를 나누고 거짓과 진실을 가려내는 작업을 기다리고 있었다.

줄리엣은 이 일에 대비하여 미리 〈협정〉의 법률 부분을 두 번 읽었다. 주 발전기를 조정하느라 피곤에 지친 몸으로 심층부 침대에 누워서, 사건 서류들을 제대로 철하는 방법과 증거 훼손의 위험에 대해 공부했다. 하나같이 사리에 맞고 어떤 면에서는 기계공이라는 예전 직업과 비슷하기도 했다. 범죄 현장이나 분쟁 상황에 접근하는 일은 무엇인가가 고장 났을 때 펌프실에 걸어 들어가는 것과 별로 다르지 않았다. 언제나 누군가 아니면 무엇인가에는 책임이 있었다. 그녀는 귀를 기울이고, 관찰하고, 고장 난 장비나 도구들과 어떤 관련이든 있을 수 있는 사람에게는 질문을 던지면서 사건의 고리를 기반까지 따라 내려가는 법을 알았다. 언제나 당혹스러운 변수들이 있기 마련이었고, 다이얼 하나를 바로잡다 보면 다른 무엇인가를 흐트러뜨리기도 했지만, 줄리엣에게는 무엇이 중요하고 무엇을 무시해도 되는지 아는 기술이, 재능이 있었다.

줄리엣은 만스 부보안관이 자신에게서 눈여겨본 것도 이 재능이라고, 멍청한 질문을 한 번 더 던지다가 결국에는 해답에 걸려 넘어지는 이 인내심과 회의적인 태도라고 생각했다. 예전에 사건 해결을 도운 적이 있다는 사실이 자신감을 북돋아주었다. 당시에는 몰랐지만, 단순히 정의와 개인적인 슬픔에만 관심을 쏟았을 뿐이지만, 그 사건이 사실은 구직 면접 겸 실무 교육이 된 셈이었다.

그녀는 몇 년 전의 바로 그 사건 철을 집어 들었다. 겉장에 찍힌 굵은 필체의 '종결'이라는 글자는 이미 그 붉은색 잉크가 바래 있었다. 가장자리를 봉해놓은 테이프를 뜯어내고 내용을 넘겨보았다. 많은 기록이 홀스턴의 단정한 글씨로 쓰여 있었다. 예전에는 홀스턴의 책상이었던 그녀의 책상 위와 안에 있는 거의 모든 물건에서 보이는 앞으로 기울어진 필체였다. 줄리엣은 홀스턴이 쓴 그녀 자신에 대한 기록을 읽고, 분명 살인 사건 같았지만 사실은 예상 밖의 사건들이 맞물려 일어났던 그 일을 다시 새겼다. 지금까지 피해온 일이었지만, 다시 돌이켜보자니 예전의 아픔이 살아났다. 하지만 그래도 단서를 찾던 일이 얼마나 위로가 되어주었는지도 함께 떠올릴 수 있었다. 문제를 풀고 솟구친 기쁨, 사랑하는 사람의 죽음이 남긴 공허감을 상쇄할 만한 해답을 얻었다는 만족감을 기억할 수 있었다. 그 과정은 초과 근무로 기계를 고치는 일과 비슷했다. 기울인 노력과 피로감으로 몸이 쑤시지만, 덜컹거리는 소리를 잡았다는 사실이 조금이나마 그 아픔을 상쇄해주었다.

그녀는 서류철을 옆으로 치웠다. 아직 그 모든 일을 다시 되살릴 준비는 되어 있지 않았다. 대신 다른 서류철을 집어 들면서, 무릎에 놓여 있는 놋쇠 별을 가만히 한 손으로 쥐었다.

벽 스크린에 그림자가 어른거리자 줄리엣이 고개를 들었다. 키가 낮은 먼지 벽이 언덕을 따라 굴러 내리고 있었다. 먼지 덩어리는 바람에 흔들리면서 센서들 쪽으로 이동하는 것 같았다. 중요하다고 여기도록 훈련받았던 센서들이고, 어렸을 때는 겁에 질린 채 그 센서들이 보여주는 바깥 풍경이 가치 있다고 믿기도 했다.

하지만 이제 자기 머리로 생각할 만큼 나이가 들고, 직접 그 풍경을 관찰할 수 있을 만큼 가까이 오게 되니 과연 가치가 있는지 잘 알 수 없었다. 꼭대기 층이 청소에 대해 품은 집착도 '진짜' 청소로 사일로의 활기를 유지하고 모두가 살아 있게 하는 심층부까지는 거의 흘러가지 않았다. 하지만 저 깊은 곳의 기계부에서조차도 그녀의 친구들은 태어난 순간부터 줄곧 바깥에 대해 이야기하지 말라는 말을 들었다. 아예 보지 못할 때는 쉬운 일이었지만, 이제 일터에서 그 풍경 옆을 걷고, 사람의 머리로는 이해할 수 없는 광대한 풍경 앞에 앉아 있으려니 왜 그런 피할 수 없는 질문들이 표면으로 떠오를 수밖에 없는지 알 수 있었다. 사람들이 출구 쪽으로 우르르 몰려가기 전에, 질문들이 사람들의 미친 입술 위에서 거품을 물어 모두에게 종말을 가져오기 전에, 특정한 생각을 억누르는 것이 왜 중요한지 알 수 있었다.

줄리엣은 홀스턴의 서류철을 열었다. 약력 아래에 보안관으로 보낸 마지막 나날에 대한 기록이 두툼하게 이어졌다. 홀스턴이 저지른 실제 범죄에 관한 부분은 반 페이지도 넘지를 못해, 나머지 종이는 텅 빈 채로 낭비되고 있었다. 겨우 한 단락이 홀스턴이 꼭대기 층 유치장으로 출두해서 바깥에 대한 관심을 표현했다고 설명했다. 그게 다였다. 한 사람의 파멸을 가져온 몇 줄. 줄리엣은 그 부분을 몇 번이나 읽은 후에 페이지를 넘겼다.

그 밑에는 홀스턴을 단지 또 한 명의 청소부로 기억하지 말고, 그가 사일로에 대해 행한 봉사로 기억해달라는 잔스 시장의 편지가 있었다. 마찬가지로 최근에 사망한 사람의 손으로 쓴 이 편지를 읽으며, 다시는 보지 못할 사람들에 대해 생각하니 기분이 이상했다. 그녀가 내내 아버지를 피한 이유 중에는, 단순하게 표현하자면, 아버지가 '아직 그곳에 있다'는 사실도 포함되었다. 지금이 아니면 영영 마음을 바꿀 기회가 없을지도 모른다는 두려움이 없었기 때문이다. 하지만 홀스턴과 잔스의 경우는 달랐다. 두 사람은 영영 떠나버렸다. 그리고 줄리엣은 수리할 수 없을 지경이 된 기계장치를 재조립하는 데 너무 익숙해진 나머지, 충분히 주의를 기울이고 올바른 순서로 정확하게 일련의 과제를 수행하기만 한다면 죽은 자도 다시 데려올 수 있어야 한다고, 폐기된 몸체를 다시 만들어낼 수 있어야 마땅하다고 느껴졌다. 하지만 그녀도 이번엔 그렇지 않다는 걸 알고 있었다.

그녀는 홀스턴의 서류철을 넘기면서 스스로에게 금지된 질문들을 던졌다. 그중에는 평생 처음으로 던지는 질문도 있었다. 배기관 누수가 모두를 질식시킬 수도 있고, 망가진 배수펌프가 모두를 익사시킬 수도 있던 심층부에서는 하찮게만 보였던 질문이 이제는 그녀 앞에 커다랗게 버티고 섰다. 이 좁은 지하 공간에서 사는 그들의 삶이란 대체 무어란 말인가? 저 바깥, 저 언덕 너머에는 무엇이 있을까? 그들은 왜 여기에 있으며, 무엇 때문에 있는 걸까? 그녀와 같은 사람들이 저 멀리에서 무너져가는 높은 사일로들을 지었을까? 무엇을 위해서? 그리고 무엇보다도 짜증 나는 질문은, 합리적인 사람이던 홀스턴이, 또는 그의 아내가, 무엇 때문에 떠나고 싶다고 생각했을까 하는 것이었다.

줄곧 옆에 둔 두 개의 서류철 모두 '종결' 도장이 찍혀 있었다. 둘 다 밀봉된 채 시장실 한쪽에 쌓여 있어야 할 것들이었다. 하지만 줄리엣은 눈앞에 더 긴급한 사건들을 두고서도 자꾸만 그 두 사건으로 돌아갔다. 서류철 하나에는 그녀가 사랑했던, 자신이 직접 심층부에서 그 죽음을 해명하는 일을 거들었던 남자의 인생이 담겨 있었다. 다른 하나에는 그녀가 존경했고, 지금 그 자리를 이어받은 남자가 살았다. 스스로도 왜 그 두 서류철에 집착하는지 몰랐다. 특히 잔스 시장의 죽음을 면밀히 조사하고 증언들을 검토하면서 마침내 살인자를 알아내었지만 그자를 궁지에 몰 증거가 없음을 확신하게 된 만스가 자신의 패배를 참담한 마음으로 들여다보고 있는 모습을 지켜보는 것이 견딜 수 없을 때면 집착은 더욱 심해졌다.

누군가가 줄리엣의 머리 위 철창을 두드렸다. 퇴근할 시간이라고 말하는 만스 부보안관을 기대하고 시선을 들었는데, 그 대신 낯선 남자가 내려다보고 있었다.

"보안관?" 남자가 말했다.

줄리엣은 서류철들을 치우고 무릎에 놓아둔 별을 손바닥으로 감싸 쥐었다. 그리고 자리에서 일어나, 배가 튀어나오고 코끝에 안경을 걸친 작달막한 남자를 마주 보았다. 잘 맞게 재단된 그의 은색 IT부 작업복은 새로 다림질까지 되어 있었다.

"무슨 일이시죠?" 줄리엣은 물었다.

남자는 철창 사이로 손을 내밀었다. 줄리엣은 한쪽 손에서 다른 쪽 손으로 별을 옮기고 남자의 손을 맞잡았다.

"늦게 올라와서 미안하군. 장례식에다, 그 발전기 허튼수작에다, 온갖 법적인 논쟁까지 일이 좀 많았어야지. 난 버나드요, 버나드 홀랜드."

줄리엣은 피가 차갑게 식었다. 남자의 손은 정말 작아서, 손가락이 하나 모자라지 않나 싶을 정도였다. 그래도 손을 쥐는 힘은 약하지 않았다. 그녀는 손을 빼려 했지만, 남자가 놓아주지 않았다.

"보안관으로서 〈협정〉은 이미 구석구석 잘 알고 있을 테니, 내가 시장 대행이 된다는 것도 알겠지. 최소한 투표를 할 수 있을 때까지만이라도."

"들었습니다." 줄리엣은 싸늘하게 말했다. 이 남자가 어떻게 무사히 만스의 책상 앞을 지나왔는지 궁금했다. 여기 잔스의 죽음에 대한 유력한 용의자가 있었다. 철창 안이 아닌 철창 바깥에.

"서류 정리를 하고 있었나 본데?" 버나드가 손힘을 풀자 줄리엣은 손을 잡아 뺐다. 그는 바닥에 흩어진 서류를 내려다보았다. 비닐봉투에 든 물통에 시선이 떨어지는 것 같기도 했지만 줄리엣도 확신할 수는 없었다.

"진행 중인 사건들을 숙지하던 중이었죠. 여기는…… 음, 비교적 생각하기 좋은 공간이라서요."

"아, 이 방에서 깊은 생각이 이루어졌다는 건 분명하지." 버나드는 웃었고, 줄리엣은 그의 앞니가 비뚤어져서 한쪽 이를 덮고 있음을 알았다. 그래서인지 그녀가 펌프실에서 덫을 놓아 잡던 길 잃은 쥐들과 닮아 보였다.

"그래요, 뭔가를 찾아낼 수 있을지도 모르지요. 생각을 정리하기에 좋은 곳이니. 게다가." 줄리엣은 그에게 눈을 맞추고 말을 이었다. "오래 비어 있지는 않을 것 같거든요. 일단 유치장에 사람이 들어가면, 누군가를 청소형에 처하는 동안 저는 하루나 이틀쯤 깊은 생각에서 벗어날 수 있겠죠."

"나라면 그런 기대는 하지 않겠네." 버나드가 말하더니 비뚤어진 이를 다시 번득였다. "아래쪽에서는 가엾은 시장이, 아 저승에서 평안하시길, 아무튼 시장님이 그 미친 여행으로 스스로를 혹사했다고들 하거든. 거기까지 내려가셨던 것도 자네를 만나기 위해서였지 싶은데, 그렇지 않던가?"

줄리엣은 손바닥이 날카롭게 찔리는 느낌에 놋쇠 별을 꽉 쥐고 있던 손에서 힘을 뺐다. 양쪽 손 모두 주먹을 움켜쥐느라 마디가 하얘져 있었다.

버나드는 안경을 밀어 올렸다. "그런데 지금 그 사건을 범죄로 보고 수사하고 있다고?"

줄리엣은 그의 안경에 비치는 칙칙한 언덕 풍경에 주의를 흐트러뜨리지 않으려 하면서 계속 눈을 마주쳤다. "시장 대행이니 아셔야겠지만, 저희는 이 일을 살인 사건으로 다루고 있습니다."

"아, 저런." 버나드는 미소 비슷한 표정을 지으며 눈을 크게 떴다. "그러니까, 소문이 사실이로군. 누가 그런 짓을 한다는 거지?" 미소가 커졌고, 줄리엣은 아무도 자기를 해칠 수 없다고 여기는 남자를 상대하고 있음을 깨달았다. 그렇게 지저분하고 비대한 자아와 마주친 일이 처음은 아니었다. 심층부에서 그림자로 있던 시절엔 그런 자들에 둘러싸여 있었다.

"아무래도 이 사건에서 제일 얻을 게 많은 인물이겠지요." 그녀는 건조하게 말하고, 잠시 사이를 두고 덧붙였다. "시장님."

비뚤어진 미소가 사라졌다. 버나드는 철창을 놓고 양손을 작업복에 찔러 넣으면서 물러섰다. "흠, 드디어 이렇게 만나니 반갑군. 자네가 심층부 바깥에서 별로 지내보지 않은 건 아네. 솔직히 말하자면 나도 너무 사무실 안에서만 지낸 셈이지만, 이제는 상황이 바뀌고 있으니까. 시장과 보안관으로서 자네와 나, 둘이 같이 일할 때가 많을 거야." 그는 줄리엣의 발치에 흩어진 서류들을 흘긋 보았다. "그러니 소식 전해줬으면 좋겠군. 모든 일에 대해서."

그 말을 끝으로 버나드는 몸을 돌려 떠났다. 줄리엣은 주먹을 쥐고 있던 손을 좀처럼 풀지 못했다. 마침내 별을 쥐고 있던 손을 풀어보니, 날카로운 모서리가 박혔던 손바닥에서 피가 나고 있었다. 놋쇠 가장자리에 묻은 피가 빛을 받아 젖은 녹처럼 보였다. 줄리엣은 폐기물과 기름 속에서 살던 예전 삶의 습관대로 새 작업복에 별을 문질러 닦았다. 그리고 새 옷에 남은 시커먼 핏자국을 보고 스스로를 나무랐다. 그녀는 별을 뒤집어서 앞면에 박힌 휘장을 들여다보았다. 사일로의 삼각형이 세 개 들어가고 맨 위에 '보안관'이라는 단어가 둥글게 새겨져 있었다. 그녀는 별을 다시 뒤집고 뾰족한 핀 끝의 걸쇠를 잡았다. 걸쇠를 열고 핀을 풀었다. 단단한 바늘은 오랜 시간 구부렸다 폈다 했던 탓에 손으로 주조한 모양새가 되어 있었다. 핀이 불안정하게 흔들렸다. 그 별을 달지 못하고 머뭇거리는 그녀의 심정과 비슷했다.

하지만 버나드의 발소리가 멀어지고, 만스 부보안관에게 정확히 판독할 수 없는 말을 건네는 소리를 들으면서, 줄리엣은 용기를 다져주는 새로운 결의를 느꼈다. 꼼짝도 하지 않으려 드는 녹슨 볼트를 만났을 때와 비슷했다. 줄리엣은 그 참을 수 없는 뻑뻑함, 움직이지 않으려 드는 그 볼트의 저항에 이를 사리물었다. 떼어낼 수 없는 잠금장치는 없다고 믿는 그녀였다. 기름과 불로 공격하고, 속속들이 스미는 기름과 난폭한 힘으로 공격하는 방법을 배운 사람이었다. 계획성과 끈기만 충분하다면 언제나 풀 수 있었다. 결국에는.

줄리엣은 구부러진 바늘을 작업복 가슴팍에 꽂고 옷핀 뒤를 채웠다. 그 별을 내려다보니 조금 비현실적이었다. 발치에는 해결해야 할 서류들이 쌓여 있었고, 꼭대기에 도착한 후 처음으로 이것이 자신이 할 일이라고 느꼈다. 기계부에서의 일은 과거가 되었다. 줄리엣이 떠날 때 기계부는 훨씬 좋아진 상태였다. 충분히 시간을 들여 수리한 발전기의 거의 소리 없는 진동음을 들었고, 움직이고 있는지조차 확실히 알 수 없을 만큼 완벽하게 조정된 축의 회전도 보았다. 그리고 이제 꼭대기 층으로 올라온 그녀는 전혀 다른 장치가 덜커덩거리고 삐걱거리고 있음을 알았다. 잔스가 미리 경고했던 그대로, 사일로의 진정한 엔진을 파먹고 있는 조정 불량 상태를 발견했다.

줄리엣은 대부분의 서류철은 그 자리에 내버려둔 채 홀스턴의 서류를 집어 들었다. 애초에 보지 말았어야 했지만 보지 않을 수 없었던 그것을 집어 들고, 유치장 문을 당겨 열었다. 보안관 사무실로 돌아가기 전에 그녀는 먼저 반대쪽으로, 에어록으로 들어가는 노란 강철 문 쪽으로 걸어갔다. 며칠 사이 열 번이 넘게 삼중 유리창 안을 들여다보면서, 자신의 전임자가 그 우스꽝스럽게 뚱뚱한 보호복을 입고 서서 멀리 보이는 문이 열리기를 기다리는 모습을 상상했다. 홀로 이곳을 벗어날 때를 기다리는 동안 머릿속에 무슨 생각들이 지나갔을까? 단순한 공포일 리는 없었다. 공포라면 줄리엣도 충분히 경험해보았으니까. 그건 분명 단순한 공포 너머의 무엇인가여야 했다. 완전히 새로운 감각, 고통 너머의 차분함, 또는 공포를 넘어서버린 마비 상태. 그녀는 상상만으론 독특하고 낯선 감각들을 이해할 수 없다고 생각했다. 그것은 이미 알고 있는 것을 약하게 하거나 증폭시킬 뿐이다. 누군가에게 섹스가 어떤 느낌인지, 오르가슴이 어떤 건지 설명하는 것과 마찬가지다. 그런 일은 불가능하다. 하지만 일단 직접 경험해보고 나면, 그 새로운 감각의 다양한 정도를 상상할 수 있는 것이다.

색깔도 마찬가지다. 새로운 색은 이전에 보았던 색조들을 이용해서만 설명할 수 있다. 알고 있는 색깔을 혼합할 수는 있어도, 아무것도 없이 전혀 새로운 색을 만들어낼 수는 없다 그러니, 저 방에서서 자신의 죽음을 기다리는 감정, 그 떨림 아니 어쩌면 전혀 두렵지 않은 어떤 느낌을 아는 것은 오직 청소부들뿐이리라.

사일로 전역으로 '왜'라는 강박관념이 속삭임을 통해 퍼져나갔다. 사람들은 왜 그들이 그런 일을 했는지, 왜 자신을 추방한 사람들에게 반짝이는 선물을 남기고 갔는지 알고 싶어 했다. 그러나 줄리엣은 그 문제에 흥미를 느끼지 않았다. 그 사람들은 새로운 색채를 보고, 형언할 수 없는 감정을 느끼고, 아마도 사신의 얼굴을 마주했을 때에나 일어나는 종교적인 경험을 했으리라 생각했다. 그 정도면 왜 실패 없이 청소가 이루어졌는지 알기에 충분하지 않은가? 문제는 풀렸다. 자명한 이치로 받아들여라. 진짜 문젯거리로 넘어가라. 이를테면 그 일을 겪는 사람이 된다는 건 어떤 느낌일까 같은 질문. 그것이야말로 이 터부의 진짜 부끄러운 부분이었다. 사람들은 바깥세상을 그리워하지 못할 뿐만 아니라 몇 주가 지나도록 청소부에게 동정을 표하지도 못했다. 그 사람들이 받았을 고통을 궁금해하지도, 그들에게 고마움이나 후회를 제대로 표현하지도 못했다.

줄리엣은 홀스턴의 서류철 모서리로 노란 문을 톡톡 두드리면서, 더 나은 시절의 홀스턴, 사랑에 빠져 있었고, 티켓에 당첨되었으며, 자신에게 아내에 대해 말하던 홀스턴을 떠올렸다. 그녀는 홀스턴의 유령에게 고개를 끄덕이고, 두껍고 작은 유리창이 달린 위압적인 금속 문 앞에서 물러났다. 그의 자리에서 일을 하고, 그가 달았던 별을 달고, 심지어 그가 들어갔던 유치장에 앉아서 생긴 연대감이 있었다. 그녀도 한때 한 남자를 사랑했었고, 그게 어떤 느낌인지 알았다. 그녀는 두 사람의 관계에 사일로를 얽혀 넣지 않고, 〈협정〉을 무시하고 비밀리에 사랑을 했다. 그래서 그토록 소중한 무엇인가를 잃는다는 게 어떤 의미인지도 알고 있었다. 상상해볼 수 있었다. 그녀의 옛 연인이 저 언덕에 있다면, 나무뿌리에 자양분이 되지 않고 다 보이는 곳에서 헛되이 사라져가고 있다면, 그녀 역시 청소를 하러 나갈 수도 있었다. 그 새로운 색채를 자신의 눈으로 직접 보고 싶어 할 수도 있었다.

줄리엣은 자신의 책상, 아니 홀스턴의 책상으로 돌아가면서 그의 서류철을 다시 열었다. 여기에 그녀의 비밀스러운 사랑을 아는 남자가 있었다. 심층부 사건이 해결된 후에, 그녀는 자신이 해결을 도왔던 그 사건의 죽은 남자가 사실은 연인이었다고 말했다. 홀스턴이 며칠이고 아내에 대해서만 말해서였을지도 몰랐다. 홀스턴을 그토록 훌륭한 보안관으로 만들었던, 비밀을 누설하고 싶다는 당황스러운 충동을 불러일으키는 그의 믿음 가는 미소 때문이었을지도 몰랐다. 이유가 무엇이었든 간에, 그녀는 법 집행관에게 스스로를 곤경에 빠뜨릴 수도 있는 일, 비밀스러운 연애, 〈협정〉을 무시한 부정행위를 인정했다. 그리고 법을 유지할 책임을 맡은 그 남자가 한 말은 이것뿐이었다. "유감입니다."

그녀의 상실에 대한 안타까움이었다. 그리고 그는 그녀를 안아주었다. 마음속에 무엇을 품고 있는지 안다는 듯이, 그녀의 감춰진 사랑이 놓였던 자리에 단단하게 굳어버린 비밀스러운 슬픔을 안다는 듯이.

그리고 그 점 때문에 줄리엣은 홀스턴을 존경했다.

이제 그녀는 그 사람의 책상 앞, 그 사람의 의자에 앉아 있었다. 양손에 머리를 묻고 꼼짝도 하지 않은 채로 눈물이 얼룩진 서류철을 내려다보고 있는 그 사람의 옛 부관 맞은편이었다. 줄리엣은 한눈에 부보안관과 그 서류철에 담긴 사람 사이에도 금지된 사랑이 존재했음을 짐작할 수 있었다.

"5시예요." 줄리엣은 최대한 조용하고 부드럽게 말했다.

만스는 두 손에 파묻었던 얼굴을 들어 올렸다. 너무 오래 고개를 숙이고 있다 보니 이마가 붉었다. 눈은 충혈되어 있었고, 회색 콧수염에는 새로 떨어진 눈물이 어룽거렸다. 그녀를 설득하러 심층부까지 왔던 일주일 전보다 훨씬 늙어 보였다. 만스는 갑작스러운 움직임에 놀란 듯이 삐걱거리는 낡은 나무 의자에서 몸을 돌리고 등 뒤 벽에 걸린, 오래되어 노래진 플라스틱 뚜껑 속에 갇힌 시간을 살폈다. 그는 시곗바늘을 향해 조용히 고개를 끄덕이고, 구부리고 있던 허리를 펴려고 애쓰면서 일어섰다. 작업복을 쓸어내리면서 손을 뻗어 서류철을 집고는 부드럽게 닫아서 옆구리에 꼈다.

"그럼 내일." 그는 줄리엣에게 고개를 끄덕이며 속삭였다.

"아침에 봐요." 그녀는 비틀거리며 식당 쪽으로 걸어 나가는 만스에게 말했다.

줄리엣은 안타까운 심정으로 만스가 걸어가는 모습을 지켜보았다. 그의 상실 뒤에 숨은 사랑을 알아보았다. 작은 아파트에 돌아가서, 한 사람에게는 충분히 넓은 침대에 주저앉아 서류철을 쥔 채로 흐느껴 울다가 마침내 잠깐씩 찾아오는 꿈속으로 쓰러져 들어가는 모습을 상상하니 괴로웠다.

일단 혼자 남게 되자 그녀는 홀스턴의 서류철을 책상 위에 두고 키보드를 가까이 끌어당겼다. 키보드에 쓰인 글자는 오래전에 닳아 없어졌지만, 최근에 누군가 검은색 잉크로 깔끔하게 다시 써두었다. 이제는 그 손 글씨도 희미해져서 곧 다시 써야 했지만. 줄리엣은 그 글자를 보면서 키보드를 쳐야 했다. 이곳의 사무원들처럼 보지도 않고 키보드를 두드릴 수는 없었다.

줄리엣은 천천히 기계부로 내려보낼 요청서를 작성했다. 또 하루를 홀스턴의 결정이라는 수수께끼에 정신이 팔려 한 일 없이 보내고 나서야 깨달았다. 이 남자가 왜 이 직업에, 그리고 사일로 자체에 등을 돌렸는지 이해하기 전에는 이 일을 수행할 수가 없다는 사실을. 그것은 그녀가 다른 문제를 건드리지 못하게 괴롭히는 소음이나 다름없었다. 그러니 스스로를 속이지 말고, 주어진 도전을 끌어안을 작정이었다. 그러려면 홀스턴의 서류철에 담긴 내용보다 많은 것을 알아야 했다.

어떻게 하면 필요한 정보를 얻을 수 있는지, 심지어는 어떻게 그 정보에 접근하는지도 잘 알지 못했지만, 그럴 수 있는 사람들은 알았다. 이것이야말로 그녀가 심층부에 대해 제일 그리워하는 부분이었다. 심층부 사람들은 한 가족이었고, 모두가 유용한 기술을 가지고 서로를 덮어주고 엄호했다. 그녀 자신도 그 사람들을 위해 할 수 있는 일은 무엇이든 할 테고, 그들 역시 그녀에게 똑같이 해줄 터였다. 군대라도 되어주리라. 이것이야말로 그녀가 유일하게 그리워하는 위안, 너무 멀리 떨어져 있는 안전망이었다.

요청 내용을 보낸 후에 그녀는 다시 홀스턴의 서류철을 들고 앉았다. 여기에 한 남자, 선량한 남자, 그녀의 가장 깊은 비밀을 알고 있는 남자가 있었다. 그 비밀을 알았던 유일한 사람. 그리고 만사가 계획대로 된다면, 줄리엣은 곧 그의 비밀을 알아낼 것이다.

20

줄리엣이 책상에서 몸을 밀어냈을 때는 10시가 훌쩍 넘어 있었다. 모니터를 더 들여다볼 수가 없을 만큼 눈이 아팠고, 사건 기록을 더 읽을 수 없을 만큼 피곤했다. 컴퓨터 전원을 끄고, 서류들을 정리하고, 머리 위 조명을 끄고, 바깥에서 사무실 문을 잠갔다.

열쇠를 주머니에 넣는데 배가 꼬르륵거렸다. 희미해져가는 토끼 스튜 냄새에 또 저녁 식사를 걸렀다는 게 생각났다. 사흘 밤 연속이었다. 어떻게 수행해야 할지 거의 알지 못하는 일, 일러줄 사람 하나 없는 일에 너무 몰두한 나머지 사흘 밤이나 먹는 것을 도외시했다. 보안관실이 음식 냄새로 가득한 시끄러운 식당에 바로 붙어 있지만 않았어도 그럴 수 있다고 생각했을 것이다.

그녀는 열쇠 꾸러미를 다시 꺼내 들고 테이블 사이사이에 흩어진 의자들 사이를 누비며 어두운 식당 안을 가로질렀다. 통행금지 시간 전까지 벽 스크린의 황혼 속에서 은밀한 몇 분을 보낸 10대 한 쌍이 막 나가고 있었다. 줄리엣은 아이들에게 허튼짓 말고 내려가라고 외쳤다. 보안관이라면 그래야 할 것 같아서였다. 아이들은 키득거리면서 계단으로 사라졌다. 하지만 저 아이들은 이미 서로 손을 잡고 있을 테고 집에 도착하기 전에 몇 번이나 몰래 입을 맞추겠지. 어른들은 이런 불법 행위를 알면서 내버려두었다. 모든 세대가 다음 세대에게 주는 선물이었다. 그러나 줄리엣의 경우는 달랐다. 그녀는 어른이 되어서 똑같은 선택을 하고, 승인받지 못할 사랑을 했다. 그러니 스스로의 위선이 더 뼈아프게 느껴졌다.

주방으로 다가가면서 그녀는 식당이 완전히 비어 있지 않음을 알아차렸다. 벽 스크린에 가까운 깊은 어둠 속에 누군가가 혼자 앉아서, 어두워진 언덕 위에 걸린 밤하늘의 새까만 구름을 바라보고 있었다.

어젯밤에 줄리엣이 사무실에서 혼자 일하는 동안 햇빛이 천천히 사그라지는 과정을 지켜보고 있던 인물과 같은 사람인 듯했다. 줄리엣은 그 남자의 뒤로 지나가려고 주방으로 가는 경로를 조정했다. 하루 종일 나쁜 의도가 가득한 서류들만 들여다보았더니 피해망상이 싹트고 있었다. 예전에는 눈에 띄는 사람들에게 감탄하곤 했는데, 이제는 그런 사람들을 저도 모르게 경계했다.

그녀는 벽 스크린과 제일 가까운 테이블 사이로 움직이다가 잠깐 멈춰 서서 의자들을 제자리에 밀어 넣었다. 금속 다리가 타일 위에서 긁히는 소리를 냈다. 앉아 있는 남자를 계속 살폈지만, 그 남자는 의자 끄는 소리가 나도 고개를 돌리지 않았다. 그저 무릎에 무엇인가를 놓고 한 손으로 턱을 괸 채 구름만 바라볼 뿐이었다.

줄리엣은 그 남자 바로 뒤까지 다가갔다. 남자가 앉은 의자는 벽 스크린에서 무척이나 가까웠다. 그녀는 헛기침을 하거나 질문을 던지고 싶은 충동을 눌렀다. 그리고 새로운 직업과 함께 생긴, 수많은 열쇠들이 달린 열쇠고리의 마스터키를 절렁거리면서 남자를 스쳐 지나갔다.

주방 문에 도착하기 전에 두 번, 어깨 너머를 돌아보았다. 남자는 움직이지 않았다.

주방 안으로 들어가서 전등 스위치를 눌렀다. 머리 위에 달린 전구가 다정하게 깜박거리다가 확 켜지면서 어둠에 익숙한 시야를 흩뜨렸다. 그녀는 대형 냉장고 하나에서 주스 통을 꺼내고 건조대에 놓인 깨끗한 유리잔을 잡았다. 다시 냉장고에서, 뚜껑이 덮인 채로 차갑게 식은 스튜 냄비도 찾아냈다. 스튜를 그릇에 두 국자 퍼 담고 서랍 안에서 숟가락을 뒤졌다. 커다란 냄비를 차가운 냉장고 선반 위에 돌려놓으면서 스튜를 데울까 하는 생각을 잠시 하기도 했다.

줄리엣은 주스와 스튜 그릇을 손에 들고, 팔꿈치로 전등 스위치를 눌러 끄고 발로 문을 밀어 닫으면서 식당으로 돌아갔다. 긴 테이블 한쪽 끝의 어둠 속에 앉아서 후루룩 소리 내어 식사를 하면서도, 마치 바깥에서 무엇인가를 볼 수 있다는 듯이 어둠 속을 바라보는 이상한 남자에게서 눈을 떼지 않았다.

숟가락이 마침내 빈 그릇 바닥을 긁었고, 마지막 남은 주스도 마셔버렸다. 식사하는 내내 그 남자는 한 번도 벽 스크린에서 고개를 돌리지 않았다. 줄리엣은 이상하다 싶게 호기심을 느끼면서 그릇을 밀어냈다. 이번에는 남자 쪽에서도 반응했다. 우연이 아니었다면 그랬다. 남자는 몸을 앞으로 기울이고 스크린 쪽으로 손을 쭉 뻗었다. 줄리엣은 그 손에 막대기 같은 것이 들려 있다고 생각했지만 너무 어두워 확실하지 않았다. 잠시 후 남자는 무릎 위로 몸을 굽혔고, 줄리엣은 소리만 들어도 비싼 듯한 종이 위에서 목탄이 움직이는 소리를 들었다. 그녀는 기회다 싶어 남자가 앉은 자리 쪽으로 어슬렁어슬렁 다가갔다.

"식품 저장실 습격인가요?" 남자가 먼저 물었다.

그 목소리에 줄리엣은 흠칫 놀랐다.

"저녁을 건너뛰고 일을 해서." 그녀는 마치 변명이라도 하듯 더듬더듬 말했다.

"열쇠가 있으니 좋겠군요."

남자는 여전히 스크린에서 고개를 돌리지 않았고, 줄리엣은 식당을 떠나기 전에 주방 문을 잠가야 한다는 걸 다시 떠올렸다.

"뭘 하는 거죠?" 그녀가 물었다.

남자는 뒤쪽으로 손을 뻗어 가까이 있던 의자를 잡고 스크린을 마주 보는 방향으로 돌렸다. "보고 싶어요?"

줄리엣은 조심스럽게 다가가서 일부러 의자를 남자에게서 조금 떨어진 곳으로 끌어당겼다. 방 안이 너무 어두워서 생김새를 알아볼 수는 없었지만 목소리는 젊게 들렸다. 그녀는 전날 밤, 아직 빛이 더 있었을 때 그 남자를 기억해두지 않은 자신을 꾸짖었다. 보안관 일을 조금이라도 잘하려면 좀 더 관찰력이 있어야 했다.

"정확히 뭘 보는 거죠?" 이렇게 물으며 그녀는 남자의 무릎을 훔쳐보았다. 커다란 흰 종이가 계단에서 흘러나오는 힘없는 불빛을 받아 흐릿하게 빛났다. 종이는 밑에 판자나 단단한 받침대라도 댄 듯 남자의 허벅지 위에 평평하게 펼쳐져 있었다.

"아마 저 둘이 갈라질 거예요. 저길 봐요."

남자는 벽 스크린에서 거의 한 덩어리로 보이는 짙고 깊은 검은색 덩어리들을 가리켰다. 그나마 줄리엣이 알아볼 수 있는 윤곽선과 희미한 색조 차이도 눈이 부리는 속임수 같았다. 눈앞의 유령처럼 생생했다. 그래도 그녀는 그 손가락을 따라갔고, 이 남자가 미친 걸까 술에 취한 걸까 생각하면서 뒤따르는 피곤한 침묵을 참아냈다.

"저기." 남자가 흥분한 숨소리를 내며 속삭였다.

줄리엣은 섬광을 보았다. 캄캄한 발전실 저편에서 누군가가 손전등을 켰을 때 같은 광점이었다. 그리고 사라졌다.

그녀는 벌떡 일어나서 벽 스크린 가까이에 섰다.

남자의 목탄 조각이 종이 위에서 사각거렸다.

"저게, 대체 뭐였죠?"

남자는 소리 내어 웃었다. "별이요. 기다리면 또 볼 수 있을지 몰라요. 오늘 밤에는 구름이 적고 바람이 세니까. 저기 저 구름은 움직일 테세네요."

줄리엣은 의자를 찾으려고 몸을 돌렸다가 남자가 목탄 조각을 든 팔을 쭉 뻗고 한쪽 눈을 감은 채로 빛이 반짝였던 자리를 응시하고 있는 모습을 보았다.

"어떻게 그런 것들을 다 볼 수가 있죠?" 그녀는 플라스틱 의자에 다시 앉으면서 물었다.

"이 짓을 오래 하면 밤에 눈이 밝아지거든요." 남자는 종이 위로 몸을 굽히고 목탄 조각을 더 긁적였다. "그리고 난 오래 했죠."

"정확히 뭘요? 그냥 구름을 바라보는 것?"

그는 소리 내어 웃었다. "그래요, 대부분은 그렇죠. 불행히도. 하지만 내가 하려는 건 구름 너머를 보는 거예요. 잘 봐요, 또 한 번 볼 수 있어요."

그녀는 지난번 섬광이 보였던 방향을 짐작해 올려다보았다. 갑자기 빛이 다시 켜졌다. 언덕 위 높은 곳에서 보내는 신호 같은 아주 작은 빛이었다.

"몇 개나 봤어요?" 남자가 물었다.

"하나요." 그녀는 이 새로운 광경 때문에 숨도 쉬지 못할 지경이었다. 단어를 배웠으니 별이 무엇인지 알고는 있었지만, 한 번도 본 적은 없었다.

"바로 옆에 희미하게 하나 더 있었어요. 보여줄게요."

조용한 딸깍 소리가 나더니, 남자의 무릎 위에서 붉은빛이 흘러 나왔다. 줄리엣은 남자가 끝에 붉은색 플라스틱 필름을 씌운 손전 등을 목에 걸고 있었음을 알았다. 붉은색 필름 때문에 손전등 유리가 불타는 것처럼 보이기는 했지만, 아까의 주방 전등처럼 눈을 공격하지는 않는 부드러운 빛을 내뿜었다.

남자의 무릎 위에 펼쳐진 커다란 종이에는 점들이 찍혀 있었다. 규칙성은 없어 보였는데, 종이에 그려진 격자무늬 안에서 직선을 그리는 점들도 몇 개 보였다. 여기저기 짧은 메모들이 산발적으로 적혀 있었다.

"문제는 별이 움직인다는 거예요. 오늘 밤에 여기에서 하나를 보면." 남자가 손가락으로 가리킨 점 옆에 작은 점이 하나 더 있었다. "내일 똑같은 시간에는 살짝 이쪽으로 가 있거든요." 남자가 줄리엣 쪽으로 고개를 돌렸다. 젊은 얼굴이었다. 20대 후반 정도에 깔끔한, 사무직 분위기를 풍기는 꽤 잘생긴 남자였다. 그가 미소 지으며 덧붙였다. "그거 알아내는 데 오래 걸렸어요."

줄리엣은 그 남자에게 그렇게 오래 산 사람 같지는 않다고 말해
주고 싶었지만, 그림자 시절에 사람들이 그런 식으로 자신의 말을
일축하면 어떤 기분이었는지 떠올렸다.

"이유가 뭐예요?" 줄리엣의 질문에 남자의 미소가 사라졌다.

"무슨 일이든 다 이유가 있나요?" 남자는 시선을 벽 쪽으로 돌리
고 손전등을 껐다. 줄리엣은 자신의 질문에 남자가 당황했음을 알
았다. 그런 다음에는 혹시 이런 활동에 불법적인 면이 있는지, 터부
를 거역하는 면이 있는지 생각했다. 바깥에 대한 정보를 모으는 행
위는 앉아서 멍하니 언덕을 바라보는 사람들과 다를까? 그녀가 만
스에게 이 문제를 물어보자고 마음먹었을 때 남자가 어둠 속에서
다시 그녀에게 고개를 돌렸다.

"내 이름은 루카스예요." 남자가 말했다. 이제는 어둠에 눈이 충
분히 익어서 그녀에게 내민 손을 알아볼 수 있었다.

"줄리엣." 그녀는 대답하고, 남자의 손을 힘주어 잡았다.

"새 보안관이시죠."

그것은 질문이 아니었다. 물론 그는 줄리엣이 누구인지 알고 있
었고, 꼭대기에 있는 사람은 누구나 아는 것 같았다.

"여기 올라와 있지 않을 때는 무슨 일을 하죠?" 이게 남자의 직
업일 리는 없었다. 아무도 구름을 멍하니 보는 일로 치트를 받을 수
는 없다.

"중층부 위쪽에 살아요. 낮에는 컴퓨터 일을 하죠. 조망이 좋을
때만 올라오고요." 루카스는 다시 손전등을 켜고 그녀에게로 몸을
돌렸다. "같은 층에 여기 저녁 식사 근무조에서 일하는 녀석이 있
거든요. 그 친구가 집에 오면 낮 동안 구름이 어땠는지 알려줘요.

녀석이 엄지손가락을 들어 보이는 날이면, 난 운을 시험해보러 오는 거죠."

"그래서 별들의 지도를 만드는 거예요?" 줄리엣은 커다란 종이 쪽을 가리켰다.

"그러려고요. 아마 몇 번의 생애가 걸리겠죠." 루카스는 목탄 조각을 귀 뒤에 꽂고, 작업복에서 천 조각을 하나 꺼내어 손가락에 묻은 검댕을 닦았다.

"그다음에는?" 줄리엣이 물었다.

"음, 기왕이면 몇몇 그림자에게 내 병을 감염시켜서 그 애들이 내가 멈춘 부분에서 이어받았음 하죠."

"그러니까 말 그대로, 진짜 몇 번의 생애네요."

루카스는 소리 내어 웃었고, 줄리엣은 그것이 기분 좋은 웃음소리임을 깨달았다. "최소한이 그래요." 그가 말했다.

"그럼, 하던 일 계속하게 두고 갈게요." 갑자기 그에게 말을 건게 미안해진 줄리엣이 일어서서 손을 내밀자, 그는 그 손을 따뜻하게 잡았다. 그리고 다른 손으로 그녀의 손등을 감싸 쥐고 예상보다 조금 더 오래 잡고 있었다.

"만나서 반가웠어요, 보안관님."

그는 그녀를 올려다보며 웃었다. 그리고 줄리엣은 자기가 대답으로 무슨 말을 중얼거렸는지 하나도 알 수가 없었다.

21

다음 날 아침, 줄리엣은 네 시간 정도 눈을 붙인 후 나와 일찌감치 책상 앞에 앉았다. 컴퓨터 옆에 그녀를 기다리는 꾸러미가 보였다. 재생 종이로 싸서 하얀 묶음선을 두른 작은 꾸러미였다. 그 마무리 솜씨를 보고 미소를 지으며 줄리엣은 작업복 주머니에서 다용도 칼을 꺼냈다. 그중 제일 작은 것을 뽑아서 묶음선 걸쇠에 찔러 넣고, 나중에 또 쓸 수 있게 온전한 형태를 유지하면서 천천히 선을 풀어냈다. 기계공의 그림자로 지내던 시절, 전자기판에서 플라스틱 묶음선을 하나 잘랐다가 혼이 났던 일이 기억났다. 수십 년 전에도 이미 나이 든 괴짜였던 워커는 그런 낭비에 대해 호통을 치고는 걸쇠를 살살 풀어서 묶음선을 나중에 또 쓸 수 있게 하는 방법을 가르쳐주었다.

세월이 흐르고 줄리엣도 나이가 들었을 때 그녀는 어느새 스코티라는 다른 그림자에게 이 교훈을 전해주고 있었다. 당시 어린 소년이었던 스코티가, 한때 그녀가 저질렀던 것과 똑같은 실수를 하자 그녀는 잔소리를 쏟아냈다. 그 불쌍한 녀석이 겁을 먹고 브리즈 블록*만큼이나 하얗게 질려서, 그 뒤로도 몇 달 동안 불안해하며 주위를 맴돌던 기억이 났다. 그렇게 몰아붙인 게 미안했는지 줄리엣은 스코티를 계속 훈련시키면서 전보다 더 관심을 쏟았고, 결국 두 사람은 친해졌다. 스코티는 빠르게 자라서 유능한 청년이자 전자공학의 달인이 되었고, 펌프의 타이밍 칩을 줄리엣이 하나 해체하고 재조립하는 데 걸리는 시간보다 짧은 시간 안에 프로그래밍할 수 있었다.

줄리엣은 또 하나의 묶음선을 풀면서 이 꾸러미를 스코티가 보냈음을 알았다. 스코티는 몇 년 전에 IT부에 발탁되어 30층대로 이사했다. 녹스의 표현대로 "기계공이 되기에는 너무 똑똑해"졌던 것이다. 줄리엣은 묶음선 두 개를 옆으로 치우면서 그녀를 위해 이 꾸러미를 싸는 청년의 모습을 그려보았다. 전날 밤에 줄리엣이 기계부로 내려보낸 요청이 되튀어서 스코티에게 갔고, 스코티는 충실히 이 부탁을 수행하면서 밤을 보낸 게 분명했다.

그녀는 조심스럽게 종이 포장을 풀어냈다. 종이도 플라스틱 묶음선도 돌려줘야 했다. 가지고 있기에는 너무 귀했고, 저렴한 값에 운반인에게 들려 보낼 수 있을 만큼 가벼웠다. 꾸러미를 풀면서 스코티가 포장지 가장자리에 주름을 잡아서 서로 엇갈리게 접은 걸 보았다. 아이들이 풀이나 테이프를 쓰지 않고 공책을 포장할 수 있게 배우는 재주였다. 스코티의 세심한 포장을 조심스럽게 해체하자

* 모래와 석탄재를 시멘트와 섞어 만든 가벼운 블록.

겨우 종이가 풀렸다. 그 안에는 기계부에서 소규모 프로젝트에 쓸 너트와 볼트를 정리해두는 상자와 비슷한 플라스틱 상자가 들어 있었다.

뚜껑을 연 줄리엣은 그 꾸러미가 스코티 혼자 보낸 선물이 아님을 알았다. 그녀가 요청한 사항들의 복사본과 함께 서둘러 스코티에게 올려 보낸 게 분명했다. 마마 진의 오트밀과 옥수수 쿠키 냄새가 새어 나오자 눈물이 고였다. 쿠키를 하나 집어 들어 코에 가져다 대고 숨을 깊이 들이마셨다. 상상일 수도 있지만, 오래된 상자에서 석유나 기름 냄새 같은 것이 났다. 고향의 냄새였다.

줄리엣은 포장지를 조심스럽게 접고 쿠키를 그 위에 올렸다. 쿠키를 나눠 먹어야 할 사람들을 생각했다. 만스야 당연하지만, 친절하게 그녀의 새 아파트 정리를 도와준 식당 직원 팸에게도 나눠 줘야 할 것 같았다. 그리고 일주일이 넘도록 슬픔에 눈이 빨개져 있는 잔스의 젊은 비서 앨리스도 있었다. 마지막 쿠키를 꺼내고 나자 마침내 상자 바닥에 덜그럭 소리를 내는 작은 데이터 드라이브가 보였다. 과자 부스러기 사이에 숨겨져 있던 스코티 특제 쿠키인 셈이었다.

줄리엣은 드라이브를 꺼내 들고 플라스틱 상자를 옆으로 치웠다. 드라이브의 작은 금속면 끝에 바람을 불어 넣어 부스러기를 빼낸 다음, 컴퓨터에 꽂았다. 컴퓨터에 대단한 재주는 없었지만 다룰 수는 있었다. 기계부에서는 청구서, 보고서, 요청서, 그 밖의 다른 헛소리들을 제출하지 않고는 아무것도 얻을 수 없었다. 그리고 컴퓨터는 펌프에 접속해서 원격으로 끄거나 켜라는 명령을 중계하고, 진단 내용을 보는 등의 일에도 편리했다.

드라이브에 깜박거리며 불이 들어오자, 그녀는 드라이브 내용을 화면에 띄웠다. 안에 폴더와 파일이 가득했다. 그 작은 드라이브를 꽉 채운 게 분명했다. 줄리엣은 스코티가 밤새 조금이라도 자기는 했을까 걱정이 되었다.

기본 폴더들의 목록 맨 위에 '줄스'라는 제목의 파일이 하나 있었다. 클릭하자 짧은 텍스트 파일이 떴다. 분명히 스코티가 썼겠지만, 서명은 하지 않았다는 점이 특이했다.

J—.
걸리지 말아요, 알았죠? 이게 지난 5년간 법 집행관 씨의 컴퓨터에 있던 내용 전부예요. 직장과 집 양쪽 다요. 너무 많기는 한데, 뭐가 필요한지 확실히 모르겠고 이렇게 하는 편이 자동화하기 쉬웠어요.
묶음선은 가지세요. 전 많아요.
(그리고 쿠키 하나 먹었어요. 화내지 마세요.)

줄리엣은 미소 지었다. 손을 뻗어서 단어들을 쓸어보고 싶었지만, 그 편지는 종이가 아니었고 그런 느낌이 나지도 않을 터였다. 그녀는 편지를 닫아서 삭제하고 휴지통을 비웠다. 이름 첫 글자만으로도 너무 많은 정보가 노출된 것처럼 느껴졌다.

그녀는 책상 뒤로 몸을 젖히고, 어둡고 텅 비어 보이는 식당 안을 보았다. 아직 아침 5시도 되지 않았으니 한동안은 맨 위층을 혼자 쓸 수 있었다. 우선 그녀는 어떤 데이터를 다루고 있는지 알기 위해 디렉터리 구조를 살폈다. 폴더마다 깔끔하게 제목이 붙어 있었다. 아무래도 홀스턴의 컴퓨터 두 대에 남은 작동 기록 전부가 들어간 것 같았다. 홀스턴이 친 기록 하나하나가, 5년이 조금 넘는 과거까지 매일매일, 날짜와 시간에 따라 정리되어 있었다. 줄리엣은 순수하게 정보의 양만으로도 압도되는 기분이었다. 한평생 골라내기에도 너무 많았다.

하지만 그래도 손에 들어오기는 했다. 그녀에게 필요한 해답이 저기에, 저 수많은 파일들 사이 어딘가에 있었다. 그리고 어째서인지 이 수수께끼, 홀스턴이 청소하러 나가겠다고 결심한 수수께끼의 답이 손에 들어왔을지 모른다는 것만으로도 그녀는 기분이 좀 나아졌다.

줄리엣이 몇 시간 동안 데이터를 가려내고 나니 식당 직원들이 전날 밤의 난장판을 치우고 아침 식사를 준비하려고 비틀비틀 걸어 들어왔다. 줄리엣이 꼭대기 층에 익숙해지기 힘든 점 중 하나가 모두가 지키는 정확한 일정표였다. 세 번째 교대근무는 없었다. 저녁 식사 담당을 제외하면 두 번째 교대근무도 거의 없었다. 심층부에서는 기계들이 잠을 자지 않았기에 기계공들 역시 거의 자지 않았다. 작업반은 초과 근무를 할 때가 많았고, 줄리엣은 하룻밤에 몇 시간만 쉬고 살아가는 데 익숙했다. 비결은 가끔 피곤에 절어서 정신을 놓은 채 눈을 감고 15분씩 벽에 기대어 쉬는 데 있었다.

하지만 한때는 생존을 위해서였던 습관이 이제는 호사를 제공했다. 잠을 포기하는 능력은 그녀에게 아침과 밤에 혼자 있을 시간, 원래 처리해야 할 사건들 외에 하찮은 추적에 투자할 시간을 주었다. 또 이 빌어먹을 직장에서 어떻게 해야 하는지 혼자 배울 기회도 선사했다. 만스는 너무 우울한 상태라 그녀가 속력을 올리는 데 도움이 되지 않았으니.

만스.

그녀는 만스의 책상 너머로 시계를 보았다. 8시 10분이었고, 벌써 따뜻한 오트밀과 굵게 빻은 옥수수 통들이 식당에 아침 식사의 향기를 채우고 있었다. 만스가 늦었다. 같이 지낸 지 일주일도 안 됐지만, 이제까지 만스가 무슨 일에든 늦는 모습을 본 적이 없었다. 이런 일상의 변화는 타이밍 벨트의 모양이 찌그러지거나 피스톤이 덜컹거리는 상황과 비슷했다. 줄리엣은 모니터를 끄고 책상에서 몸을 밀어냈다. 바깥에서는 첫 번째 아침 식사 조가 줄지어 들어오고, 회전식 가로봉이 달린 낡은 보안문 옆의 커다란 통 속으로 식권이 떨어지며 땡그랑 소리를 내고 있었다. 그녀는 사무실을 나서서 계단에서부터 쏟아져 나오는 사람들 사이를 지나갔다. 줄에 서 있던 어린 소녀 하나가 엄마의 작업복을 잡아당기며 지나가는 줄리엣을 손가락으로 가리켰다. 그 어머니가 아이의 무례한 행동을 꾸짖는 소리가 들렸다.

지난 며칠 동안 그녀의 임명에 대해 말들이 많았다. 어렸을 때 기계부로 사라졌다가 갑자기 다시 나타나서 사람들이 기억하는 제일 인기 있는 보안관 중 한 명의 자리를 대신한 이 여자는 누굴까에 대해서. 줄리엣은 그런 관심에 당혹해하며 서둘러 계단으로 들어섰다. 그녀는 짐이 가벼운 운반인만큼이나 빠른 속도로 계단을 돌아 내려갔다. 디딤판을 되튀어오르는 발걸음이 안전하지 않다는 느낌이 들 때까지 속력을 높였다. 네 층 아래에서 그녀는 발이 느린 부부 옆을 돌고 아침 식사를 하러 올라가는 가족 사이를 비집고 내려가, 자기 집 바로 아래층의 아파트 지구에 도착해 여닫이문을 통과했다.

문 너머 복도는 아침을 알리는 풍경과 소리들로 벅적이고 있었다. 삐익거리는 찻주전자, 아이들의 높고 새된 목소리, 머리 위에서 쿵쾅거리는 발소리, 담당자를 만나서 일터까지 따라가기 위해 서두르는 그림자들. 아이들은 마지못해 느릿느릿 학교로 가고 있었고, 남편과 아내들은 더 어린 아이들이 부모의 작업복을 잡아당기며 장난감과 플라스틱 컵을 떨어뜨리는 동안 문간에서 입맞춤을 나눴다.

줄리엣은 구불구불 이어지는 복도를 따라 몇 번이나 모퉁이를 돌고 중앙 계단 옆을 돌아 그 층의 반대편으로 향했다. 부보안관의 아파트는 한참 안쪽에 있었다. 그녀는 만스가 지난 세월 동안 몇 번이나 승급 자격을 얻었지만 지나쳤으리라 추측했다. 언젠가 잔스 시장의 비서였던 앨리스에게 만스에 대해 물었을 때, 앨리스는 어깨를 으쓱이며 만스는 한 번도 보좌관의 자리 이상을 원하거나 기대한 적이 없다고 대답했다. 그때는 보안관이 되고 싶어 하지 않았다는 뜻이라고 생각했지만, 이제는 그 철학이 만스의 인생에서 얼마나 많은 분야에 적용되는지 궁금해지기 시작했다.

만스가 사는 곳에 도착했을 때, 학교에 늦은 두 아이가 손을 마주 잡고 옆으로 달려갔다. 아이들이 키득거리고 소리를 지르면서 모퉁이를 돌자 복도에는 줄리엣 혼자만 남았다. 그녀는 만스에게 왜 내려왔다고 말해야 할지, 어떻게 자신의 걱정을 설명할지 생각했다. 어쩌면 지금이 만스가 손에서 놓지 못하는 서류철을 달라고 하기에 좋은 순간일지도 몰랐다. 하루 쉬라고, 사무실은 맡겨두고 좀 쉬라고 할 수도 있었다. 아니면 거짓말을 조금 해서 다른 사건 때문에 와 있었다고 말할 수도 있었다.

줄리엣은 만스의 집 앞에 서서 문을 두드리려고 손을 올렸다. 권위를 보이려 이런다고 여기지는 않았으면 좋겠다고 생각했다. 만스가 걱정될 뿐이었다. 그게 다였다.

그녀는 철문을 두드리고 안에서 뭐라고 대답하기를 기다렸다. 어쩌면 벌써 대답을 한 것일까. 지난 며칠 사이에 목소리가 약하고 가느다란 쇳소리로 변해버려서 들리지 않는 것일지도 몰랐다. 그녀는 다시 한번, 좀 더 세게 문을 두드렸다.

"부보안관?" 줄리엣이 소리쳤다. "안에 괜찮아요?"

복도 저편에 있는 문에서 어떤 여자가 고개를 내밀었다. 줄리엣은 학교 휴식 시간에 식당에서 본 여자라고 생각했다. 확실히 글로리아라는 이름이었다.

"안녕하세요, 보안관."

"안녕하세요, 글로리아. 오늘 아침에 만스 부보안관 못 봤죠?"

글로리아는 고개를 젓고, 금속 막대기를 입에 물고 긴 머리를 둥글게 틀어 올리기 시작했다. "못 봤어요." 글로리아는 어깨를 으쓱하더니 막대기를 둥글게 만 머리에 꽂아서 고정시켰다. "어젯밤에 지칠 대로 지친 얼굴로 층계참에 앉아 있던데." 글로리아는 얼굴을 찌푸렸다. "출근 안 했어요?"

줄리엣은 문 쪽으로 돌아서서 손잡이를 돌려보았다. 유지 상태가 좋은 잠금장치라는 느낌이 들게 딸깍 열렸다. 그녀는 문을 밀어 열었다. "부보안관? 줄스예요. 그냥 확인차 들렀어요."

문이 빙 돌면서 어둠이 열렸다. 안으로 새어 드는 빛이라고는 복도 불빛뿐이었지만, 그것으로 충분했다.

줄리엣은 글로리아를 돌아보았다. "힉스 박사를 불러요. 아니, 젠장……." 그녀는 아직도 심층부를 생각하고 있었다. "여기에서 제일 가까운 의사가 누구죠? 그 사람을 불러요!"

줄리엣은 답을 기다리지 않고 방 안으로 뛰어들었다. 작은 아파트에는 목을 매달 공간이 없어 보였지만, 그래도 만스는 방법을 찾아냈다. 목에는 벨트를 단단히 매고, 벨트 버클을 욕실 문 꼭대기에 밀어 넣었다. 다리는 침대 위에 놓였지만, 몸무게를 지탱하지 못하게 각도를 잡았다. 엉덩이가 발아래로 처졌고, 얼굴은 이제 붉지 않았다. 벨트가 목 안으로 깊이 파고 들어가 있었다.

줄리엣은 만스의 허리를 끌어안고 들어 올렸다. 보기보다 무거웠다. 침대에 놓인 두 발을 걷어차자, 발이 바닥으로 떨어지면서 몸을 들어 올리기가 편해졌다. 문가에서 욕설이 들리더니, 글로리아의 남편이 뛰어들어서 줄리엣을 도와 부보안관의 몸무게를 지탱했다. 두 사람 다 벨트를 문틈에서 빼내려고 더듬거리며 찾았다. 마침내 줄리엣이 문을 잡아당겨서 만스를 풀었다.

"침대 위로." 그녀는 헉헉거렸다.

두 사람은 만스의 몸을 들어 올려 침대에 반듯하게 뉘었다.

글로리아의 남편은 양손으로 무릎을 짚고 심호흡을 했다. "글로리아가 오늘 박사님을 부르러 갔어요."

줄리엣은 고개를 끄덕이고 만스의 목에 감긴 벨트를 풀었다. 벨트 아래 살이 자주색이었다. 맥박을 찾아 손을 대면서, 기계부에서 조지를 찾아냈을 때에도 꼭 이렇게 아무 반응도 없고 꼼짝도 하지 않았음을 기억했다. 잠시 후에는 그녀가 평생 두 번째로 시체를 보고 있음이 확실해졌다.

그리고 땀을 흘리며 물러나 앉아 의사가 오기를 기다리는 동안, 자신이 받아들인 직업의 특성상 이게 마지막으로 볼 시체는 아니리라는 생각이 들었다.

22

보고서 내용을 채우고, 만스에게 친척이 없다는 사실을 발견하고, 흙 농장에서 검시관과 이야기를 나누고, 시끄러운 이웃들의 질문에 대답한 후에야 겨우 줄리엣은 길고 외로운 여덟 층의 계단을 걸어서 텅 빈 사무실로 돌아갔다.

그녀는 남은 하루 동안 식당으로 통하는 문을 열어두었고, 일은 거의 하지 못했다. 그 작은 사무실에 너무 많은 유령이 모여 있었다. 홀스턴의 컴퓨터 파일에 몰두해보려고 거듭 노력했지만, 만스의 부재는 우울한 만스가 있을 때보다 훨씬 더 슬펐다. 만스가 죽다니 믿을 수가 없었다. 게다가 그녀를 여기까지 데려오고서 그렇게 갑작스럽게 떠나버리다니, 상처받은 느낌마저 들었다. 그녀 스스로도 이런 생각을 하는 것이 끔찍하고도 이기적인 일이라는 걸 알고 있었다. 그걸 인정하는 것은 더욱 나빴다.

마음이 정처 없이 떠도는 동안, 가끔씩 문밖에 시선을 던지고 멀리 떨어진 벽 스크린 위로 미끄러지는 구름을 바라보았다. 그리고 구름이 짙은지 옅은지, 오늘 밤이 별을 보기 좋은지 어떤지 생각했다. 이런 생각 역시 죄책감이 드는 것이었지만, 그녀는 많이 외로웠다. 아무도 필요하지 않은 스스로를 자랑스러워하던 여자였는데.

두 번의 점심 식사와 두 번의 저녁 식사가 주위를 소란스럽게 흔들다가 가라앉았다. 보이지 않던 햇빛이 약해지는 동안 그녀는 미로 같은 파일들을 파헤쳤고, 별다른 이유도 없이 전날 밤에 본 이상한 별 사냥꾼과 또 마주치기를 바라며 내내 흐린 하늘을 지켜보았다.

그리고 줄리엣은 상위 48층에 사는 사람들이 식사하는 소리를 듣고 그 냄새 속에 앉아 있으면서도 정작 자신은 한 술 뜨기를 잊어버렸다. 두 번째 교대조의 직원들이 떠나고, 불빛을 4분의 1로 줄이고 나서야 팸이 수프 그릇과 비스킷을 들고 들어왔다. 줄리엣은 고맙다고 말하며 치트를 몇 장 꺼내려고 작업복에 손을 넣었지만, 팸은 괜찮다며 거절했다. 울어서 빨갛게 된 그 젊은 여성의 눈길은 만스의 빈 의자 쪽으로 흘러갔고, 줄리엣은 식당 직원들이야말로 누구보다 만스와 가까웠으리라는 사실을 깨달았다.

팸은 말없이 나갔고, 줄리엣은 그나마 끌어낼 수 있는 얼마 안 되는 식욕으로 수프를 먹었다. 그러다 문득 홀스턴의 데이터에 적용해볼 수 있는 검색 방법을 하나 더 떠올렸다. 단서를 제공할 수도 있는 이름을 찾아낼 전체 철자 검색을 생각하고, 결국에는 그런 검색을 돌릴 방법도 생각해냈다. 그동안 수프 그릇은 차갑게 식어갔다. 컴퓨터가 산더미 같은 데이터 속을 휘젓기 시작하자 그녀는 수프 그릇과 서류철 몇 개를 집어 들고 사무실을 나서서 벽 스크린 근처 테이블 앞에 앉았다.

줄리엣이 혼자 별을 찾고 있는 사이에 루카스가 소리 없이 옆에 나타났다. 그는 아무 말도 하지 않고 의자를 끌어다가 종이와 판을 가지고 앉아서, 어두워진 바깥의 광활한 풍경을 올려다보았다.

줄리엣은 루카스가 정중하게 정적을 지켜주는 것인지, 아니면 무례하게 인사를 하지 않는 것인지 분간할 수 없었다. 결국 전자로 결론을 내렸고, 마침내 그 고요함이 편안하게 느껴졌다. 두 사람이 공유하는 정적. 끔찍한 하루의 끝에 누리는 평화.

몇 분이 지나갔다. 그리고 몇십 분. 별도 없었고 할 말도 없었다. 줄리엣은 의미 없이 손가락으로 무릎에 올려놓은 서류철을 하나 잡았다. 계단 쪽에서 소리가 들렸다. 아래 아파트 층들 사이를 이동하는 사람들의 웃음소리가 들리고, 다시 정적이 돌아왔다.

"동료분 일은 안됐어요." 마침내 루카스가 말했다. 두 손으로는 받침판에 올려놓은 종이를 매만졌다. 그는 아직 종이에 점 하나, 기록 하나 남기지 않았다.

"고마워요." 줄리엣이 말했다. 적절한 대답인지는 확실히 알 수 없었지만 이 정도면 그래도 틀린 대답은 아닐 듯했다. "별을 찾고 있는데 하나도 안 보이네요."

"안 보일 거예요. 오늘 밤에는." 루카스는 벽 스크린 쪽으로 손을 흔들었다. "이런 종류의 구름이 최악이거든요."

줄리엣은 구름을 찬찬히 살폈다. 저 멀리서 비치는 황혼의 마지막 빛 속에서 제대로 알아보기는 힘들었다. 다른 구름들과 전혀 달라 보이지 않았다.

루카스는 앉은 자리에서 거의 알아차릴 수 없을 만큼 몸을 틀었다. "고백할 게 있어요. 마침 당신이 법 집행관이니까 말인데요."

줄리엣의 손이 가슴에 달린 별을 더듬었다. 위험하게도 자꾸만 스스로의 위치를 잊어버리고 있었다.

"그런데요?"

"오늘 밤 구름 상태가 나쁠 줄 알고 있었어요. 그래도 올라왔죠."

줄리엣은 어둠이 그녀의 미소를 감춰주리라 믿었다.

"〈협정〉에 그런 범죄에 대한 구절이 있는지 잘 모르겠네요." 줄리엣이 대꾸했다.

루카스는 웃음을 터뜨렸다. 그 웃음소리가 벌써부터 얼마나 친숙하게 들리는지, 그녀에게 그 웃음소리가 얼마나 간절히 필요한지, 이상한 일이었다. 줄리엣은 갑자기 루카스를 끌어안고 그의 목에 얼굴을 묻은 채 울고 싶은 충동을 느꼈다. 몸이 그렇게 움직이는 느낌까지 들 정도였다. 사실은 털끝 하나 꿈쩍하지 않았다. 그런 일은 일어날 수 없었다. 그녀는 전율하는 감각 속에서도 그 사실을 알았다. 그저 외로움 탓이었다. 만스를 품에 안았을 때 느낀 두려움, 한 사람의 몸뚱이를 움직이던 무엇인가를 잃어버린 생명 없는 무게의 느낌 탓이었다. 줄리엣은 접촉을 간절히 원했고, 이 낯선 남자는 그녀가 잘 알지 못하기에 오히려 접촉하고픈 단 하나뿐인 상대였다.

"이제 어떻게 되는 거죠?" 웃음소리가 사라지자 그가 물었다.

줄리엣은 어리석게도 '우리 사이요?'라고 말해버릴 뻔했지만, 루카스가 그녀를 구했다.

"장례식은 언제예요? 어디서 하죠?"

그녀는 어둠 속에서 고개를 끄덕였다.

"내일이에요. 올라올 가족도 없고, 수사할 사건도 없으니까." 줄리엣은 눈물을 억눌렀다. "유언장을 남기지 않았기 때문에 내가 처리하게 됐어요. 난 만스를 시장님 옆에 재워드리기로 결정했어요."

루카스는 벽 스크린을 보았다. 청소부들의 시체가 보이지 않을 만큼 어두워서 다행이었다. "그래야 마땅하지요."

"난 두 사람이 비밀스러운 연인 사이였다고 생각해요." 줄리엣은 불쑥 말해버렸다. "연인이 아니라도, 그만큼 가까운 사이였다고."

"그런 말이 있기는 했어요." 루카스가 동의했다. "왜 그걸 비밀로 했는지 이해는 가지 않지만. 아무도 신경 쓰지 않았을 텐데."

완전히 낯선 타인과 어둠 속에 앉아 있으니 어쩐 일인지 심층부에서 친구들과 함께 있을 때보다 이런 말이 더 쉽게 나왔다.

"어쩌면 사람들이 아는 게 싫었을지도 모르죠." 그녀는 큰 소리로 생각을 말했다. "잔스는 예전에 결혼했었어요. 그 점을 존중하기로 한 게 아닐까요."

"그래요?" 루카스는 종이에 무엇인가를 긁적였다. 줄리엣은 고개를 들어보았지만 분명히 별은 보이지 않았다. "그렇게 비밀스러운 사랑이라니 상상할 수가 없네요."

"난 애초에 사랑에 빠지는 데 누군가의 허락을 받아야 한다는 걸 상상할 수가 없어요. 협정이든 여자 아버지든." 줄리엣이 대꾸했다.

"전혀요? 안 그러면 어떻게 되는 거죠? 그냥 두 사람이 좋을 때면 언제든?"

줄리엣은 대답하지 않았다.

"그렇게 해서 어떻게 티켓 추첨에 들어가고요?" 루카스는 논리를 이어갔다. "공개적으로 나설 수 없다니 상상할 수 없어요. 그건 축하 행사잖아요, 안 그래요? 한 남자가 한 여자의 아버지에게 허락을 구하는 의식이 있고……."

"흠, 당신은 아무도 없나요?" 줄리엣이 말을 자르고 물었다. "내 말은…… 그러니까 그런 질문을 던진 건, 아무래도 확고한 의견이 있는 것 같아서…….'

"아직이에요." 그는 다시 한번 줄리엣을 구해주었다. "어머니가 안겨주는 죄책감을 참아낼 힘이 아직은 남아 있거든요. 어머니는 해마다 내가 얼마나 많은 티켓을 놓쳤는지, 그렇게 어머니가 한 무리의 손주들을 거느릴 기회를 몇 번이나 망쳤는지 상기시키길 좋아하시죠. 내가 통계 자료를 모른다는 듯이 그러시지만, 뭐, 난 이제 겨우 스물다섯이니까요."

"그게 다예요?" 줄리엣이 말했다.

"당신은요?"

그녀는 바로 말해버릴 뻔했다. 지체 없이 비밀을 털어놓을 뻔했다. 마치 이 남자, 이 젊은이, 이 낯선 사람을 믿을 수 있다는 듯이.

"딱 맞는 사람을 찾지 못했어요." 그녀는 거짓말을 했다.

루카스는 젊은이다운 웃음소리를 냈다. "아니, 그게 아니라, 나이가 몇이에요? 이건 무례한 질문인가?"

그녀는 안도감의 물결을 느꼈다. 누구와 사귄 적이 있느냐고 묻는 줄 알았던 것이다.

"서른넷이에요. 그리고 나이를 묻는 건 무례하다고 듣긴 했는데, 나도 규칙들을 지킨 적이 별로 없어서."

"라고 우리 '보안관님'께서 말씀하십니다." 루카스는 자기 농담에 자기가 웃었다.

줄리엣도 미소를 지었다. "아직 익숙해지는 중이에요."

그녀는 다시 벽 스크린으로 고개를 돌렸고, 두 사람 다 뒤따라 형성된 침묵을 즐겼다. 이 남자와 함께 앉아 있으니 이상했다. 더 젊어진 기분이었고, 어째서인지 더 안심이 되기도 했다. 적어도 덜 외롭기는 했다. 그녀는 그 역시 혼자 지내는 사람이라고, 어떤 표준볼트에도 들어맞지 않는 이상한 크기의 와셔라고 판단했다. 그리고 그녀가 아래 광산에서 예쁜 돌을 찾아 최대한 멀리까지 들어가며 여가 시간을 보낸 동안, 사일로 반대쪽 끝인 여기에서는 그 남자가 별을 찾으면서 시간을 보냈다.

"둘 중 누구에게든 그렇게 생산적인 밤이 되진 않을 모양이네요." 줄리엣은 마침내 무릎 위에 놓아둔 채 펼치지도 않은 서류철을 문지르며 침묵을 깼다.

"아, 글쎄요. 그거야 뭘 하러 올라왔느냐에 달렸죠." 루카스가 대꾸했다.

줄리엣은 미소 지었다. 그리고 넓은 식당 저편에서, 그녀의 책상에 놓인 컴퓨터가 들릴락 말락 한 삐 소리를 냈다. 마침내 검색 루틴이 홀스턴의 데이터를 긁어내어 결과를 뱉어내기 직전이었다.

23

다음 날 아침, 줄리엣은 사무실로 올라가는 대신 다섯 층을 내려가서 만스의 장례식이 열리는 상층부 흙 농장으로 갔다. 부보안관에 대한 서류철도 없고 수사도 없었으니, 그저 그 늙고 지친 몸을, 부패하여 뿌리에 영양을 공급하게 될 깊은 흙 속에 내릴 뿐이었다. 사람들 사이에 서서 만스를 서류철이냐 아니냐로 생각하다니 이상했다. 이 일을 맡은 지 일주일도 지나지 않았건만, 그녀는 이미 마닐라 종이 철들을 유령들이 사는 곳으로 여기고 있었다. 이름과 사건 번호들. 재생 종이 스무 장 남짓한 분량에, 그들의 서글픈 이야기가 적힌 검은 잉크 아래에 엮여 들어간 규칙 없는 색깔의 줄과 표시선들로 정제된 인생들.

장례식은 길었지만 길게 느껴지지 않았다. 근처에 아직 잔스의 봉분이 솟아올라 있었다. 이제 곧 두 사람은 식물들 안에서 섞일 테고, 이 식물들은 사일로 주민들을 먹여 살릴 것이다.

줄리엣은 빽빽하게 모인 사람들 사이를 도는 사제와 사제 그림자에게서 잘 익은 토마토를 하나 받았다. 붉은 천을 걸친 두 사람은 움직이면서 성가를 불렀는데, 목소리가 잘 어우러져 듣기 좋았다. 줄리엣은 과즙이 작업복에 튈 정도로 과일을 덥석 베어 문 다음 씹어 삼켰다. 토마토는 맛있다고 할 수 있었지만, 어디까지나 기계적인 반응일 뿐이었다. 정말로 그 맛을 즐기기는 힘들었다.

흙을 구멍에 다시 던져 넣을 때가 오자, 줄리엣은 사람들을 지켜보았다. 일주일도 되지 않는 시간 동안 꼭대기에서 두 명이 죽었다. 사일로 안 다른 곳에서도 두 명이 죽었으니, 지독한 한 주였다.

누구냐에 따라서는 좋은 한 주일 수도 있었다. 줄리엣은 서로의 손을 꼭 잡고 소리 없이 숫자 계산을 하면서 과일을 열심히 베어 무는 아이 없는 부부들을 보았다. 그녀가 보기엔 티켓 추첨이 죽음과 너무 가까이 있었다. 줄리엣은 언제나, 그것이 누군가 죽었다는 사실과는 아무런 상관도 없는 일처럼 보이도록 매년 같은 날짜에 치러져야 한다고 생각했다.

하지만 이렇게 시신을 땅속에 내리고 무덤 바로 위에서 잘 익은 과일을 따는 과정은 모든 가정을 더 단단히 못질하는 일이기도 했다. 삶의 순환이 여기에 있다, 벗어날 수 없는 일이다, 받아들이고 소중하게 여기고 감사해야 마땅하다. 사람은 떠나고 그 뒤에 자양분과 생명이라는 선물을 남긴다. 다음 세대를 위한 자리를 만들어준다. 우리는 태어나고, 그림자가 되고, 스스로 그림자를 드리운 다음, 떠난다. 누구든 바랄 수 있는 것이 있다면 두 개의 그림자 깊이만큼 기억되는 것뿐이다.

구멍이 완전히 채워지기 전에, 장례식에 참가한 사람들은 농장의 흙더미 가장자리로 나서서 남은 과일 조각을 구멍으로 던져 넣었다. 줄리엣도 앞으로 나와 색색의 껍질과 과육 세례 속에 자신이 남긴 토마토를 더했다. 복사 한 명이 자기 몸에 비해 너무 큰 삽에 기대어 서서 과일 조각들이 날아가는 모습을 지켜보다가 빗나간 조각이 있으면 검고 기름진 흙을 덮어 시간과 수분에 의해 가라앉을 흙더미를 남겼다.

장례식이 끝난 후 줄리엣은 사무실까지 계단을 오르기 시작했다. 스스로 몸 관리를 잘했다고 자부하고 살았는데도 다리에 계단의 개수가 느껴졌다. 계단을 오르는 일은 운동과는 별개의 일이었다. 렌치를 돌리거나 요지부동인 볼트를 푸는 일과도 달랐고, 야간 근무 시간에 졸지 않고 정신을 차리는 것과는 차원이 다른 인내심이 필요했다. 그녀는 이런 등반은 정상이 아니라고 결론을 내렸다. 사람은 이 일에 적합하지 않았다. 애초에 사일로 한 층 이상은 멀리 가지 못하게 설계된 게 아닌가 하는 생각도 들었다. 그때 운반인 한 명이 날듯이 계단을 내려오더니, 생기 넘치는 얼굴에 떠올린 미소로 재빨리 인사를 끝내고 철 디딤판 위를 춤추듯 지나쳐 갔다. 어쩌면 그냥 연습의 문제인 걸까.

겨우 식당까지 돌아갔을 때는 점심시간이었고, 시끄러운 수다와 식기 부딪치는 소리가 요란했다. 그녀의 사무실 밖에 놓인 접혀진 쪽지들의 더미는 더 높아져 있었고, 그 옆으로 플라스틱 화분에 담긴 화초 하나와 신발 한 켤레, 색이 칠해진 철사로 만든 작은 조각상이 놓여 있었다. 줄리엣은 잠시 멈춰 서서 그 물건들을 내려다보았다. 만스에겐 가족이 없으니 그녀가 그 물건들을 다 살펴보고 각각 제일 유용하게 쓸 사람들에게 가도록 해야 할 터였다. 그녀는 허리를 굽혀 카드를 하나 집어 들었다. 크레용으로 휘갈겨 쓴 글씨는 알아보기 어려웠다. 아마 초등학교 고학년 반이 그날 공작 시간에 만스 부보안관에게 보내는 카드를 만들었으리라. 줄리엣에게는 그것이 장례식의 어떤 부분보다 더 슬펐다. 그녀는 눈물을 닦아내고 이런 끔찍한 일에 아이들을 끌어들인 교사들을 저주했다.

"애들은 놔두라고." 줄리엣은 혼자 속삭였다.

그녀는 카드를 다시 내려놓고 스스로를 가다듬었다. 만스 부보안 관이라면 이런 카드를 보고 좋아했을 것이다. 그는 읽기 쉬운 남자, 다른 모든 것이 늙어도 심장은 늙지 않은 그런 남자였다. 감히 사용한 적이 없었기에 낡지도 않았던 심장.

사무실에 들어선 줄리엣은 안에 다른 사람이 있다는 사실을 알고 놀랐다. 낯선 사람이 만스 부보안관의 책상에 앉아 있었다. 그는 컴퓨터에서 눈을 들더니 그녀를 보고 미소 지었다. 대체 누구냐고 물어보려는 순간, 버나드가 보였다. 그녀가 시장 '대행'으로도 인정하지 않는 남자. 그가 한 손에 서류철을 들고 줄리엣에게 미소를 던지면서 유치장 밖으로 걸어 나왔다.

"식은 어땠나?" 버나드가 물었다.

줄리엣은 사무실 안을 가로질러 그의 손에서 서류철을 낚아챘다. "함부로 손대지 말아주시죠."

"손을 대다니?" 버나드는 소리 내어 웃으면서 안경을 밀어 올렸다. "그건 종결된 사건이잖나. 시장실에 다시 가져가서 정리해두려고 했지."

홀스턴의 서류들이었다.

"자네가 내 지시를 받는다는 건 알고 있겠지? 잔스가 자네에게 취임 선서를 시키기 전에 〈협정〉을 한 번이라도 읽히기는 해야 했을 텐데."

"고맙지만, 이건 제가 가지고 있겠습니다." 줄리엣은 버나드를 열린 유치장 옆에 두고 책상으로 갔다. 그녀는 서류철을 맨 위 서랍 안에 넣고 데이터 드라이브가 컴퓨터에 꽂혀 있는지 확인한 후에야 맞은편에 앉아 있는 남자를 다시 쳐다보았다.

"그런데 누구시죠?"

남자가 일어나자 만스 부보안관의 의자가 여느 때처럼 삐걱거리는 소리를 냈다. 줄리엣은 더 이상 만스의 의자라고 생각하지 않으려고 노력했다.

"피터 빌링스입니다." 그는 손을 내밀었고, 줄리엣은 그 손을 잡았다. "저도 방금 취임 선서를 했습니다." 그는 작업복에서 보안관 별을 떼어내어 줄리엣에게 보였다.

"여기 피터가 실은 자네 자리 후보로 올랐었지." 버나드가 말했다.

줄리엣은 그런 말을 하는 버나드의 저의가 무엇인지 생각했다. "필요한 게 있으신가요?" 버나드에게 묻고는, 만스 문제를 정리하느라 대부분의 시간을 보내는 바람에 전날처럼 일이 쌓여 있는 책상 쪽을 손짓했다. "뭔가 처리하실 일이 있다면, 이 서류들 밑에 넣어드릴 수 있습니다만."

"내가 시키는 일은 뭐든 꼭대기에 올려." 버나드는 잔스의 이름이 박힌 서류철 위에 손바닥을 내리쳤다. "그리고 자네더러 내 사무실로 내려오라고 하지 않고 여기까지 올라와서 회의하는 것만 해도 내 호의인 줄 알게."

"그래서 이게 무슨 회의죠?" 줄리엣은 물었다. 버나드를 쳐다보지도 않고 서류를 정리하는 데 열중했다. 혹시라도 그녀가 얼마나 바쁜지 알고 떠나주면, 피터에게 그녀가 그나마 이해한 얼마 안 되는 요령이라도 일러줄 수 있을 테니까.

"자네도 알다시피 지난 몇 주 동안…… 재편성이 좀 있었지. 사실은 폭동 이후 전례가 없는 상황이야. 그리고 유감이지만, 우리가 같은 마음이 아니라면 그건 위험한 일이지." 버나드는 줄리엣이 옮기려고 하는 서류들을 손으로 꾹 눌러 고정시켰다. 줄리엣은 눈을 들었다.

"사람들은 지속성을 원해. 내일이 어제와 많이 비슷할 거라는 걸 알고 싶어 하지. 안심하고 싶은 거야. 자, 우린 막 청소를 끝냈고 몇 가지 상실로 고통받기도 했으니, 분위기는 당연히 소란스럽네." 버나드는 줄리엣의 책상에서 만스의 책상까지 흘러넘친 재생 종이 서류철들에 손짓을 했다. 그녀와 마주 앉은 청년은 서류철들이 넘어오면 할 일이 더 늘어나기라도 한다는 듯이 서류 더미들을 조심스럽게 응시했다. "바로 그래서 난 용서의 유예 기간을 선언하려고 하네. 사일로 전체에 활기를 북돋울 뿐 아니라, 두 사람이 판을 깨끗이 지워서 일의 능률을 올리는 동안 서류에 깔려 죽지 않게 도울 방편이지."

"판을 깨끗이 지워요?" 줄리엣이 물었다.

"그렇지. 취중에 저지른 경범죄는 전부 다. 이건 무슨 사건인가?" 버나드는 서류철을 하나 집어 들고 이름을 살폈다. "아, 피킨스가 이번에는 무슨 짓을 했지?"

"이웃의 쥐를 먹었어요. 가족 애완동물이었는데."

피터 빌링스가 키득거렸다. 줄리엣은 눈을 가늘게 뜨고 피터를 보면서, 왜 그 이름이 익숙한 걸까 생각했다. 그러다가 서류철 중 하나에 피터가 써둔 메모가 떠오르면서 생각이 났다. 사실상 애라고 할 수 있는 이 청년은 사일로 판사 중 한 명의 그림자였다. 지금 보니 그 모습을 상상하기가 힘들었다. 피터는 IT부에 더 어울리는 인물 같았다.

"쥐를 애완용으로 기르는 건 불법인 줄 알았는데." 버나드가 말했다.

"맞아요. 피킨스는 청구인이기도 해요. 보복으로 맞고소를 했거든요." 그녀는 서류철을 뒤졌다. "여기 이 사건이죠."

"어디 보세." 버나드는 그 서류철까지 가져가더니, 두 개를 동시에 그녀의 재활용 통에 떨어뜨렸다. 조심스럽게 정리해둔 종이와 기록들이 흩어지면서 재생하기 위해 모아둔 종잇조각들 위에 한 무더기로 섞였다.

"용서하고 잊어버려라." 버나드는 손바닥을 마주 비비며 말했다. "그게 내 선거운동의 모토가 될 거야. 사람들에겐 이런 게 필요해. 이 떠들썩한 시간 동안 일어난 과거는 잊고, 미래를 보면서 새로 시작하는 거지!" 그는 줄리엣의 등을 세게 한 대 치고는 피터에게 고개를 끄덕이더니 문으로 향했다.

"선거운동의 모토요?" 그녀는 버나드가 나가버리기 전에 물었다. 그러고 보니 버나드가 용서하자고 제안하는 서류철 중 하나에서는 바로 그가 유력한 용의자라는 사실이 떠올랐다.

"그렇고말고." 버나드는 어깨 너머로 외치더니, 문설주를 잡고 줄리엣을 돌아보았다. "많이 생각해본 끝에 이 자리에 나보다 적격은 없다는 결론을 내렸거든. 시장직을 수행하면서 IT부에서 맡은 업무를 계속하는 데는 아무 문제도 없어. 사실 이미 그러고 있으니까!" 그는 눈을 찡긋했다. "지속성이 중요하지." 그리고 그는 사라졌다.

줄리엣은 나머지 오후 시간 내내, 피터 빌링스가 생각하는 '합리적인 근무시간'이 넘어갈 때까지 그에게 근무 요령을 가르쳤다. 무엇보다 그녀에게 필요한 건 불만 신고를 처리하고 무전에 응답할 사람이었다. 상위 48층을 돌아다니면서 어떤 소동이든 찾아가는 것이 홀스턴이 하던 일이었다. 만스 부보안관은 줄리엣이 더 젊고 생생한 다리로 그 역할을 맡아주기를 바랐다. 또한 예쁜 여성이 '대중에게 도움이 될' 수 있다는 말도 했다. 줄리엣은 만스의 의도를 다르게 생각했다. 만스는 서류철과 그 안의 유령을 끌어안고 홀로 시간을 보낼 수 있게 그녀를 쫓아내고 싶었던 게 아닐까. 그리고 그녀는 그런 충동을 잘 이해했다. 피터 빌링스에게 다음 날 둘러볼 아파트와 상가들의 목록을 들려 집으로 보내고 나서야 컴퓨터 앞에 앉아서 어젯밤의 검색 결과를 볼 시간이 생겼다.

결과는 흥미로웠다. 바라던 이름들은 아니었지만, 암호화된 문서처럼 보이는 커다란 덩어리들이 나왔다. 이상한 구두점과 들여쓴 자리, 엉뚱해 보이는 단어들이 조합된 횡설수설 문단. 이런 커다란 덩어리들이 홀스턴의 집 컴퓨터 여기저기에 퍼져 있었는데, 처음 나타난 시점이 딱 3년 전이었다. 그러니 시간선에도 들어맞았지만, 데이터가 끼워 넣기를 한 디렉터리들 속에, 때로는 열댓 개의 폴더 아래 깊숙이 박혀 있다는 점이 더 눈길을 끌었다. 마치 누군가가 애써 데이터를 숨기기는 했는데 잃어버릴까 두려워서 수많은 사본을 챙겨두었다는 느낌이었다.

줄리엣은 무엇인지는 몰라도 암호화되었고, 중요한 내용이라고 추정했다. 그녀는 작은 빵을 뜯어 옥수수 스프레드에 찍으면서 이 횡설수설의 전체 사본을 모아서 기계부로 보냈다. 워커를 필두로, 암호를 해독할 가능성이 있는 똑똑한 사람이 몇 명 있었다. 그녀는 음식을 씹으면서 이후 몇 시간 동안 홀스턴이 보안관으로 보낸 마지막 몇 년의 행적으로 돌아갔다. 무엇이 중요한 활동이고 무엇이 잡음에 해당하는지 좁히기는 힘들었지만, 다른 고장을 다룰 때와 같은 논리로 접근했다. 그녀에게는 그렇게 보였다. 점진적이고 끝이 없으며, 거의 피할 수 없는 고장. 아내를 잃은 일은 개스킷이나 밀봉이 깨어진 상황과 비슷했다. 홀스턴에게서 통제력을 잃고 튀어나온 모든 부속들은 거의 기계적으로 아내의 죽음까지 거슬러 올라갔다.

줄리엣이 처음으로 알아낸 사실들 중 하나는 홀스턴의 사무실 컴퓨터에는 비밀이 전혀 없다는 점이었다. 홀스턴은 확실히 그녀와 비슷한 밤쥐 체질로, 자기 아파트에서 몇 시간씩 깨어서 일을 했다. 그녀가 홀스턴에게 보이는 집착을 뒷받침해주는, 두 사람 사이에 느껴지는 또 한 가지 공통점이었다. 그의 집에 있는 컴퓨터에 집중한다면 데이터의 절반은 무시해도 될 터였다. 홀스턴이 대부분의 시간을 아내의 일을 조사하면서 보냈다는 건 누구라도 알 수 있었다. 지금 줄리엣이 홀스턴에 대해 파고드는 것처럼 말이다. 이것이 줄리엣과 홀스턴의 가장 큰 연결 고리였다. 지금 그녀는 대체 어떤 고통이 금지된 바깥세상으로 나가는 것을 선택하게 하는지 알아낼 수 있기를 바라며 가장 최근에 자원한 청소부를 들여다보고 있었고, 그 역시 같은 희망을 품고 아내를 조사했었다.

그리고 여기가 줄리엣이 그 연관성 면에서 으스스하기까지 한 단서들을 찾아내기 시작한 대목이었다. 홀스턴의 아내 앨리슨은 오래된 서버들의 수수께끼를 푼 사람 같았다. 줄리엣이 홀스턴의 데이터를 얻을 수 있게 해준 바로 그 방법이 어느 시점에선가 앨리슨에게 어떤 비밀을 알려주고, 그다음에는 홀스턴에게 알려줬다. 부부 사이에 오간 삭제된 이메일들에 초점을 맞추고, 이메일이 폭발적으로 오간 시기가 앨리슨이 삭제 복구 방법에 대한 책을 출간한 무렵이라는 점을 알아차린 줄리엣은 제대로 길을 찾았다고 느꼈다. 앨리슨이 서버에서 무엇인가를 발견했다는 점에 대해서는 더욱 강한 확신이 들었다. 문제는 그게 무엇인지 알아내는 것, 그리고 설령 알아낸다 해도 그녀가 그 내용을 알아보겠느냐 하는 것이었다.

몇 가지 생각을 해보고, 앨리슨이 배우자의 부정에 격노한 나머지 미쳤을 가능성까지 고려해보았지만, 줄리엣이 파악한 홀스턴은 결코 그럴 리가 없었다. 결국 실마리는 그 횡설수설 문단으로 돌아갔다. 줄리엣으로서는 이해할 수가 없기 때문에 오히려 답이 아니라고 생각할 이유를 찾던 바로 그 답이었다. 왜 홀스턴은, 그리고 특히 앨리슨은 이런 헛소리를 들여다보면서 그렇게 많은 시간을 보냈을까? 기록에 따르면 그 문서들은 한 번에 몇 시간씩 열려 있었다. 마치 그 뒤죽박죽의 문자와 부호들을 읽을 수 있다는 듯이. 줄리엣의 눈에 그것들은 완전히 새로운 언어처럼 보였다.

그렇다면 홀스턴과 그의 아내를 청소로 내몬 것은 무엇일까? 사일로 내부에서는 대체로 앨리슨이 미쳐서 나가고 싶다고 난리를 쳤고, 홀스턴은 결국 슬픔에 굴복했다고 말했다. 하지만 줄리엣은 한 번도 그런 설명을 믿지 않았다. 그녀는 우연을 좋아하지 않았다. 기계를 수리하기 위해 분해했는데, 며칠 후에 새로운 문제가 생긴다면, 보통 이 경우 해야 할 일은 지난번 수리 단계를 차근차근 되짚어보는 것뿐이었다. 답은 언제나 그 자리에 있었다. 그녀는 이 수수께끼도 똑같은 방식으로 처리했다. 두 사람 다 '같은 이유로 미쳤다'가 훨씬 명쾌한 진단이었다.

다만 그 이유가 무엇일지는 알 수가 없었다. 그리고 마음 한편으로는, 그 이유를 찾아내면 자기도 미치는 게 아닐까 두렵기도 했다.

줄리엣은 눈을 비볐다. 다시 책상을 보니 잔스의 서류철이 눈에 들어왔다. 서류철 맨 위에 의사의 보고서가 보였다. 그녀는 보고서를 치우고 그 밑에 들어간 쪽지, 만스가 써서 작은 협탁에 남기고 간 쪽지에 손을 뻗었다.

'나였어야 했어.'

참으로 짧은 글이었다. 하지만 사일로 안에 만스가 말을 남길 사람이 누가 남았겠는가? 그녀는 그 한 줌의 글자를 들여다보았지만, 짜낼 것이 별로 없었다. 독이 든 물통은 잔스가 아니라 만스의 물통이었다. 그래서 사실상 잔스의 죽음은 과실치사가 되는데, 줄리엣에게는 새로운 용어였다. 만스는 법에 대해서 다른 내용도 설명했다. 그들이 누군가에게 돌릴 수 있는 최악의 범죄는 시장의 목숨을 앗아 간 사고가 아니라, 그를 살해하려다가 실패한 살인미수죄였다. 즉 그들이 범인을 검거하여 유죄를 밝힐 수 있다면, 그 사람은 만스에게 일어나지 않은 일로 청소형을 당할 수 있는 반면, 실제로 잔스에게 일어난 일에 대해서는 5년의 보호 관찰과 사실로 봉사 밖에 받지 않는다는 뜻이었다. 줄리엣은 이 뒤틀린 공정성의 개념이 다른 이유 못지않게 가엾은 만스를 갉아먹었다고 생각했다. 목숨 대 목숨이라는 진정한 정의는 바랄 수가 없었다. 이 기묘한 법이 자기 등에 독을 지고 다녔다는 고통스러운 사실과 합쳐져서 그에게 크나큰 상처를 입혔다. 그는 자신이 독의 운반자였다는 사실, 자신의 친절한 행동, 함께한 걸음이 사랑하는 사람을 죽음으로 이끌었다는 괴로운 사실을 안고 살아야 했다.

줄리엣은 유서를 쥐고 그런 일을 예상하지 못한 스스로를 저주했다. 예측할 수 있는 고장이었다. 예방 정비만 했어도 해결할 수 있는 문제였다. 몇 마디라도 더 건네고, 어떻게든 손을 뻗었더라면. 그러나 처음 며칠 동안은 그녀도 가라앉지 않고 지내느라 바빠서 정작 자신을 꼭대기 층으로 데려온 남자가 눈앞에서 서서히 무너지는 모습을 보지 못했다.

받은 편지함 아이콘에 불이 들어오면서 이런 심란한 생각도 끊겼다. 그녀는 마우스를 잡고 스스로에게 저주를 퍼부었다. 몇 시간 전에 기계부로 보낸 커다란 데이터 덩어리가 반송된 게 분명했다. 한번에 보내기에는 너무 많은 양이었나 보다. 하지만 열어보니 문제의 데이터 드라이브를 보낸 IT부 친구, 스코티가 보낸 메시지였다.

'당장 와요.'

이상한 요청이었다. 모호하지만 심각했다. 늦은 시각을 고려하면 더 그랬다. 줄리엣은 모니터를 끄고, 방문객이 있을 경우에 대비하여 드라이브를 떼어냈다. 그리고 만스의 오래된 총을 허리에 차고 갈까 잠시 생각했다. 그녀는 일어나 열쇠가 달린 보관함으로 가서, 부드러운 벨트를 쓸어내리며 오랜 시간 동안 버클이 같은 자리를 파고들어서 생긴 자국을 만졌다. 그리고 다시 만스의 간결한 유서를 생각하고 그의 빈 의자를 보았다. 결국 총은 있던 자리에 걸어 두고 가기로 했다. 만스의 책상 쪽으로 고개를 끄덕이고 열쇠를 챙겼는지 확인한 후, 서둘러 문밖으로 나갔다.

24

IT부까지는 33층을 내려가야 했다. 줄리엣은 빠른 속도로 뛰어 내려갔다. 바깥쪽 난간을 따라 위로 올라가는 사람과 부딪치지 않게 안쪽 난간에 손을 대고 있어야 할 정도였다. 6층 부근에서 운반인 한 명을 앞지르자 추월당한 운반인이 깜짝 놀랐다. 10층쯤에서는 돌고 또 도는 길이 어지러워지기 시작했다. 홀스턴과 만스는 긴급을 요하는 말썽에 어떻게 대응했을까 궁금했다. 다른 두 명의 부보안관 사무실, 그러니까 중층부와 심층부의 부보안관 사무실은 각각이 맡은 마흔여덟 개 층의 딱 중간에 위치했다. 훨씬 효율적인 배치였다. 줄리엣은 20층대에 진입하면서 자신의 보안관실은 해당 구역의 외곽 지역에 대응하기에는 이상적인 위치가 아니라는 생각을 했다. 보안관실은 에어록과 유치장 옆, 사일로가 집행하는 최고형의 자리 가까이에 위치해 있었다. 다시 느리고 힘겹게 올라갈 일을 생각하니 그런 결정을 내린 누군가가 저주스러웠다.

20층대 초입에서 줄리엣은 앞을 보지 않고 올라오던 남자에게 말 그대로 달려들었다. 다행히 그녀가 남자에게 한 팔을 감고 난간을 꽉 잡은 덕에 둘이 같이 굴러떨어지는 사태는 막을 수 있었다. 그녀가 욕을 삼키는 사이 남자가 사과를 했다. 그제야 등에 판자를 메고 목탄 조각으로 작업복 주머니가 불룩한 그 남자가 루카스임을 알아보았다.

"아, 안녕."

루카스는 그녀를 보고 미소를 지었지만, 그녀가 서둘러 반대쪽으로 내려가고 있었음을 깨닫자 입술이 내려가면서 표정이 바뀌었다.

"미안해요. 가봐야 해서."

"그럼 가셔야죠."

루카스가 비켜섰고, 줄리엣은 겨우 그의 갈빗대에서 손을 떼어냈다. 스코티 생각이 가득하다 보니 그녀는 무슨 말을 해야 할지 몰라 그저 고개만 끄덕이고 계속 뛰어 내려갔다. 너무 빨리 움직여서 돌아볼 겨를도 없었다.

겨우 34층에 도착한 그녀는 층계참에 멈춰서 숨을 고르고 현기증을 가라앉혔다. 별이 제자리에 달렸고 플래시 드라이브가 주머니 안에 들었는지 작업복을 확인한 다음, IT부로 들어가는 정문을 당겨 열고 원래 그곳에 속한 사람처럼 걸어 들어갈 생각이었다.

그녀는 잽싸게 입구의 공간을 재보았다. 오른쪽으로 유리 창문을 통해 회의실이 보였다. 한밤중인데도 조명이 켜져 있었다. 유리 안으로 몇 사람의 머리통이 보여서 회의 중인 걸 알 수 있었다. 문틈으로 새어 나오는 버나드의 비음 섞인 큰 목소리가 들린 것 같았다.

앞에는 아파트와 사무실과 작업실로 이루어진 IT부의 미로 속으로 들어가는 보안문이 있었다. 줄리엣은 평면도를 그려볼 수 있었다. IT부의 세 층은 재미만 없을 뿐 구조 면에서는 기계부의 세 층과 거의 비슷하다고 들었다.

"무슨 일이시죠?" 은색 작업복을 입은 청년이 키가 낮은 보안문 뒤에서 물었다.

그녀는 그쪽으로 다가갔다.

"니컬스 보안관입니다." 청년에게 신분증을 흔들어 보이고 보안문의 레이저 스캐너에 통과시켰다. 불빛이 붉은색으로 변하며 문에서 성난 징 소리가 울렸다. 열리지 않았다. "당신네 기술자인 스코티를 만나러 왔어요." 다시 한번 신분증을 통과시켰지만 결과는 마찬가지였다.

"약속을 잡고 오셨나요?" 청년이 물었다.

줄리엣은 눈을 가늘게 떴다.

"난 보안관입니다. 언제부터 내가 약속을 잡고 다녀야 했죠?" 그녀는 다시 한번 신분증을 통과시켰고, 보안문은 한 번 더 징 소리를 낼 뿐이었다. 청년은 도와주려고 하지 않았다.

"그러지 말아주십시오."

"이봐, 난 사건 수사 중이야. 넌 내 수사를 방해하고 있고."

청년은 미소 지었다. "여기에서 저희가 유지하고 있는 특별한 지위는 잘 아실 텐데요. 보안관의 권한은……."

줄리엣은 신분증을 치우고 문 너머로 손을 뻗어 양손으로 청년의 작업복 끈을 잡았다. 그리고 무수히 많은 볼트를 풀면서 잡힌 팔근육을 드러내며 청년을 거의 문 너머까지 끌어당겼다.

"잘 들어, 이 약해빠진 새끼야. 난 이 문을 통과하든가, 아니면 뭐어넘어서 널 통과할 거야. 내가 시장 대행이자 네놈의 대장인 버나드 홀랜드에게 직접 보고하는 사람이거든. 무슨 뜻인지 알아들었나?"

청년의 놀란 눈에는 거의 동공만 보였다. 그는 턱을 위아래로 끄덕였다.

"그럼 움직여." 줄리엣은 청년의 작업복을 놓고 뒤로 밀었다.

청년은 더듬더듬 신분증을 꺼내더니 스캐너에 통과시켰다.

줄리엣은 보안문의 회전식 가로봉을 밀고 들어가 청년 옆을 지나다가 걸음을 멈췄다.

"참, 어느 쪽이지, 정확히?"

청년은 아직도 떨리는 손으로 신분증을 앞주머니에 다시 넣으려고 애쓰고 있었다. "저, 저쪽입니다." 그는 오른쪽을 가리켰다. "두 번째 복도에서 좌회전. 마지막 사무실입니다."

"착한 친구군." 줄리엣은 몸을 돌리고 혼자 웃었다. 다투던 기계공들을 제자리로 돌려놓을 때 쓰던 말투가 여기에서도 잘 먹히는 것 같았다. 그러고는 자기가 했던 말을 생각하며 웃어젖혔다. 네 대장이니, 내 대장이니. 하지만 눈을 동그랗게 뜨고 겁에 질려 있던 모습을 보면, 마마 진의 빵 요리법을 같은 투로 읽어줬어도 문을 통과할 수 있었을 것 같았다.

두 번째 복도로 들어서자 맞은편에서 IT부의 은색 작업복을 입은 남녀가 걸어왔다. 두 사람은 지나치면서 고개를 돌리고 그녀를 쳐다보았다. 복도 끝까지 가니 양쪽에 사무실이 있었는데, 어느 쪽이 스코티의 방인지 알 수 없었다. 우선 문이 열려 있는 사무실을 들여다보았지만 불이 꺼진 상태였다. 그녀는 맞은편 문을 두드렸다.

처음에는 답이 없었지만, 곧 누군가가 걸어오는 것처럼 문 아래

틈으로 새어 나오는 불빛이 어두워졌다.

"누구세요?" 문 저쪽에서 익숙한 목소리가 속삭였다.

"이 망할 문 좀 열어." 줄리엣이 말했다. "누군지 알잖아."

손잡이가 내려가고, 딸각 소리가 나며 문이 열렸다. 줄리엣이 문을 밀고 들어가자 스코티는 그 뒤로 문을 밀어 닫고 잠금쇠를 채웠다.

"여기 오는 걸 누가 봤어요?"

그녀는 의아한 얼굴로 스코티를 보았다. "누가 봤냐고? 당연히 봤겠지. 내가 어떻게 들어왔다고 생각해? 어디에나 사람들이 있잖아."

"하지만 사람들이 여기로 들어오는 것도 봤냐고요?" 스코티가 속삭였다.

"스코티, 대체 무슨 일이야?" 줄리엣은 괜히 급하게 온 게 아닌가 싶은 의심이 들기 시작했다. "네가 보낸 전신만으로도 이미 절박해 보였는데. 당장 오라고 했잖아. 그래서 내가 왔어."

"이거 어디서 얻었어요?" 스코티가 물으면서 떨리는 손으로 책상에 놓인 인쇄물 한 뭉치를 집어 들었다.

줄리엣은 스코티 옆으로 다가서서 그의 팔에 한 손을 올리고 종이 뭉치를 보았다. "좀 진정해." 그녀는 조용히 말했다. 몇 줄 읽어 보니 바로 자신이 몇 시간 전에 기계부에 보낸 횡설수설 문장들이었다. "넌 이걸 어떻게 얻었어? 겨우 몇 시간 전에 녹스에게 보낸 건데."

스코티는 고개를 끄덕였다. "그리고 녹스는 나한테 보냈죠. 그러지 말았어야 했어요. 이것 때문에 난 엄청난 문제에 휘말릴지도 모른다고요."

줄리엣은 소리 내어 웃었다. "농담하는 거지?"

그리고 농담이 아니라는 걸 알았다.

"스코티, 처음에 날 위해서 이 내용을 뽑아낸 사람이 너잖아." 그녀는 물러서서 스코티를 지그시 보았다. "가만, 넌 이 헛소리가 무슨 뜻인지 아는 거지? 맞지? 읽을 수 있어?"

그는 고개를 재빨리 주억거렸다. "줄스, 난 그때 뭘 잡은 건지 몰랐어요. 헛소리 더미라고만 생각하고 보지도 않았다고요. 그냥 붙잡아 옮겼을 뿐인데……."

"이게 왜 그렇게 위험한데?"

"난 이 내용에 대해 말도 하면 안 돼요. 난 청소형에 맞는 사람이 아니에요, 줄스. 아니라고요." 스코티는 종이 두루마리를 내밀었다. "여기요. 인쇄도 하면 안 되는 거였지만, 전신 기록은 지워버리고 싶었어요. 줄스가 가져가야 해요. 여기에서 가지고 나가요. 내가 가지고 있다가 잡힐 순 없어요."

줄리엣은 받아 들었지만, 어디까지나 스코티를 진정시키기 위해서였다. "스코티, 앉아. 제발. 자, 겁먹은 줄은 아는데, 앉아서 나한테 이 내용에 대해 말해줘야 해. 정말 중요한 일이야."

그는 고개를 내저었다.

"스코티, 당장 앉지 못해?" 그녀가 의자를 가리키자 스코티는 멍하니 명령에 복종했다. 줄리엣은 책상 귀퉁이에 걸터앉았다. 방 안쪽 구석에 놓인 침대에 방금 자고 일어난 흔적이 있는 걸 보니 스코티가 안쓰러워졌다.

"이게 뭔지는 몰라도." 그녀는 종이 뭉치를 흔들었다. "지난 두 번의 청소의 원인이 된 건 분명해."

그녀는 급하게 짜 맞춘 이론이 아니라 이미 알고 있었던 일처럼 말했다. 스코티의 눈에 깃든 공포가 생각을 굳혀줬는지도 모르고, 강하게 행동해야 스코티를 진정시킬 수 있다고 판단한 때문인지도 몰랐다. "스코티, 난 이게 뭔지 알아야 해. 날 봐."

그는 그렇게 했다.

"이 별 보여?" 그녀는 손가락으로 보안관 배지를 가볍게 쳐서 둔탁한 금속음을 냈다.

그는 고개를 끄덕였다.

"이제 난 네 근무조의 조장이 아니야. 내가 곧 법이고, 이건 아주 중요한 일이야. 자, 아는지 모르겠는데, 내 질문에 대답한다고 네가 곤란해질 일은 없어. 사실 너는 내 질문에 대답할 의무가 있지."

그는 희망의 빛을 담고 그녀를 올려다보았다. 그녀가 지어낸 말인 줄 모르고 있었다. 물론 사일로 전체와도 스코티를 바꿀 생각은 없으니 거짓말은 아니었지만, 누구에게도 면책권 같은 것은 없을 게 분명했다.

"내가 뭘 쥐고 있는 거야?" 그녀는 인쇄물을 흔들면서 물었다.

"프로그램이에요." 그는 속삭였다.

"타이밍 회로 같은 거? 아니면······?"

"아니, 컴퓨터용 프로그램이에요. 프로그래밍 언어. 그건······." 그는 눈을 돌렸다. "말하고 싶지 않아요. 아, 줄스, 그냥 기계부로 돌아가고 싶어요. 이런 일은 아예 일어나지 않았으면 좋았을 텐데."

이 말을 듣자 찬물을 뒤집어쓴 것 같았다. 스코티는 그냥 겁먹은 정도가 아니었다. 목숨을 잃을까 두려워하고 있었다. 줄리엣은 책상에서 내려와 그 옆에 웅크려 앉아, 불안하게 떨리는 무릎에 얹힌 스코티의 손을 잡았다.

"그 프로그램으로 뭘 하지?"

그는 입술을 깨물고 고개를 저었다.

"괜찮아. 우린 안전해. 그걸로 뭘 하는지 말해봐."

"디스플레이에 쓰는 거예요." 마침내 말했다. "하지만 데이터 판독 출력이나, LED나, 도트 매트릭스용은 아니고요. 내가 알아볼 수 있는 알고리즘이 몇 개 있어요. 누구라도……."

그는 멈칫했다.

"64비트 색이에요." 그러고는 속삭이며 줄리엣을 응시했다. "64비트라고요. 도대체 누가, 왜 그렇게 많은 색이 필요하겠어요?"

"날 위해 단순하게 말해줘." 줄리엣이 말했다. 스코티는 미치기 직전 같았다.

"봤죠, 그렇죠? 꼭대기 풍경 말이에요."

그녀는 재빨리 고개를 한 번 끄덕였다. "내가 어디에서 일하는지 알잖아."

"그래요, 나도 봤어요. 손가락이 닳도록 일하면서 매 끼니를 여기에서 때우기 전에는요." 그는 텁수룩한 갈색 머리카락에 손을 넣었다. "이 프로그램은요, 줄스…… 벽 스크린 같은 곳에 비치는 풍경을 진짜처럼 보이게 만들 수 있어요."

줄리엣은 그 말을 완전히 이해한 다음에 웃음을 터뜨렸다. "하지만 기다려봐, 그게 원래 스크린이 하는 일이잖아? 스코티, 바깥에 센서들이 있지. 그 센서가 보이는 대로 받아들이면, 벽에서 그 풍경을 보여줘야 하는 거잖아. 맞지? 그러니까, 이거 혼란스러워졌는데." 그녀는 횡설수설이 찍힌 종이를 흔들었다. "이게 그냥 내가 생각하는 일을 하는 게 아니야? 영상을 스크린에 넣는 일?"

스코티는 양손을 쥐어짰다. "그런 프로그램은 필요 없어요. 방금 얘기한 건 영상을 전달하는 거죠. 그거라면 열 줄만 써도 할 수 있어요. 아니, 이건요, 이건 영상을 만들어내는 프로그램이에요. 더 복잡하죠."

그는 줄리엣의 팔을 잡았다.

"줄스, 이 물건은 새로운 풍경을 만들 수 있어요. 뭐든 원하는 대로 보여줄 수 있다고요."

그는 숨을 들이쉬었고, 두 사람 사이에 일순간 심장도 뛰지 않고 눈도 깜박이지 않는 정적이 떠돌았다.

줄리엣은 발끝으로 균형을 잡고 책상에서 엉덩이를 내렸다. 그리고 결국에는 바닥에 주저앉아 스코티의 사무실 벽 금속판에 등을 기댔다.

"그러니까 이제 알겠……." 스코티가 말을 꺼냈지만, 줄리엣은 손을 들어 그 입을 다물게 했다. 풍경을 조작할 수 있다는 생각은 한 번도 해보지 않았다. 하지만 왜 안 되겠는가? 그리고 그러는 이유는 무엇일까?

홀스턴의 아내가 이 사실을 알아냈다고 상상해보았다. 앨리슨은 적어도 스코티만큼은 똑똑했을 것이다. 애초에 스코티가 이 사실을 알아내는 데 쓴 기술을 내놓은 인물이니까. 이런 사실을 발견하고 앨리슨은 어떻게 했을까? 큰 소리로 떠들어서 폭동을 일으킨다? 남편인 보안관에게 말한다? 무슨 말을?

줄리엣은 자신이 그 입장에 놓였다면, 거의 확신이 들었다면 어떻게 했을지, 그것만은 알 수 있었다. 사실 타고나길 호기심이 너무 강한 자신이 무슨 일을 했을지는 불 보듯 뻔했다. 그런 지식은 분명

밀폐된 기계 안의 덜그럭거림처럼, 아니면 열리지 않는 장치의 비밀스러운 작동법처럼 그녀를 괴롭혔으리라. 그녀라면 스크루드라이버와 렌치를 집어 들고 안을 봐야만 했으리라…….

"줄스."

그녀는 손을 내저어 말을 막았다. 홀스턴의 폴더에서 본 세부 사항이 쏟아지듯 떠올랐다. 앨리슨에 대한 기록, 얼마나 갑자기, 느닷없이 미쳐버렸는지에 대한 기록들. 호기심 때문에 미쳐버렸으리라. 어디까지나…… 어디까지나 홀스턴이 비밀을 몰랐다면 말이다. 그 모든 것이 다 연기가 아니었다면. 앨리슨이 미친 척을 해서 남편이 참혹한 경험을 하지 않게 보호한 것이 아니라면.

하지만 그랬다면 홀스턴은 자신이 일주일 만에 알아낸 바를 짜맞추는 데 3년이나 걸린 걸까? 아니면 이미 알고 있었지만 그저 따라갈 용기를 내는 데 3년이 걸린 걸까? 혹은 자신에게 홀스턴에게는 없는 이점이 있었나? 스코티가 있었다. 그리고 어쨌든 그녀는 빵 조각을 따라간 다른 누군가가 흘려놓은 빵 조각을, 훨씬 더 쉽고 더 선명한 흔적을 따라가고 있었다.

줄리엣은 걱정스러운 눈으로 그녀를 내려다보고 있는 젊은 친구를 올려다보았다.

"그걸 여기에서 가지고 나가야 해요." 그는 인쇄물을 보고 말했다.

줄리엣은 고개를 끄덕였다. 바닥에서 몸을 일으켜 인쇄물을 작업복 가슴팍에 밀어 넣었다. 이 기록은 없애야 했다. 그저 방법을 확실히 알 수 없을 뿐이었다.

"줄스에게 주려고 빼낸 자료 사본은 다 지웠어요. 그걸 들여다보는 건 이제 그만할 거예요. 줄스도 똑같이 해야 해요."

그녀가 가슴 앞주머니를 두드리자 그 안에 든 플래시 드라이브의 단단한 표면이 느껴졌다.

"그리고 줄스, 부탁 하나 들어줄 수 있어요?"

"뭐든지."

"내가 기계부로 다시 옮길 방법이 있는지 알아봐줄래요? 더는 이 위에 있고 싶지 않아요."

줄리엣은 고개를 끄덕이고 스코티의 어깨를 꽉 쥐었다. "내가 힘써볼게." 그녀는 약속했다. 이 가엾은 녀석을 이 일에 끌어들였다는 생각에 마음이 아팠다.

25

다음 날 아침, 줄리엣은 어젯밤 IT부까지 내려갔다 온 데다가 한숨도 자지 못해서 기진맥진한 몸으로 늦게 책상 앞에 앉았다. 나쁜 답밖에 나오지 않을 질문들을 던지는 건 아닌지, 혹시 열지 않는 편이 나은 상자를 발견한 건 아닌지 생각하면서 밤새 뒤척였다. 식당으로 나가서 애써 외면하던 방향을 바라본다면, 언덕 골짜기에 지난 두 번의 청소부들이 서로 끌어안은 듯한 모양새로 쓰러져 있는 모습을 볼 수 있으리라. 그 두 연인은 지금 자신이 추적하고 있는 바로 이 문제 때문에 유독성 바람 속에 몸을 던진 걸까? 스코티의 눈에서 본 두려움을 생각하니, 충분히 조심하지 않았던 게 아닌지 걱정스러웠다. 그녀는 책상 너머로 어느 서류철의 내용을 옮겨 적고 있는, 그녀보다 더 신참인 새 부보안관을 보았다.

"어이, 피터?"

그는 키보드에서 눈을 들었다. "네?"

"여기 오기 전에 재판소에 있었죠? 판사의 그림자로?"

그는 고개를 옆으로 기울였다. "아뇨, 법정 보조원이었습니다. 사실은 몇 년 전까지 중층부 부보안관 사무실에 그림자로 있었고요. 그 일을 하고 싶었는데, 자리가 나지 않더라고요."

"거기서 자랐어요? 아니면 꼭대기에서?"

"중층이에요." 피터의 손이 키보드에서 무릎으로 내려갔다. 그는 미소 지었다. "아빠는 수경재배 농장의 배관공이셨죠. 몇 년 전에 돌아가셨어요. 엄마는 육아실에서 일하세요."

"그래요? 이름이 어떻게 되시는데요?"

"리베카. 어디에서 일하셨냐면⋯⋯."

"리베카라면 알아요. 내가 어렸을 때 그림자를 하고 있었죠. 우리 아버지가⋯⋯."

"상층부 육아실에서 일하시죠, 알아요. 별로 말하고 싶지 않았던 게⋯⋯."

"왜요? 혹시 내가 편애할까 걱정이라면, 그건 이미 유죄예요. 피터는 이제 내 부관이고, 난 피터의 뒤를 봐줄 거니까."

"아니, 그런 게 아닙니다. 혹시 절 나쁘게 보지 않으셨으면 했어요. 아버지와 사이가 별로⋯⋯."

줄리엣은 손을 내저었다. "그래도 아버지인걸요. 그냥 사이가 멀어졌다 뿐이지. 어머니께 안부 전해줘요."

"그럴게요." 피터는 빙긋 웃고 키보드 위로 고개를 숙였다.

"그렇지, 질문이 있어요. 난 이해가 안 가서 말인데."

"얼마든지 물어보세요." 피터는 고개를 들고 말했다.

"운반인에게 들려서 종이 편지를 보내는 게 그냥 컴퓨터로 전신을 보내는 것보다 싼 이유가 뭔지 알아요?"

"아, 그럼요." 그는 고개를 끄덕였다. "누군가에게 전신을 보내려면 글자당 0.25치트잖아요. 그걸 더해보세요!"

줄리엣은 소리 내어 웃었다. "아니, 가격은 나도 알아요. 하지만 종이도 싸지 않죠. 운반비도 싸지 않고. 그런데 전신을 보내는 건 사실상 공짜처럼 보이거든. 그냥 정보일 뿐이잖아요. 무게도 없고."

그는 어깨를 으쓱였다. "제가 살아 있는 동안 언제나 글자당 0.25치트였으니까요. 전 모르겠네요. 게다가, 여기에 있는 우리에겐 하루에 50치트 분량만큼 허용이 되고, 또 긴급 상황에는 무제한으로 쓸 수 있으니까요. 저라면 그걸로 스트레스 받진 않겠어요."

"스트레스를 받는 건 아니고. 그냥 좀 혼란스러워서요. 그러니까, 왜 모두가 우리 같은 무전기를 가질 수 없는지는 이해해요. 긴급 상황에 대비해서 전파를 열어둬야 하니까, 한 번에 한 명만 송신할 수 있게 하는 거지. 하지만 전신을 원하는 만큼 보내고 받을 수 있다는 생각은 들지 않아요?"

피터는 팔꿈치를 올려서 두 주먹 위에 턱을 괴고 말했다. "흠, 서버 컴퓨터 비용을 생각해보세요. 전력 말이에요. 그건 석유도 태워야 하고, 전선과 냉각과 기타 등등을 유지 보수하기도 해야 한단 말이잖아요. 특히 통신량이 엄청난 경우라면 더욱 그렇고요. 그걸 선반에 펄프를 눌러서 말리고 그 위에 잉크를 끄적인 다음, 위든 아래든 지나가던 사람한테 들려 보낼 경우랑 비교해보세요. 더 싼 게 당연하죠!"

줄리엣은 고개를 끄덕였지만, 그건 피터를 위해서였다. 스스로는 그렇게 확신이 서지 않았다. 의문을 표현하기는 싫었지만 참을 수가 없었다.

"하지만 그게 다른 이유 때문이라면? 누군가가 일부러 비싸게 만든 거라면?"

"무슨 이유요? 돈을 벌려고요?" 피터는 손가락을 딱 튕겼다. "운반인들이 편지 나르는 일을 계속할 수 있게!"

줄리엣은 고개를 저었다. "아니, 만약에 서로 대화하는 걸 더 어렵게 만들기 위한 거라면? 아니면 적어도 대화 비용이 더 비싸지게. 그러니까, 우리를 갈라놓고, 서로 자기 생각은 혼자만 간직하게 말이에요."

피터는 얼굴을 찌푸렸다. "왜 그러고 싶어 하겠어요?"

줄리엣은 어깨를 으쓱이고 컴퓨터 화면으로 눈을 돌렸다. 손이 무릎에 숨겨둔 종이 두루마리 쪽으로 움직였다. 이제는 무조건 믿을 수 있는 사람들 사이에 살고 있지 않다는 것을 떠올렸다. "모르겠네. 잊어버려요. 바보 같은 생각이었어."

그녀가 키보드를 끌어당기고 화면으로 눈을 올리는데 피터가 먼저 긴급 아이콘을 보았다.

"와. 또 경보 발령이에요." 피터가 말했다.

그녀는 번쩍이는 아이콘을 클릭하면서 피터가 커다랗게 한숨을 내쉬는 소리를 들었다.

"요새 대체 일이 어떻게 돌아가는 걸까요?" 피터가 말했다.

그녀는 화면에 메시지를 띄우고 빠르게 내용을 읽었다. 눈앞에 보이는 내용을 믿기 어려웠다. 확실히 일이 이렇게 돌아갈 리가 없었다. 사람들이 이렇게 자주 죽을 리가 없었다. 아니면 전에는 그저 크랭크실 안이나 기름받이 아래 코를 처박고 있어서 듣지 못했던 걸까?

메시지 위에서 깜박거리는 숫자 코드는 달리 자료를 찾지 않고도 알아볼 수 있는 번호였다. 슬프게도 친숙해져가는 숫자. 또 한 번의 자살. 피해자 이름은 없었지만 사무실 번호가 있었다. 그리고 그녀는 그 층수와 주소를 알았다. 아직도 거기까지 내려갔다 온 여행으로 다리가 아팠다.

"안 돼……." 그녀는 책상 모서리를 꽉 잡고 말했다.

"제가 갈……?" 피터가 무전기에 손을 뻗었다.

"안 돼, 젠장, 안 돼." 줄리엣은 고개를 저었다. 책상에서 일어나다가 재활용 통을 넘어뜨렸고, 특사를 받고 버려진 서류철이 모조리 바닥에 쏟아졌다. 무릎 위에 두었던 두루마리도 그 속으로 굴러 떨어졌다.

"제가 할 수……." 피터가 입을 열었다.

"내가 맡았어." 그녀는 손을 내저어 피터를 물리쳤다. "젠장." 고개를 저었다. 사무실이 빙빙 돌고, 세상이 흐릿해졌다. 균형을 잡기 위해 팔을 벌리고 비틀거리며 문 쪽으로 걸어갔다. 피터는 자기 모니터 앞으로 돌아가더니, 짧은 줄이 달린 마우스를 끌어서 무엇인가를 클릭했다.

"어, 줄리엣……?"

그러나 그녀는 이미 비틀거리며 문밖으로 나가서, 길고 고통스러운 하강을 준비하고 있었다.

"줄리엣!"

고개를 돌려보니 피터가 엉덩이에 매단 무전기를 잡고 뒤따라 달려오고 있었다.

"뭐지?" 줄리엣이 물었다.

"죄송합니다……. 이게…… 이걸 어떻게 해야 할지 모르겠는데……."

"그냥 말해요." 그녀는 초조하게 말했다. 머릿속에는 목을 매단 꼬마 스코티 생각으로 가득했다. 상상 속에서 그의 목에 걸린 줄은 묶음선이 되어 있었다. 맨 정신으로 꾸는 악몽, 그녀의 우울한 생각들이 머릿속에서 스코티가 죽는 장면을 그렇게 만들었다.

"방금 제 앞으로 전신을 받았는데……."

"원한다면 계속해요. 하지만 난 내려가봐야 해." 줄리엣은 계단 쪽으로 몸을 돌렸다.

피터가 그녀의 팔을 잡았다. 거칠게. 힘이 들어간 손아귀로.

"죄송하지만, 전 보안관님을 구금해야 합니다……."

줄리엣은 빙그르르 몸을 돌리고 피터도 얼마나 자신 없는 표정인지를 보았다.

"뭐라고?"

"전 제 의무를 다할 뿐입니다, 보안관님. 정말이에요." 피터가 강철 수갑에 손을 뻗었다. 줄리엣은 피터가 한쪽 고리를 그녀의 손목에 채우고 반대쪽 고리를 더듬거리는 동안 그를 믿을 수 없다는 표정으로 바라보았다.

"피터, 이게 무슨 일이죠? 난 지금 친구에게 가봐야 하는데……."

그는 고개를 저었다. "컴퓨터에서 보안관님이 용의자라고 했어요. 전 명령대로 할 뿐입니다……."

그 말과 함께 두 번째 고리가 철컥 소리를 내며 손목에 채워졌고, 줄리엣은 후배가 목을 매단 모습을 마음속에서 떨쳐버리지 못한 채 어안이 벙벙해서 자신이 처한 곤경을 내려다보기만 했다.

26

면회는 가능했지만, 줄리엣이 누구에게 이런 모습을 보이고 싶겠
는가? 아무에게도. 그래서 그녀는 보이지 않는 곳에서 떠오르는 태
양이 바깥의 황량한 풍경을 밝히는 가운데, 서류철도 유령도 없는
바닥에서 철창에 등을 대고 앉아 있었다. 그녀는 혼자였다. 원한 적
이 있기는 했는지도 잘 알 수 없는 직업을 빼앗기고, 지나온 길에는
시체 무더기를 남기고, 단순하고 쉽게 이해할 수 있었던 인생은 엉
망으로 흐트러진 채.

"다 지나갈 일이야." 뒤에서 누군가가 말했다. 철창에서 몸을 떼
어 돌아보니 버나드가 양손으로 철창을 잡고 서 있었다.

줄리엣은 버나드에게서 멀찍이 떨어져, 회색 풍경을 등지고 침대
위에 앉았다.

"내가 한 일이 아닌 줄 알잖아요. 그 애는 내 친구였어요."

버나드는 얼굴을 찌푸렸다. "무슨 죄목으로 구금됐다고 생각하

는 건가? 그 아이는 자살했어. 최근에 일어난 비극들로 제정신이 아니었던 모양이더군. 사람들이 친구나 가족과 떨어져서 새로운 사일로 구역으로 이사하고, 잘 맞지도 않는 자리에 취직했을 때 그런 전례가 없지도…….”

“그렇다면 난 왜 여기 갇혀 있죠?” 줄리엣이 물었다. 문득 이중 청소는 있을 리 없다는 생각이 머리를 스쳤다. 청소한 지 얼마 안 지난 센서를 또 청소할 리는 없었다. 옆쪽으로, 복도 저편에서 마치 더 가까이 오지 못하게 막는 물리적인 방어벽이라도 있다는 듯이 발을 끌며 서성이고 있는 피터의 모습이 보였다.

“승인받지 않은 34층 침입, 사일로 구성원에 대한 협박, IT부 일에 대한 간섭, 보안 구역에서 IT부의 재산을 내보낸 일…….”

“쥐똥 같은 소리. 난 당신네 직원이 불러서 갔어요. 얼마든지 거기 들어갈 자격이 있었다고!”

“그건 조사해보기로 하지. 흠, 여기 피터가 말이지. 안타깝지만 자네 컴퓨터는 증거물로 압수해야 할 것 같군. 아래에 있는 내 부하들이 그걸…….”

“당신 부하들? 시장 노릇을 하려는 겁니까, IT부 책임자로 살려는 겁니까? 〈협정〉에는 확실히 둘 다 할 수는 없다고 적혀 있던데.”

“그 조항은 곧 투표에 부칠 거네. 〈협정〉은 예전에도 고친 적이 있지. 그럴 필요가 있으면 바꾸도록 되어 있거든.”

“그래서 내가 방해가 되지 않게 치우고 싶은 거군.” 줄리엣은 피터 빌링스를 볼 수 있고, 피터 빌링스도 그녀를 볼 수 있게 철창 쪽으로 바짝 다가섰다. “처음부터 네 녀석이 이 자리를 얻게 되어 있었겠지, 안 그래?”

피터는 슬금슬금 보이지 않는 곳으로 이동했다.

"줄리엣. 줄스." 버나드는 고개를 저으며 혀를 끌끌 찼다. "치우고 싶어 할 리가 있나. 사일로 안의 누구에게도 그런 건 바라지 않아. 난 사람들이 자기 자리에 있길 바라네. 잘 맞는 곳에 말이야. 스코티는 IT부에 맞지 않았어. 이젠 알겠어. 그리고 자네도 꼭대기에 맞는 사람은 아니라고 봐."

"그래서, 뭐죠? 난 다시 기계부로 추방인가? 일이 그렇게 돌아가는 건가요? 쥐똥 같은 혐의로?"

"추방이라니 참 끔찍한 말이군. 분명히 그런 뜻은 아니었겠지? 그리고 자네도 예전 직업을 되찾고 싶지 않나? 그때가 더 행복하지 않았어? 여기에는 그림자 경험도 없는 자네가 배울 게 너무 많아. 게다가 자네를 이 자리에 데려왔고, 도와줘야 했을 사람들은……"

버나드는 거기에서 말을 끊었고, 어째서인지 그런 식으로 문장을 허공에 매달아두어 나머지 부분을 떠올릴 수밖에 없게 만드는 것이 더 잔인했다. 그녀는 애도의 과일 껍질을 얹은 채 막 갈아엎어서 도독하게 올라온 정원의 봉분 두 개를 그려보았다.

"증거물로 필요하지 않은 소지품은 다 챙겨서 직접 아래로 돌아가게 해주겠네. 가는 길에 부보안관실마다 들러서 진행 상황을 보고하기만 하면, 기소는 취하하지. 내 작은…… '용서'의 유예 기간을 연장한 셈 치고."

버나드는 빙긋 웃고 안경을 바로잡았다.

줄리엣은 이를 갈았다. 그러고 보니 평생 한 번도 누군가의 얼굴을 때린 적이 없다는 생각이 들었다.

그리고 바로 주먹을 날리지 않은 이유는 오직 빗나갈 수도 있다는, 제대로 맞추지 못하고 철창에 손가락만 부러뜨릴지 모른다는 우려뿐이었다.

꼭대기에 도착한 지 일주일밖에 지나지 않았는데, 줄리엣은 가져왔던 소지품보다도 더 적은 물건을 가지고 떠나고 있었다. 다시 받은 기계공의 파란색 작업복은 그녀에게 한 치수가 컸다. 피터는 작별 인사도 하지 않았다. 줄리엣은 그게 분노나 비난보다는 부끄러움 때문이라고 생각했다. 피터는 식당을 가로질러 계단 꼭대기까지 따라왔다. 줄리엣이 악수를 청하려고 몸을 돌리자, 발끝만 내려다보고 있는 피터의 모습이 눈에 들어왔다. 양 엄지손가락은 작업복에 찔러 넣고, 왼쪽 가슴에는 보안관 배지를 비스듬히 단 채였다.

줄리엣은 사일로 전체를 관통하는 긴 내리막길을 걷기 시작했다. 올라올 때보다 육체적으로는 훨씬 덜 힘들었지만, 다른 식으로 더 힘이 빠지는 길이었다. 사일로에 정확히 무슨 일이, 그리고 왜 일어나고 있는 걸까? 그녀는 자신이 벌어지는 일 한가운데에서 책임을 일부 짊어지고 있다는 느낌을 지울 수 없었다. 애초에 그녀를 기계부에 놓아두었더라면, 두 사람이 그녀를 보러 오지 않았더라면 아무 일도 일어나지 않았을 것이다. 여전히 발전기의 조정 상태에 대해 욕을 퍼붓고, 피할 수 없는 고장이 일어나서 혼돈 속으로 굴러떨어질 날을, 발전기를 다시 만드는 데 걸릴 수십 년 동안 비상용 전력으로 살아가는 방법을 배워야 할 날을 기다리면서 밤잠을 이루지 못하고 있었으리라. 그러나 대신 그녀는 다른 종류의 고장을 목격하고 말았다. 발전기 스위치가 아니라 시신이 떨어지는 고장을. 가

없은 스코티에 대한 죄책감이 가장 컸다. 그토록 많은 가능성과, 그토록 많은 재능을 지닌 청년이 한창때도 되지 않아 가다니.

보안관 생활은 잠시뿐이었고 가슴에 별이 붙어 있던 것도 눈 깜짝할 시간이었지만, 그녀는 스코티의 죽음을 수사하고 싶다는 강렬한 충동을 느꼈다. 그 아이가 자살하다니 뭔가 들어맞지 않는 구석이 있었다. 물론 징후는 있었다. 스코티는 자기 사무실을 떠나길 두려워했다. 하지만 그건 워커 밑에서 그림자로 일했으니 그 노인에게 은둔 습관을 배워서인지도 몰랐다. 또 너무 큰 비밀을 품고 있는 그 어린 가슴은 그녀에게 빨리 와달라고 전신을 보낼 만큼 겁에 질려 있기도 했다. 하지만 그녀는 자기 그림자처럼 스코티를 잘 알았고 자살할 사람이 아니라는 것도 알았다. 그러고 보니 퍼뜩 만스는 과연 자살할 사람이었나 의문이 들었다. 잔스가, 나이 든 시장이 지금 옆에 있다면 줄스에게 두 사람 모두의 죽음을 수사하라고 소리치고 있을까? 이 모든 사건이 하나도 들어맞지 않는다고?

"못 해요." 줄리엣은 유령에게 속삭였고, 그 소리에 위로 올라가던 운반인 하나가 그녀를 돌아보았다.

줄리엣은 계속 혼자 생각에 잠겼다. 아버지가 일하는 육아실이 가까워지자 층계참에 멈춰 서서, 아버지를 보러 들어갈까 말까를 올라갈 때보다 더 오랫동안 심각하게 고민하기도 했다. 지난번에는 자존심 때문에 들어가지 않았다. 그리고 이제는 부끄러움 때문에 발을 재촉해 다시 아버지로부터 멀어졌다. 나선 계단을 내려가면서는 오래전 기억 속에서 쫓아낸 과거의 유령들을 생각하는 스스로를 꾸짖었다.

34층, IT부로 들어가는 입구에서 줄리엣은 다시 한번 멈출까를 고민했다. 스코티의 사무실에 단서가 있을 것이다. 아직 놈들이 닦아버리지 못한 단서가 있을지도 모른다. 그녀는 고개를 저었다. 마음속에서 이미 음모에 대한 가능성이 싹트고 있었다. 그리고 범죄 현장을 뒤로하고 떠나기 힘든 만큼이나, 스코티의 사무실에 가까이 갈 수 없다는 것 역시 잘 알았다.

줄리엣은 계속 계단을 내려가면서 사일로 내 IT부의 위치를 생각했다. 이게 우연일 리가 없었다. 첫 번째 부보안관실에 들르려면 중층부 한가운데까지 32층을 더 내려가야 했다. 보안관 사무실은 33층이나 위에 있었다. 그러니까 IT부는 사일로 안에서 보안관 사무실들과 제일 멀리 떨어져 있는 셈이었다.

줄리엣은 이 편집증적인 생각에 고개를 내저었다. 진단은 그렇게 내리는 게 아니었다. 아버지라면 그렇게 말했으리라.

정오 무렵에 첫 번째 부보안관을 만나고, 뭔가를 먹어야 한다는 독촉과 함께 빵 한 덩어리와 과일을 받아 든 후, 줄리엣은 빠른 속도로 중층부를 통과했다. 중층부 위쪽에 있는 아파트 지역을 지나면서 루카스가 어느 층에 살지, 그녀가 체포된 일을 알기는 할지 생각하기도 했다.

지난 일주일의 무게가 줄리엣을 계단 아래로 잡아당기고, 중력역시 발걸음을 아래로 빨아들였다. 보안관실이 등 뒤에서 멀어지면서 보안관이라는 중압감도 사라져갔다. 그 중압감은 기계부가 가까워올수록 서서히, 아무리 치욕적인 상황이라도 친구들에게 돌아가고 싶다는 열망으로 바뀌었다.

줄리엣은 120층에서 심층부 부보안관인 행크에게 들렀다. 그와는 오랫동안 알고 지낸 터이다 보니, 곧 익숙한 얼굴들, 그녀가 떠나 있던 시간을 낱낱이 아는 것처럼 침울한 분위기로 손을 흔들며 인사하는 사람들에게 둘러싸였다. 행크는 잠시 쉬고 가라고 했지만, 줄리엣은 행크가 서운하지 않을 만큼만 머무르다 물통을 채운 다음, 발을 끌면서 자신이 진정 속한 곳까지 남은 20층을 내려갔다.

녹스는 줄리엣을 되찾아서 신이 난 사람 같았다. 갈비뼈가 부러지도록 꽉 끌어안고는 번쩍 들어 올려 턱수염을 줄리엣의 얼굴에 비벼댔다. 녹스에게서 기름과 땀 냄새가 났다. 심층부에 있을 때는 줄리엣 자신도 벗어난 적이 없기에 깨닫지 못하던 냄새였다.

예전에 쓰던 방으로 걸어가는 길에는 등짝을 두드리는 손길, 덕담, 꼭대기에 대한 질문, 짓궂게 보안관이라고 부르는 목소리와 줄리엣이 그 속에서 자랐고 익숙해진 무례한 장난들이 이어졌다. 무엇보다도 그게 더 슬펐다. 그녀는 무엇인가를 하려고 떠났다가 실패했다. 그런데도 친구들은 그저 그녀가 돌아왔다는 사실에 기뻐했다.

두 번째 교대조의 셜리가 복도에서 줄리엣을 발견하고는 방까지 동행했다. 셜리는 마치 줄리엣이 잠시 휴가를 다녀왔을 뿐이라는 듯 최근의 발전기 상태와 새로운 유정에서 나온 생산량을 알려주었다. 줄리엣은 문 앞에서 셜리에게 고맙다고 인사하고, 문 아래에 쌓인 쪽지들을 걷어차면서 안으로 들어갔다. 너무 지치고 속이 상해서 눈물도 나오지 않는 상태로 작은 배낭을 벗어 던지고, 침대 위로 무너져 내렸다.

줄리엣은 한밤중에 깨어났다. 작은 디스플레이 단말기가 굵은 녹색 숫자로 시간을 알렸다. 새벽 2시 14분이었다.

줄리엣은 사실 자기 것도 아닌 작업복을 입은 채로 낡은 침대 끝에 걸터앉아서 상황을 점검했다. 그녀의 인생은 아직 끝나지 않았다. 그저 그렇게 느껴질 뿐이었다. 내일은 사람들이 기대하지 않더라도 구덩이 속 일터로 돌아가서 사일로가 계속 진동하게 만들고, 자신이 제일 잘하는 일을 하리라. 다른 생각과 책임감들은 밀어두고 현실에 눈을 떠야 했다. 벌써 모든 일이 까마득하게 느껴졌다. 스코티의 장례식에도 갈 것 같지 않았다. 그 시신을 원래 속한 곳에 묻을 수 있게 아래로 보내준다면 몰라도.

벽걸이 안에 넣어둔 키보드에 손을 뻗었다. 모든 물건에 더께가 앉아 있었다. 예전에는 조금도 알아차리지 못했었는데. 키보드는 그녀가 근무를 마치고 돌아올 때마다 묻혀 온 먼지로 지저분했다. 모니터에는 기름이 묻어 있었다. 그녀는 모니터를 닦아서 반짝이는 기름 층을 마구 문지르고 싶은 충동과 싸웠고, 아무래도 방을 제대로 청소해야겠다고 생각했다. 그녀는 때 묻지 않고 전보다 더 비판적인 눈으로 사물을 보고 있었다.

무의미한 잠을 재촉하는 대신, 다음 날 근무 기록을 확인하려고 모니터를 켰다. 지난 일주일을 마음속에서 몰아낼 수 있다면 뭐든 좋았다. 하지만 업무 관리 프로그램을 열기 전에 먼저 전신이 열 개가 넘게 들어온 수신함이 보였다. 이렇게 많은 전신을 받아본 적이 없었다. 보통 사람들은 서로의 방문 아래로 종이쪽지를 밀어 넣었으니까. 하지만 체포 소식이 터졌을 때는 멀리 떨어져 있었고, 그 후로 한 번도 컴퓨터를 쓰지 못했다.

이메일 계정에 접속해 제일 최근에 들어온 전신을 열었다. 녹스가 보낸 것이었다. 세미콜론과 괄호뿐인, 0.5치트짜리 웃는 얼굴 이모티콘.

줄리엣은 어쩔 수 없이 마주 웃고 말았다. 아직도 살갗에서 녹스의 체취를 맡을 수 있었다. 문득 그 덩치 큰 야수에게는 수군거림이라는 형태로 계단 아래까지 흘러내려온 그녀를 둘러싼 온갖 말썽과 문젯거리들도 그녀의 귀환에 비하면 별것 아니었으리라는 사실을 깨달았다. 그에게는 지난주에 일어난 최악의 일이 아마 그녀를 다시 첫 번째 근무조에 넣기 위한 씨름이었을 것이다.

줄리엣은 다음 메시지로 넘어갔다. 세 번째 교대조의 조장이 귀환을 환영한다고 보낸 것이었다. 아마 자기 조원들이 그녀의 교대조를 돕느라 보내야 했던 초과 근무시간 때문이리라.

더 있었다. 하루치 급료에 해당하는 셜리의 메시지에는 여행 잘하라는 인사가 담겨 있었다. 모두 그녀가 꼭대기에서 확인하길 바란 것들로, 내려오는 여행길이 편안하기를, 자기혐오에 빠지거나 굴욕감을 느끼거나 실패했다고 느끼지 않기를 빌고 있었다. 얼마나 사려 깊은 말들인지 눈물이 절로 고였다. 컴퓨터가 없어지고 뽑힌 전선들만 구불구불 놓여 있을 그녀의 책상, 아니 홀스턴의 책상을 떠올렸다. 보낸 사람들이 바란 시간에는 이 메시지들을 읽을 방법이 없었다. 그녀는 눈물을 닦고 이 많은 전신들을 돈 낭비로 생각하기보다는, 심층부에서 그녀가 가진 우정의 사치스러운 징표로 생각하려 했다.

하나의 흐름을 갖고 읽다 보니, 마지막 메시지가 두 배로 눈에 거슬렸다. 두 문단짜리였다. 줄리엣은 공적인 문서라고 생각했다. 그녀의 범죄 행위를 열거한 공식 판결이라든가. 그런 길이는 보통 휴일에, 시장실에서 모든 사일로 구성원에게 보내는 메시지에서밖에 보지 못했다. 하지만 곧 보낸 사람이 스코티라는 게 눈에 들어왔다.

줄리엣은 허리를 펴고 앉아 머리를 맑게 하려고 했다. 눈물에 흐려진 시야를 욕하면서 처음부터 읽었다.

J—,
거짓말했음. 이걸 지워버릴 수가 없었음. 더 찾아냄. 내가 빼돌려준 테이프? 그때 한 농담이 진짜였음. 그리고 그 프로그램, 큰 화면용이 아님. pxl 밀도가 안 맞아. 32,768×8,192라니! 크기가 정확하진 않은데. 8′×2′? 그렇다면 정말 많은 pxl.
더 맞춰보는 중. 운반인을 못 믿겠어서 전신으로 보냄. 가격 따위, 답장해요. 기계부로 옮겨야 함. 여긴 안전하지 않음.

—S

줄리엣은 편지를 한 번 더 읽었고, 지금은 울고 있었다. 여기에 그녀에게 경고하는 유령의 진짜 목소리가 있었다. 다만 너무 늦었다. 그리고 그건 자살을 계획하는 사람의 목소리가 아니었다. 확신할 수 있었다. 발송 시간을 확인했다. 그저께 그녀가 사무실에 돌아가기도 전, 스코티가 죽기 전에 보낸 전신이었다.

스코티가 살해당하기 전이라고, 그녀는 스스로의 생각을 바로잡았다. 분명히 스코티의 염탐이 들통났거나, 아니면 그녀의 방문이 경보를 울렸을 것이다. IT부에서 무엇을 볼 수 있는지, 그녀의 이메일 계정도 깨고 들어갈 수 있는지 궁금했다. 분명히 아직 그러지는 못했을 것이다. 그렇지 않다면 이 편지가 그 자리에서 기다리고 있었을 리가 없었다.

줄리엣은 불현듯 침대에서 벌떡 일어나 문가에 놓인 쪽지를 하나 집었다. 배낭 안을 뒤져서 목탄 조각을 꺼내고, 침대에 다시 앉았다. 그리고 이상한 철자까지 포함해서 전신 내용 전체를 옮겨 적고, 숫자마다 두 번씩 확인한 다음, 메시지를 삭제했다. 팔에 소름이 돋아 있었다. 마치 증거를 없애기 전에 보이지 않는 누군가가 컴퓨터 안으로 잠입하려고 달려오고 있는 것만 같았다. 그녀는 스코티가 송신함에서 이 내용을 지울 만큼 조심스러웠을까 생각하고, 제대로 생각할 수 있는 상태였으면 그랬을 거라고 추측했다.

베껴 쓴 편지를 손에 쥐고 침대에 물러나 앉았다. 다음 날 근무 기록에 대한 생각은 완전히 잊었다. 그 대신 나선형을 그리면서 사일로의 심장부를 관통하고 그녀 주위를 돌고 있는 불길한 상황을 찬찬히 살폈다. 상황은 위부터 아래까지 다 나빴다. 거대한 기계장치가 어긋났다. 지난 일주일 동안 그 소음을 들을 수 있었다. 받침대에서 벗어나면서 그 뒤에 시체들을 남기는 이 기계의 쿵쿵거리고 덜그럭거리는 소리를.

그리고 그 소리를 들을 수 있는 사람은 줄리엣뿐이었다. 아는 사람도 줄리엣 혼자였다. 누구를 믿고 상황을 바로잡는 데 도움을 받을 수 있을지 알 수 없었다. 하지만 이것만은 알았다. 상황을 바로잡으려면 '전력'을 줄여야 한다는 것. 그리고 이번에 일어날 일은 결코 '휴일'이라고 부를 수 없을 것이었다.

27

줄리엣은 5시에 워커의 전기 수리점 앞에 나타났다. 워커가 자고 있지 않을까 걱정했지만, 복도에 부드럽게 퍼지는 특유의 납땜 냄새를 맡을 수 있었다. 열린 문을 두드리고 들어가자, 워커가 납땜기 끝에서 나선형으로 피어오르는 연기에 싸인 채 자신의 초록색 전자 기판에서 고개를 들었다.

"줄스!" 워커는 확대경을 희끗희끗한 머리 위로 밀어 벗어놓고 납땜기도 철제 작업대 위에 내려놓았다. "네가 돌아왔다는 말은 들었다. 쪽지를 보내려고 했는데⋯⋯." 그는 작업 주문서가 대롱대롱 매달린 부품 더미 쪽으로 손을 흔들었다. "어지간히 바빠야 말이지."

"됐어요." 줄리엣은 워커를 한 번 끌어안았다. 전기 불꽃 냄새를 맡으니 워커에 대한 기억이 많이 떠올랐다. 그리고 스코티에 대한 기억도. "이렇게 아저씨 시간을 뺏는 것만으로도 미안해해야 할 텐데요 뭘."

"허?" 그는 물러서서 숱 많은 하얀 눈썹과 주름진 피부를 걱정으로 일그러뜨리고 그녀를 살폈다. "나한테 줄 거라도 있는 게냐?" 그는 어디가 고장 났나 그녀를 위아래로 훑어보았다. 평생 수리해야 할 장치들을 떠안고 살면서 생긴 습관이었다.

"사실은 아저씨 두뇌를 빌리고 싶었어요." 줄리엣은 작업대 걸상에 앉았고, 워커도 똑같이 했다.

"말해봐라." 그는 소맷부리로 이마를 닦았다. 줄리엣은 워커가 얼마나 더 늙었는지 알아보았다. 그녀는 흰머리가 그렇게 많지 않고, 주름과 검버섯이 없었던 시절의 그를 기억했다. 그림자를 거느리던 시절의 그를 기억했다.

"스코티에 관한 거예요." 그녀는 경고했다.

워커는 고개를 옆으로 돌리고 끄덕였다. 무슨 말인가를 하려다가 주먹으로 가슴을 몇 번 치고 목청을 가다듬었다. "징글맞게 부끄러운 일이다." 워커가 겨우 꺼낸 말은 그게 다였다. 그러고는 잠시 동안 바닥을 내려다보았다.

"나중에 얘기할 수도 있어요. 시간이 필요하시면……."

"내가 그 자리를 맡으라고 녀석을 설득했다." 워커는 고개를 저으며 말했다. "제안이 왔을 때, 그 녀석이 거절할까 봐 겁먹었던 기억이 나는구나. 나 때문이었어, 알겠니? 자기가 떠나면 내가 당황할까 봐 너무 걱정을 하기에, 그 녀석이 그냥 여기 영영 머물지도 모르겠다 싶어서, 그래서 그 제안을 받아들이라고 부추겼지." 그는 물기가 반짝이는 눈으로 그녀를 쳐다보았다. "녀석에게 선택은 자유라는 사실을 알려주고 싶었을 뿐이다. 밀어내려던 게 아니었어."

"아저씨 잘못이 아니에요. 아무도 그렇게 생각하지 않고, 아저씨도 그러시면 안 돼요."

"녀석이 위에서 행복했던 것 같지가 않아. 집이 아니었으니까."

"스코티는 우리에게는 너무 영리했어요. 그 점을 잊지 마세요. 우리가 늘 하던 말이잖아요."

"녀석은 널 사랑했어." 워커는 그렇게 말하고 눈가를 닦았다. "제길, 그 녀석이 널 보던 눈을 생각하면."

줄리엣도 눈물이 다시 솟는 느낌이었다. 그녀는 주머니에 손을 넣어서 종이쪽지 뒷면에 베껴 쓴 전신 내용을 꺼냈다. 왜 여기에 왔는지 다시 떠올렸다. 사건을 짜 맞추어야 했다.

"그저 편한 길을 택할 녀석으로 보이진 않아서……." 워커는 중얼거렸다.

"아니, 그런 게 아니에요. 워커 아저씨, 제가 아저씨와 의논해야 할 일은 이 방을 나가면 안 돼요."

그는 웃음을 터뜨렸다. 흐느끼지 않기 위한 웃음 같았다. "내가 이 방을 떠나기나 하나."

"음, 다른 누구와도 의논하시면 안 돼요. 아무도요. 아셨죠?"

그는 고개를 주억거렸다.

"전 스코티가 자살했다고 생각하지 않아요."

워커는 두 손을 던지다시피 들어 올려 얼굴을 가렸다. 그는 몸을 앞으로 숙이고 울기 시작했다. 줄리엣은 걸상에서 일어나서 워커의 떨리는 등에 팔을 둘렀다.

"그럴 줄 알았다." 워커는 손에 얼굴을 묻은 채 흐느끼며 말했다. "그럴 줄 알았어, 그럴 줄 알았어." 그러고는 며칠 동안 깎지 않은 하얀 수염 위로 눈물을 떨구며 줄리엣을 올려다보았다. "누가 한 짓이냐? 그놈들이 대가를 치르겠지, 그렇지? 누가 한 짓인지 말해다오, 줄스."

"누군지는 몰라도, 멀리서 움직였을 것 같진 않아요."

"IT부 놈들이냐? 망할 놈들."

"워커 아저씨, 이 문제를 푸는 데 아저씨 도움이 필요해요. 스코티가 저한테 전신을 보냈는데 그게 아마…… 살해당하기 조금 전이었을 거예요."

"너한테 전신을 보냈다고?"

"네. 보세요, 전 그날 스코티를 만났어요. 저보고 내려와달라고 했거든요."

"IT부로 내려와달라고?"

그녀는 고개를 끄덕였다. "제가 전임 보안관의 컴퓨터에서 찾은 게 있는데……."

"홀스턴 말이지." 워커는 짧게 고개를 끄덕였다. "지난번 청소부. 그래, 녹스가 네가 보낸 물건이라고 가져온 게 있었지. 프로그램 같았어. 내가 녹스더러 스코티가 누구보다 잘 알 거라고 말했다. 그래서 그걸 스코티에게 전달했고."

"네, 그 생각은 맞았어요."

워커는 뺨을 닦고 고개를 주억거렸다. "그 녀석은 우리 중 누구보다 똑똑했어."

"알아요. 스코티는 그게 아주 세세한 영상을 만드는 프로그램이라고 했어요. 우리가 보는 바깥 풍경 같은 영상을 만드는 거라고."

줄리엣은 워커가 어떻게 반응하나 보려고 한 박자 기다렸다. 대부분의 장소에서는 '바깥'이라는 말을 쓰는 것조차도 금기였다. 워커는 꿈쩍도 하지 않았다. 그녀가 기대한 대로, 그는 어린 시절의 두려움을 넘어설 만큼 나이가 들었다. 그리고 아마 아무래도 상관없을 만큼 외롭고 슬프기도 했을 것이다.

"하지만 스코티가 보낸 이 전신에서는 'pxl'이라는 게 너무 밀도가 높다는 소릴 했어요." 그녀는 베껴 쓴 종이를 보였다. 워커는 확대경을 집어 들고 이마로 밴드를 내렸다.

"픽셀." 그는 코를 훌쩍이며 말했다. "그림을 만드는 화소, 작은 점들 얘기다. 점 하나하나를 픽셀이라고 하지." 그는 쪽지를 받아 들고 좀 더 읽었다. "거기가 안전하지 않다고 해놨구나." 워커는 턱을 문지르고 고개를 저었다. "망할 놈들."

"워커 아저씨, 어떤 화면이 8인치 곱하기 2인치 크기일까요?" 줄리엣은 작업장 사방에 흩어진 보드와 디스플레이와 느슨한 전선 뭉치를 둘러보았다. "그런 화면이 있나요?"

"8인치에 2인치? 서버 컴퓨터 같은 물건 앞면에 달린 정보 판독기일지도 모르지. 글 몇 줄, 내부 온도, 처리 속도 정도를 보여주기에 맞는 크기니까." 그는 고개를 저었다. "하지만 이런 픽셀 밀도로 만들지는 않아. 그게 가능하다고 해도, 말이 되질 않아. 코앞에 이런 그림이 있다면 사람 눈으로는 픽셀을 구분할 수가 없을걸."

그는 까칠하게 자란 수염을 문지르고 쪽지를 좀 더 들여다보았다. "테이프와 농담에 대한 헛소리는 또 뭐냐? 이게 무슨 소리야?"

줄리엣은 그 옆에 서서 쪽지를 보았다. "저도 생각하고 있었어요. 분명히 예전에 절 위해 챙겨 줬던 열 테이프 이야기일 거예요."

"그거라면 기억이 날 것 같은데."

"전에 겪었던 말썽 기억나세요? 우리가 열 테이프로 감싼 배기관에 거의 불이 날 뻔했잖아요. 그 물건은 완전 쓰레기였어요. 아마 스코티가 테이프는 잘 도착했냐고 쪽지를 보냈을 거고, 전 잘 도착했다고, 고맙다고, 하지만 그 테이프는 일부러 그렇게 만들었어도 그 정도로 잘 떨어질 순 없는 수준이라고 답장을 했던 것 같아요."

"그게 네 농담이었냐?" 워커는 걸상에서 몸을 돌려서 작업대 위에 팔꿈치를 올렸다. 그는 계속 목탄으로 베껴 쓴 편지를 들여다보고 있었다. 마치 그 종이가 스코티의 얼굴이라는 듯이, 그의 어린 그림자가 마지막으로 중요한 말을 해주러 돌아왔다는 듯이.

"그런데 스코티는 제 농담이 사실이라고 썼죠. 전 누구에게든 말하고 싶어서 죽을 것 같은 기분을 누르면서 세 시간 동안 그 문제를 생각했어요."

워커는 어깨 너머로 그녀를 돌아보고 눈썹을 치켜떴다.

"전 보안관이 아니에요, 아저씨. 그렇게 태어나질 않았어요. 꼭 대기로 가지 말았어야 했어요. 하지만 다른 누구나와 마찬가지로 지금 이 말을 하면 청소형을 당할 거라는 건 잘 알아요……."

바로 그 순간 워커가 걸상에서 미끄러져 나오더니 줄리엣에게서 멀어졌다. 줄리엣은 괜히 왔다고, 괜히 입을 열었다고, 다 될 대로 되라고 생각하고 그냥 첫 번째 교대근무에나 갈 걸 그랬다고 스스로를 저주했다.

워커는 수리점 문을 닫아걸었다. 그리고 줄리엣을 보고 한 손가락을 들더니, 공기 압축기로 가서 호스를 하나 뽑았다. 그런 다음 압축기를 켜자 모터가 압력을 높이기 시작했고, 열린 구멍으로 압력이 새어 나오면서 지속적으로 요란한 소리를 냈다. 그는 압축기

엔진 소리가 시끄럽게 울리는 가운데 작업대로 돌아와 앉았다. 크게 뜬 눈으로 그녀에게 계속하라고 호소했다.

"저 위에 언덕이 하나 있어요." 줄리엣은 목소리를 조금 높여야 했다. "아저씨가 그 언덕을 마지막으로 본 게 언젠지는 모르겠지만, 그 언덕 골짜기에는 부둥켜안은 두 사람의 몸뚱이가 있어요. 한 남자와 그의 아내예요. 잘 보면 그 풍경 여기저기에서 그런 형상을 열댓 개는 볼 수 있죠. 모두 청소부들이고, 모두 다양한 부식 단계에 있어요. 물론 대부분은 사라졌고요. 오래전에 썩어서 먼지가 됐어요."

워커는 그녀가 설명하는 그림에 고개를 내저었다.

"청소부들에게 살아남을 기회를 주자고 보호복을 개량한 게 몇 년이죠? 100년?"

그는 고개를 끄덕였다.

"그런데 아무도 더 멀리 가지 못했어요. 그리고 청소할 시간이 부족했던 적도 한 번도 없어요."

워커는 고개를 들고 그녀와 눈을 마주쳤다. "네 농담이 사실이라고 했지. 열 테이프. 일부러 잘 떨어지게 만든 거라고."

줄리엣은 입술을 오므렸다. "제가 생각하는 것도 그거예요. 하지만 열 테이프만이 아니에요. 몇 년 전에 왔던 밀봉 테이프 기억하세요? 사고로 우리에게 배달된 IT부용 테이프였는데, 양수기 안으로 녹아들어갔었죠."

"그래서 우린 IT부 놈들은 바보 멍청이들이라고 놀렸지."

"하지만 바보는 우리였던 거예요." 줄리엣이 말했다. 다른 사람에게 그 말을 해버리니 욕이 나오도록 기분이 좋았다. 이런 새로운 생각들이 허공에서 헤엄을 치니 정말 좋았다. 그리고 전신을 보내는 값이 비싼 이유 역시 그녀의 생각대로였다. 그들은 사람들이 대화하기를 원하지 않았다. 생각은 해도 좋다, 자기 생각은 품은 채로 묻어주겠다. 하지만 공동 작업은 안 된다. 어떤 무리도 서로 협력하지 말고, 생각을 교환하지도 마라.

"아저씨는 놈들이 우릴 여기 아래에 두는 게 석유에 가까워서라고 생각하시죠?" 그녀는 워커에게 물었다. "전 그렇게 생각하지 않아요. 이제는요. 전 놈들이 기계에 대한 감각이 조금이라도 있는 사람은 최대한 멀리 떨어뜨려놓고 있다고 생각해요. 공급망이 두 개가 있고, 서로 다른 두 가지 부품들이 만들어지는데, 철저히 비밀리에 진행되는 거죠. 누가 질문을 던지겠어요? 누가 청소형을 당할 위험을 감수하겠어요?"

"놈들이 스코티를 죽였다고 생각하니?" 워커가 물었다.

줄리엣은 고개를 끄덕였다. "워커 아저씨, 전 그보다 상황이 더 나쁘다고 생각해요." 그녀는 압축기가 덜덜거리는 소리와, 공기 새는 소리가 가득한 방 안에서 워커에게 가까이 몸을 기울였다. "전 놈들이 모두를 죽이고 있다고 생각해요."

28

줄리엣은 워커와 나눈 대화를 머릿속으로 재생하고 또 재생하면서 6시에 첫 번째 교대근무를 보고하러 갔다. 파견실에 들어서자 안에 있던 기술자들이 한결같이 사람을 난처하게 만드는 박수갈채를 보냈다. 무뚝뚝한 태도로 돌아간 녹스는 구석에서 노려보기만 했다. 이미 잘 돌아왔다고 환영했는데 한 번 더 할 리가 없는 사람이었다.

그녀는 전날 밤에 보지 못한 사람들에게 인사를 하고, 컴퓨터의 작업 대기열을 훑어보았다. 공고문은 이해가 갔지만 내용을 제대로 소화하기가 힘들었다. 마음속으로는 훨씬 덩치 큰 누군가에게, 혹은 누군가들에게 목 졸려 죽어가면서 혼란에 빠져 발버둥 치는 가엾은 스코티의 모습을 생각했다. 아마도 증거투성이였을 스코티의 작은 몸은 곧 흙 농장의 영양분이 될 거라는 생각을 했다. 더 멀리 가볼 기회도, 지평선 너머를 볼 기회도 얻지 못하고 언덕 위에 함께 누운 부부를 생각했다.

줄리엣은 작업 대기열에서 별로 머리 쓸 일이 없는 일을 고르고, 가엾은 잔스와 만스, 그리고 두 사람의 사랑이 얼마나 비극적이었는지에 대해 생각했다. 그녀가 만스를 제대로 읽었다면 그랬다. 이 방에 있는 모든 사람들에게 말하고 싶은 유혹이 강하게 꿈틀댔다. 메건과 릭스, 젱킨스와 마크를 둘러보며 자신이 조직할 수 있는 작은 결사단을 생각했다. 사일로는 근본까지 썩어 있었다. 악당이 시장 대행이 되고, 훌륭한 보안관이 있던 자리에는 꼭두각시가 들어갔다. 그리고 선량한 남자들과 여자들은 모두 죽어버렸다.

기계공들을 조직해 위층을 급습하여 잘못을 바로잡는다는 상상을 해보니 우스웠다. 그래서 그다음은? 이게 어렸을 때 배웠던 폭동이라는 걸까? 이런 식으로 시작된 걸까? 핏속에 불을 품은 어리석은 여자 하나가 바보들 한 무리의 마음을 흔들어서?

줄리엣은 입을 꾹 다물고 펌프실로 향했다. 아래에서 해야 할 수리 업무 말고도 위에서 고쳐야 할 문제들을 생각하면서 아침 기계공들의 대열에 합류했다. 옆 계단으로 내려가다가 공구실에 들러서 잡낭을 대출한 다음, 그 무거운 가방을 지고 심층부 깊은 곳으로 들어갔다. 사일로 내부에 차오르는 물을 빼내기 위해 끊임없이 펌프가 돌아가는 곳이었다.

세 번째 교대조에서 옮겨 온 캐릴이 벌써 물이 고인 오수 탱크 근처의 부식된 시멘트를 보수하고 있었다. 캐릴은 모종삽을 흔들었고, 줄리엣은 고개를 끄덕이며 애써 미소를 지어 보였다.

문제가 생긴 펌프는 한쪽 벽에 한가롭게 놓였고, 그 옆에서 대체 펌프가 힘차게 돌아가며 봉인 밖으로 물을 뿌리고 있었다. 줄리엣은 물의 높이를 가늠하려고 물탱크 안을 들여다보았다. 페인트로 쓴 '9' 자가 흙탕물 수면 바로 위에 보였다. 줄리엣은 물탱크의 지름을 떠올리고, 거의 3미터 가까이 가득 찼다는 사실을 더해서 얼른 계산을 해보았다. 좋은 소식은 신발이 젖을 때까지 최소한 하루는 걸린다는 점이었다. 최악의 경우는, 펌프를 수리하는 대신 새로 조립한 여분의 펌프와 교체한다고 잔소리를 퍼부을 헨드릭스를 상대하는 것이었다.

작은 대체 펌프의 물보라를 맞으며 고장 난 펌프를 뜯어내는 동안 줄리엣은 아침의 발견과 함께 얻은 새로운 관점으로 스스로의 삶을 생각해보았다. 그녀는 언제나 사일로를 당연하게 받아들였다. 사제들은 사일로가 언제나 여기에 있었다고, 사람을 아끼는 신께서 애정을 기울여 창조하신 곳이라고, 필요한 것은 모두 다 주어져 있었다고 말했다. 줄리엣은 예전에도 그런 이야기를 잘 받아들이지 못했다. 몇 년 전 처음으로 3천 미터 깊이를 통과해서 새로운 석유 매장지를 뚫은 팀에 속한 적이 있던 그녀였기에, 발아래 세상의 크기와 범위에 대해서는 짐작하고 있었다. 그리고 최근에는 까마득한 높이에서 구름이라는 이름의 허깨비 같은 연기 뭉치가 흘러다니는 바깥 풍경을 직접 보았다. 심지어 별도 보았고, 루카스는 별들이 상상할 수도 없는 먼 거리에 있다고 생각했다. 아래에는 그토록 많은 바위를 만들고 위로는 그토록 많은 공기를 만든 신이, 그 사이에 겨우 쥐꼬리만 한 사일로 하나만 만들 까닭이 있을까?

또한 무너져가는 건물들의 모습과 어린이책에 나오는 그림들도 있었다. 양쪽 다 단서를 쥔 것 같았다. 물론 사제들은 지평선에 보이는 건물들이야말로 인간이 경계선을 넘어가서는 안 된다는 증거라고 하겠지. 그러면 빛바랜 어린이책은? 작가들의 비현실적인 상상이고, 그런 그림에 영감을 받아서 일어난 온갖 말썽 때문에 교육 과정에서도 빠졌다고 하리라.

하지만 줄리엣은 그 책에 실린 그림이 상상 속 이미지라고 보지 않았다. 육아실에서 어린 시절을 보내면서 대출되지 않은 그림책을 읽고 또 읽었었다. 그리고 그녀에게는 어린이책의 내용과 시장에서 공연하는 신기한 연극들이 그들이 살고 있는 이 무너져가는 원통보다 더 수긍이 갔다.

줄리엣은 배수용 호스를 다 떼어내고 펌프를 모터에서 분리하기 시작했다. 철 부스러기가 떨어지는 것을 보면 날개바퀴가 씹혔다는 뜻이었고, 그렇다면 축을 당겨야 했다. 수없이 여러 차례 해본 일을 기계적으로 수월하게 헤쳐나가면서 다시 그런 어린이책을 채운 무수한 동물들을 생각했다. 대부분은 산 사람 누구도 본 적 없는 동물들이었다. 그녀는 그 책에서 비현실적인 부분은 모든 동물이 말을 하고 사람처럼 행동했다는 점뿐이라고 여겼다. 몇몇 책에는 그런 재주를 부리는 쥐와 닭이 나오기도 했는데, 쥐와 닭이 말을 할 수 없다는 건 그녀도 알고 있었다. 다른 동물들도 모두 어딘가에 존재하거나 존재했을 것이다. 그녀는 그 사실을 마음속 깊이 느꼈다. 그 동물들은 공상처럼 생기지 않았기 때문이다. 동물들의 생김새를 보면 똑같은 도면에 따라 만든 것 같았다. 사일로의 모든 펌프처럼 말이다. 이 펌프가 다른 펌프를 토대로 만들어졌다는 건 쉽게 알 수 있다. 특정한 설계가 통했고, 누군지는 몰라도 펌프 하나를 만든 사람이 나머지 모두를 만들었다.

사일로가 더 이치에 맞지 않았다. 신의 창조물이 아니었다. 아마 IT부가 설계했을 것이다. 새로운 가설이었지만, 점점 더 확신이 강해졌다. IT부가 모든 중요한 부분을 다 통제했다. 청소는 가장 높은 법이었고 가장 깊은 종교였으며, 둘 다 IT부의 비밀스러운 벽 안에서 한데 얽혀 둥지를 틀었다. 그리고 기계부와 IT부의 거리며 흩어져 있는 부보안관들은…… 또 하나의 단서였다. 사실상 IT부에 면책특권을 준 〈협정〉의 조항들은 말할 필요도 없었다. 그리고 이제는 두 번째 고리, 실패하게 만들어놓은 부품들을 발견하면서 바깥에서의 생존 시간을 연장하는 데 진척이 없는 이유가 나왔다. IT부가 이곳을 만들었고 IT부가 사람들을 이곳에 묶어두고 있었다.

줄리엣은 흥분한 나머지 볼트 하나를 떼어낼 뻔했다. 캐릴을 찾으려고 고개를 돌렸지만 손아래 동료는 이미 가고 없었다. 캐릴이 보수해둔 자리는 좀 더 짙은 회색으로 주위 시멘트와 섞일 시간을 기다렸다. 줄리엣은 눈을 들어 전선 도관과 파이프들이 벽을 통과해 올라가서 서로 얽히는 펌프실 천장을 훑어보았다. 증기 파이프들은 전선을 녹이는 일이 없도록 한쪽 구석에 몰아두었는데, 이런 파이프 중 하나에 열 테이프가 느슨하게 감겨 있었다. 곧 교체해야 하겠지. 그 테이프도 10년이나 20년쯤 됐을 테니. 그녀는 지금 처한 지저분한 상황의 많은 부분을 초래했다고 할 수 있는 훔친 테이프를 생각하고, 그 테이프가 위에서 20분이라도 살아남으면 행운이라는 것을 떠올렸다.

그 순간 줄리엣은 해야 할 일을 깨달았다. 모두의 눈을 가린 천을 떼어내고, 앞으로 실수하거나 감히 큰 소리로 희망을 말할 바보에게 호의를 베풀자. 정말 쉬운 일이었다. 직접 무엇인가를 만들어낼 필요도 없었다. 일은 사람들이 다 해줄 것이다. 사람들을 설득하기만 하면 되었고, 그녀는 설득에 아주 뛰어났다.

줄리엣은 고장 난 펌프에서 망가진 날개바퀴를 떼어내면서 머릿속으로 필요한 부품 목록을 생각하고 미소 지었다. 이 문제를 해결하기 위해서는 부품 한두 개만 교체하면 된다. 사일로 안의 모든 것이 다시 한번 제대로 돌아가게 만들 완벽한 해결책이었다.

줄리엣은 두 번의 교대근무 시간을 꼬박 일했다. 근육을 얼얼하게 아플 정도로 쓰고 나서야 공구를 반납하고 샤워를 했다. 손톱을 깨끗하게 유지하겠다고 결심하고 욕실 세면대 위에서 뻣뻣한 솔로 손톱을 문질렀다. 그리고 1층 식당에서 주는 멀건 토끼 스튜 말고 고단백 식품을 쌓아 올린 접시를 기대하며 식당으로 향하다가, 기계부 입구에서 행크 부보안관과 이야기 중인 녹스를 보았다. 두 사람이 고개를 돌려 바라보는 모습을 보니 그녀에 대해 이야기하고 있던 모양이었다. 줄리엣은 심장이 철렁했다. 처음 떠오른 생각은 아버지였다. 그다음에는 피터. 그녀가 아낄 만한 사람 중에 놈들이 빼앗아 갈 수 있는 사람이 또 누가 있을까? 루카스 일이라면, 그가 그녀에게 접촉할 줄은 몰랐을 것이다. 루카스가 그녀에게 어떤 존재인지는 스스로도 잘 모르겠지만.

줄리엣은 재빨리 방향을 바꾸어 두 사람 쪽으로 향했다. 그들 역시 그녀를 가로막으려고 다가왔다. 두 사람의 얼굴 표정은 그녀의 모든 두려움을 뒷받침했다. 뭔가 끔찍한 일이 생겼다. 줄리엣은 행크가 수갑에 손을 뻗는 것도 알아차리지 못했다.

"미안해, 줄스." 행크는 가까워지자 그렇게 말했다.

"무슨 일 생겼어요?" 줄리엣은 물었다. "아버지인가요?"

행크는 혼란스러운 듯 이마에 주름을 잡았다. 녹스가 고개를 휘

휘 저으며 턱수염을 씹고 있었다. 녹스는 잡아먹을 듯한 얼굴로 부보안관을 살폈다.

"녹스, 무슨 일이에요?"

"줄스, 미안하다." 녹스는 고개를 저었다. 더 말하고 싶지만 그럴 힘이 없는 듯했다. 줄리엣은 팔을 잡는 행크의 손길을 느꼈다.

"당신을 사일로에 반하는 중대한 범죄로 체포한다."

행크는 그 말을 슬픈 시에 나오는 구절처럼 읊었다. 강철이 그녀의 손목 주위에서 철컥 소리를 냈다.

"당신은 〈협정〉에 따라 심판을 받고 판결을 선고받을 것이다."

줄리엣은 녹스를 쳐다보았다. "이게 뭐예요?" 정말로 다시 체포당하는 건가?

"유죄로 판명되면, 당신에게는 명예를 지킬 기회가 주어진다."

"내가 뭘 하면 되겠냐?" 녹스가 작업복 아래로 어마어마한 근육을 씰룩거리며 속삭였다. 그는 두 번째 금속 고리가 그녀의 반대쪽 손목에 감기고 양손이 같이 묶이는 광경을 지켜보면서 자기의 두 손을 쥐어짰다. 기계부의 덩치 큰 우두머리는 폭력을, 또는 그보다 더한 무엇을 고려하고 있는 듯했다.

"진정해요, 녹스." 줄리엣이 말하고 그에게 고개를 저어 보였다. 자기 때문에 또 누군가가 다친다는 생각을 하면 도저히 견딜 수가 없었다.

"인류는 그대를 이 세상에서 추방하리니……." 행크가 수치심에 젖은 눈과 갈라지는 목소리로 계속 읊었다.

"놔두세요." 줄리엣은 녹스에게 말했다. 그녀는 녹스 너머로 두 번째 교대근무를 마치고 나오다가 돌아온 탕아가 수갑을 차는 광경을 보고 멈춰 선 일꾼들 쪽을 보았다.

"그 추방 속에서 그대의 죄가 닦이고 닦여 없어지리라." 행크가 끝을 맺었다. 그는 줄리엣의 손목 사이에 늘어진 쇠사슬을 잡고, 눈물이 흘러내리는 얼굴로 그녀를 쳐다보았다.

"미안하다." 행크가 말했다.

줄리엣은 그에게 고개를 끄덕였다. 입을 꼭 다물고 녹스에게도 고개를 끄덕였다.

"괜찮아요." 그녀는 계속 고개를 끄덕였다. "괜찮아요, 녹스. 그냥 두세요."

29

올라가는 길은 사흘이 걸릴 예정이었다. 원래 걸리는 시간보다 길었는데, 정해진 규칙이 있어서였다. 하루는 행크의 사무실까지 올라가서 그곳에 있는 유치장에서 밤을 보냈고, 다음 날 아침에 중층부 부보안관인 마시가 내려와서 자기 사무실까지 50층을 호송했다.

이틀째 오르는 길은 감각이 없었고, 지나가는 사람들의 표정은 기름에 뜬 물처럼 미끄러져 갔다. 그녀 스스로의 목숨을 걱정할 겨를은 없었다. 그녀 때문에 죽은 사람들을 포함하여, 잃어버린 모두를 떠올리기에만도 바빴다.

마시도 행크처럼 잡담을 시도했지만, 줄리엣이 생각할 수 있는 대답은 그들이 잘못된 쪽에 서 있다는 말뿐이었다. 악이 미쳐 날뛰고 있었다. 그녀는 말하지 않고 입을 다물었다.

중층부 부보안관실에서 줄리엣은 심층부에 있는 행크의 유치장과 거의 똑같은, 익숙한 유치장으로 안내받았다. 벽 스크린은 없이, 기본적인 브리즈 블록만 쌓인 벽이었다. 줄리엣은 마시가 문을 잠그기도 전에 침대에 쓰러졌다. 그렇게 몇 시간인지 모르게 누운 채로, 밤이 왔다가 지나가고 피터의 신임 부보안관이 와서 마지막 여행을 하게 될 새벽이 오기를 기다렸다.

손목시계를 자주 확인하는 줄리엣이었는데, 행크가 시계를 압수해 갔다. 그는 아마 시계태엽을 감을 줄도 모를 것이다. 시계는 결국 다시 고장 나고, 예쁜 끈을 거꾸로 감아도 그만인 쓸모없는 장신구로 돌아갈 것이다.

그렇게 생각하니 필요 이상으로 슬퍼졌다. 시간을 궁금해하며 빈 손목을 문지르고 있는데, 마시가 방문객이 있다는 말을 전했다.

줄리엣은 침대에서 일어나 앉았다. 누가 기계부에서 중층까지 올라왔을까?

철창 반대편에 루카스가 나타난 순간, 댐이 무너져 내릴 뻔했다. 울음을 참느라 목이 조이고, 턱이 아팠다. 가슴속의 공허가 터져 나올 것 같았다. 루카스는 철창을 꼭 잡고, 서글픈 미소를 지으며 매끄러운 강철봉에 관자놀이가 닿을 정도로 고개를 가까이 기울였다.

"안녕." 루카스가 말했다.

처음엔 거의 알아보지 못할 뻔했다. 어둠 속에서 보는 데 익숙했던 데다 계단에서 부딪쳤을 때는 너무 서두르던 탓이었다. 눈에 띄는 남자였다. 얼굴보다 성숙해 보이는 두 눈동자, 매끈하게 뒤로 넘긴, 아마도 서둘러 내려와 땀에 젖었을 밝은 갈색 머리카락.

"올 필요는 없었는데." 줄리엣은 울지 않으려고 부드럽게 천천히 말했다. 신경 쓰이기 시작한 상대에게 이런 모습을 보이다니 정말 슬펐다.

"우리가 싸우고 있어요." 그가 말했다. "당신 친구들이 서명을 모으고 있으니까, 포기하지 말아요."

줄리엣은 고개를 저었다. "통하지 않을 거예요. 괜한 희망 갖지 말아요." 그녀는 철창 쪽으로 다가가, 그의 손에서 몇 센티미터 아래에 손을 감았다. "당신은 날 알지도 못하잖아."

"이게 쥐똥 같은 일이라는 정도는……." 한 줄기 눈물이 뺨을 타고 흐르자 루카스는 고개를 돌렸다. "또 청소라니, 왜죠?" 그는 쉰 목소리로 말했다.

"그게 그자들이 원하는 바니까." 줄리엣이 말했다. "막을 수 없어요."

루카스의 손이 철창을 타고 내려와 줄리엣의 손을 감쌌다. 눈물이 흐르는 뺨을 닦기 위해 줄리엣은 고개를 기울이고 한쪽 어깨를 들어 올려야 했다.

"그날 당신한테 올라가고 있었는데……." 그가 고개를 저으며 숨을 깊이 들이마셨다. "데이트를 신청하려고 했는데……."

"그러지 말아요, 루카스. 그러지 말아요."

"어머니한테 당신 이야기를 했어요."

"아, 제발, 루카스……."

"이럴 순 없는 거예요." 그는 고개를 내저었다. "이럴 순 없어. 당신이 갈 순 없어."

루카스가 고개를 다시 들자, 줄리엣은 그 눈에서 그녀가 느끼는 것보다 더한 공포를 보았다. 그녀는 한 손을 빼내고 다른 한 손도 떼어냈다. 그리고 그의 손을 밀어냈다. "포기해야 해요. 미안해요. 그냥 다른 사람을 찾아요. 나처럼 끝나지 말아요. 기다리지 말고……."

"겨우 누군가를 찾았다고 생각했어요." 그는 구슬프게 말했다.

줄리엣은 얼굴을 감추려고 고개를 돌렸다.

"가요." 그녀는 속삭였다.

줄리엣은 별들에 대해서는 알지만 그녀에 대해서는 조금도 알지 못하는 청년의 존재를 느끼며, 철창 안에서 꼼짝도 않고 서 있었다. 소리 없이 울면서 그의 울음소리에 귀를 기울이고, 기다렸다. 마침내 바닥에 끌리는 발소리가 나고, 루카스가 슬픈 걸음으로 떠나갈 때까지.

그날 밤, 줄리엣은 차가운 침대에서, 무슨 죄목으로 체포되었는지도 듣지 못하고 또 하룻밤을 보냈다. 자기도 모르게 끼친 피해를 헤아리면서 또 하룻밤을 보냈다. 다음 날 줄리엣은 낯선 사람들의 땅을 통과하는 마지막 길에 올랐다. 이중 청소라는 속삭임이 따라붙는 가운데 다시 한번 멍한 상태로 다리를 엇갈려 움직였다.

마침내 길이 끝나고, 줄리엣은 피터 빌링스와 그녀가 예전에 쓰던 책상 앞을 지나 익숙한 유치장으로 들어갔다. 호송인은 피곤하다고 불평하면서 만스 부보안관의 삐걱거리는 의자에 주저앉았다.

줄리엣은 긴 사흘 동안 그녀를 에워싼, 마비와 불신으로 이루어진 단단한 껍데기를 느낄 수 있었다. 사람들이 더 조용히 말하는 게 아니라, 그렇게 들릴 뿐이었다. 사람들이 더 멀찍이 서는 게 아니라, 더 멀게 느껴질 뿐이었다.

그녀는 하나뿐인 침대에 앉아서 피터 빌링스가 음모죄로 기소하는 목소리에 귀를 기울였다. 축 늘어진 봉투 안에 든 데이터 드라이브는 마치 물을 다 마셔버리고 죽어버린 애완용 물고기 같았다. 어떻게인지 소각로에서 빼낸 모양이었다. 가장자리가 시커멨다. 부분부분 훼손된 종이 두루마리가 펼쳐졌다. 그녀의 컴퓨터를 조사한 내용이 자세히 열거되었다. 그들이 찾아낸 내용 대부분이 홀스턴의 데이터임을 그녀도 알고 있었다. 하지만 그런 사실을 말해봐야 무슨 의미가 있을까. 이미 청소를 몇 번 보내고도 남을 증거가 있는데.

피터가 줄리엣의 죄를 열거하는 동안, 그 옆에는 검은색 작업복을 입은 판사가 서 있었다. 마치 그 자리에서 그녀의 운명을 결정하겠다는 듯이 서 있었지만, 그녀는 알고 있었다. 결정은 이미 내려졌으며, 누가 내렸는지도.

스코티의 이름도 나왔지만 줄리엣은 맥락을 따라가지 못했다. 스코티의 계정에서 이메일을 찾아냈을 수도 있었다. 만약에 대비해서 그의 죽음을 그녀 탓으로 돌리려 하고 있는지도 몰랐다. 유골은 비밀을 안전하게 품은 채 뼈 사이에 묻혔다.

그녀는 고개를 돌리고 어깨 너머로 평원에서 발생한 회오리바람이 언덕을 향해 달려가는 광경을 지켜보았다. 회오리바람은 결국 부드러운 곡선에 부딪쳐 흩어졌다. 그토록 많은 청소부들이 그랬듯이, 부식성의 바람에 몸을 던져 헛되이 사라졌다.

버나드 본인은 한 번도 나타나지 않았다. 두려워서인지 자만해서인지는 끝내 알 수 없으리라. 그녀는 손을 내려다보고, 손톱에 깊이 배인 가느다란 기름 자국을 보면서 자신은 이미 죽었음을 알았다. 어쩐지 그건 별로 상관이 없었다. 그녀 뒤에도 앞에도 시체가 줄을

이었다. 그녀는 그저 끌려가는 존재였다. 기계 안에서 빙빙 돌며 금속 이빨을 가는 톱니바퀴에 불과했다. 끝내는 장치가 마모되고 조각이 떨어져 나가면서 주변 장치에 피해를 입히는, 결국 다른 부속품으로 대체되어야 하는 톱니바퀴.

팸이 식당에서 오트밀과 구운 감자를 가져왔다. 줄리엣이 제일 좋아하는 음식이었다. 그녀는 철창 바깥에 김이 오르는 음식을 그대로 내버려두었다. 하루 종일 기계부에서 운반인을 통해 실려 올라온 쪽지들이 전해졌다. 친구들이 아무도 방문하지 않아서 기뻤다. 종이로 전해지는 조용한 목소리만으로도 충분했다.

줄리엣의 눈은 울었지만, 몸은 마비된 나머지 흔들리지도 흐느끼지도 않았다. 그녀는 허벅지에 눈물을 뚝뚝 떨어뜨리며 다정한 편지들을 읽었다. 녹스의 편지는 단순한 사과였다. 그녀는 녹스 성격에 평생 후회하겠다는 말을 편지에 써서 무력감을 내보이느니, 살인이라도 시도하다가 추방당하고 말 거라고 생각했다. 다른 사람들은 종교적인 메시지를 보내고, 저승에서 만나자고 약속하고, 외우고 있는 책의 구절을 썼다. 셜리가 줄리엣을 제일 잘 아는 듯, 발전기의 최신 상황과 정유 공장에 들인 새로운 원심분리기에 대해 적었다. 모든 것이 잘 돌아갈 테고, 그건 주로 줄리엣 덕분이라고 썼다. 이 말은 결국 줄리엣에게서 희미한 울음소리를 끌어냈다. 그녀는 손가락으로 목탄 글자를 문지르며, 검게 쓰인 친구들의 생각들을 자신에게로 가져갔다.

마지막으로 남은 워커의 편지는 선뜻 무슨 뜻인지 알 수가 없었다. 황량한 풍경 위로 해가 저물어가고, 밤을 맞이하여 바람이 잦아들고 먼지가 가라앉는 동안 그녀는 그 편지를 읽고 또 읽으면서 무슨 뜻인지 추론해보려고 했다.

줄스,
두려워 마라. 지금은 웃을 때야. 진실은 농담이고 '공급부' 친구들은
좋아.

워커

어떻게 잠들었는지는 잘 모르겠지만, 퍼뜩 깨어나보니 밤사이에 철창 사이로 쪽지가 더 들어와 있었다. 쪽지들은 벗겨진 페인트 조각들처럼 침대 주위에 흩어져 있었다. 줄리엣은 누가 있다는 것을 느끼고 고개를 돌려 어둠 속을 바라보았다. 철창 뒤에 남자가 한 명 서 있었다. 그녀가 움직이자 남자는 물러섰고, 그러면서 결혼반지가 철창에 부딪쳐서 금속음이 울렸다. 그녀는 서둘러 일어나서 졸음이 가시지 않은 다리로 철창까지 달려갔다. 떨리는 손으로 철창을 붙잡고, 남자가 잠겨드는 어둠 속을 보았다.

"아버지?" 줄리엣은 철창 사이로 손을 뻗으며 외쳤다.

하지만 남자는 돌아보지 않았다. 키 큰 남자는 걸음을 빨리해서 빈 공간으로 미끄러져 들어갔고, 이제는 까마득한 어린 시절의 기억 같은 신기루가 되었다.

다음 날 해돋이는 볼만한 장관이었다. 낮게 깔린 검은 구름이 드물게 걷히면서 언덕들 위로 비스듬히 떨어지는 금빛 연기를 볼 수 있었다. 손대지 않은 채 식어버린 오트밀 냄새가 철창 밖에서 흘러드는 가운데 줄리엣은 침대에 팔을 베고 옆으로 누워서, 어스레한

빛이 밝아지는 모습을 지켜보았다. 그녀는 지난 사흘 밤을 지새우면서 공급부에서 올라온 빌어먹을 부품들로 맞춤 보호복을 만들었을 IT부 사람들을 생각했다. 그 보호복은 청소를 다 할 만큼만 버티고, 그보다 오래 살지는 못하게 만들어졌을 것이다.

수갑을 찬 채로 올라오는 동안, 그 사흘 밤과 낮 동안 무감각하게 상황을 받아들이면서도 실제 청소에 대한 생각은 한 번도 떠올리지 않았다. 당장 그 일을 해야 할 오늘 아침까지도 그랬다. 절대적으로 확신이 있었다. 그녀는 청소하지 않을 것이다. 모든 청소부가 이런 말을 했고, 모두가 죽음의 문턱에서 어떤 마법적인, 어쩌면 영적인 변화를 경험하여 청소를 수행했다는 것은 알고 있었다. 그러나 상층부에는 그녀가 깨끗한 풍경을 보여주고 싶은 사람이 아무도 없었다. 그녀는 기계부 출신의 첫 번째 청소부는 아니라도, 청소를 거부하는 첫 번째 청소부가 되리라 결심했다.

줄리엣은 피터에게 이끌려 유치장에서 노란 문으로 향하는 동안 그렇게 말했다. IT부에서 나온 기술자가 보호복을 마지막으로 조정하기 위해 안에서 기다리고 있었다.

줄리엣은 무심한 태도로 기술자의 지시에 귀를 기울였다. 보호복 설계의 약점이 다 보였다. 그녀가 기계부에서 홍수를 막고, 석유를 끌어 올리고, 전력을 유지하기 위해 두 번의 근무시간을 바쁘게 보내지만 않았더라면 자면서도 이보다 더 나은 보호복을 만들 수 있었다. 펌프에 쓰는 것과 똑같아 보이지만 고장이 나도록 설계했을 와셔와 밀봉 처리를 찬찬히 뜯어보았다. 보호복 표면에 덧씌워 놓은 반짝이는 열 테이프는 일부러 질이 떨어지게 만들었다. 기술자가 이게 제일 최신이고 제일 뛰어난 보호복이라고 장담하는 동안 그녀는 이런 사실들을 지적할 뻔했다. 기술자는 보호복 지퍼를 올리고, 장갑을 잡아당겨 끼우고, 부츠를 신도록 도와준 다음, 숫자가 적힌 주머니들에 대해 설명했다.

줄리엣은 워커의 편지에 적힌 주문을 되풀이했다. '두려워 마라. 두려워 마라. 두려워 마라.'

'지금은 웃을 때야. 진실은 농담이고 공급부 친구들은 좋아.'

기술자가 장갑을 점검하고 지퍼 위로 벨크로를 붙이는 동안 줄리엣은 워커의 편지를 곰곰이 생각했다. 왜 '공급부'를 강조한 걸까? 그런데 내가 내용을 제대로 기억하기는 하는 걸까? 이제는 확신이 없었다. 테이프 한 조각이 한쪽 부츠를 감고, 반대쪽 부츠를 감았다. 줄리엣은 그 모습을 비웃었다. 너무나 무의미한 짓이었다. 시신이 좋은 일을 할 수 있게 흙 농장에 묻어야 마땅했다.

마지막 순서인 헬멧은 확실히 조심스럽게 다루어졌다. 기술자는 헬멧을 들고 있게 해놓고 그녀의 목을 에워싼 금속 고리를 조정했다. 그녀는 바이저에 비치는 자기 모습을 내려다보았다. 눈은 공허했고, 자신이 기억하기보다 훨씬 늙어 보였지만 지금 느낌보다는 젊어 보였다. 마침내 헬멧이 머리 위로 올라가고, 어두운 바이저 너머로 방 안이 어둡게 보였다. 기술자는 아르곤이 쏟아져 들어오고, 뒤따라 불이 붙는다는 점을 상기시켰다. 빨리 밖으로 나가지 않으면 안에서 훨씬 더 지독한 꼴로 죽게 될 것이다.

그는 줄리엣에게 그 점을 강조하고 나갔다. 등 뒤에서 철컹 소리를 내며 노란 문이 닫히고, 유령이 움직이는 것처럼 안에서 바퀴가 돌아갔다.

줄리엣은 영적인 무언가에 설득당할 가능성을 남기지 말고 그 자리에 남아서 불길에 몸을 바쳐야 할까 생각했다. 그런 이야기가 나선 계단을 돌아 사일로 안으로 퍼져나가면 기계부에서는 뭐라고 할까? 누군가는 그녀의 고집을 자랑스러워하고, 누군가는 뼈까지 새까맣게 태우는 화염 속에서 죽다니 끔찍하다고 여기리라. 몇 명은 자기 눈으로 바깥을 볼 기회를 버리고 나가지도 않다니 용감하지 못하다고 생각할 수도 있었다.

아르곤이 방 안에 쏟아져 들어오면서 일시적으로나마 바깥의 독소를 차단하는 압력이 쌓이자 보호복에 주름이 잡혔다. 그녀는 저도 모르게, 거의 자기 의지에 반하여 문 쪽으로 걷고 있었다. 문이 갈라지고, 방 안을 포장한 플라스틱 시트가 모든 파이프와 낮게 튀어나온 의자에 바싹 달라붙자, 끝이 왔음을 알았다. 앞에서 문이 열리고, 사일로가 콩꼬투리처럼 툭 벌어지면서 응축된 증기 구름 너머로 바깥 풍경이 드러났다.

문틈으로 한 발을 내보내고, 이어서 다른 발을 내보냈다. 그리고 줄리엣은 자기 방식대로 떠나겠다는 의지를 굳히며 세상 속으로 걸어 나갔다. 8인치에 2인치쯤 되는 유리라는 제한된 입구를 통해서이기는 하지만 스스로의 눈으로 처음 세상을 보겠다고……. 그 순간 그녀는 퍼뜩 그 의미를 깨달았다.

30

버나드는 기술자들이 피터의 사무실에서 장비를 챙기는 동안 식당
에서 청소를 지켜보았다. 혼자 청소 과정을 보는 것이 그의 습관이
었다. 기술자들이 함께하는 일은 드물었다. 그들은 사무실에서 장
비를 다 끌고 나와서 바로 계단으로 향했다. 버나드는 때로 자기 부
하들에게까지 조성해둔 그런 미신, 그런 공포가 부끄러웠다.

처음에는 동그란 헬멧이 올라오고, 이어서 줄리엣 니컬스의 반짝
이는 유령이 비틀비틀 지상으로 올라왔다. 뻣뻣하고 자신 없는 동
작으로 경사로를 올라오고 있었다. 버나드는 벽에 걸린 시계를 확
인하고 주스 컵에 손을 뻗었다. 그리고 또 한 명의 청소부가 눈에
보이는 광경에—날아오르는 생명, 상쾌한 바람에 흔들리는 풀, 언
덕 위에서 손짓해 부르는 반짝이는 성채가 보이는 산뜻하고, 환하
고, 선명한 세상에—반응하는 모습을 잘 볼 수 있도록 등을 편히 기
댔다.

그는 평생 열 번 남짓한 정도의 청소를 지켜보았고, 언제나 청소부들이 처음에 주위 풍경을 받아들이면서 빙글빙글 도는 모습을 즐겼다. 가족을 남겨두고 나간 남자들이 사랑하는 사람들에게 나오라고 손짓하는 것처럼 손을 흔들고, 바이저 화면에 비치는 온갖 가짜 아름다움을 무언극으로 표현하려고 들면서 아무 소용도, 아무 관객도 없이 센서 앞에서 춤추는 모습을 보았다. 날아가는 새들이 얼굴 가까이에 있다고 착각하고 미친 듯이 손을 뻗는 사람들을 보았다. 어느 청소부는 청소를 시작하기 전에 경사로를 다시 내려가서 무엇인가 신호를 보내기 위해 에어록 문을 두드리기도 했다. 이런 다양한 반응은 하나같이 시스템이 잘 돌아가고 있음을 상기시켜 주는 자랑스러운 요소들이 아니겠는가? 개개인의 심리야 어떻든, 거짓된 희망을 보여주는 풍경을 보면 누구나 결국 하지 않겠다고 공언했던 일을 하기에 이르렀다.

잔스 시장이 도저히 지켜보지 못했던 이유도 그것이었으리라. 잔스 시장은 청소부들이 무엇을 보고, 무엇을 느끼고, 무엇에 반응하는지 전혀 알지 못했다. 그녀는 다음 날 아침에 약한 마음으로 올라와서, 사일로 안 나머지 사람들이 여지를 주는 동안 해돋이를 보며 자기 식으로 죽음을 애도하곤 했다.

하지만 버나드는 이 변화, 그와 그의 전임자들이 완벽하게 연마한 이 착각을 소중히 여겼다. 그는 미소 지으며 신선한 과일주스를 한 모금 마시고, 거짓으로 주어진 감각들을 받아들이면서 비틀거리는 줄리엣을 관찰했다. 센서 렌즈에는 더께가 별로 앉지 않았고 수세미로 문지를 필요도 없었지만, 과거의 경험으로 미루어 줄리엣 역시 청소를 하리라는 사실을 알 수 있었다. 이제까지 청소하지 않은 사람은 없었다.

주스를 한 모금 더 마시고 혹시 피터가 청소를 지켜볼 용기를 냈을까 보려고 보안관실 쪽을 돌아보았지만, 보안관실 문은 굳게 닫혀 있었다. 버나드는 그 청년에게 기대가 컸다. 지금은 보안관이고, 언젠가는 시장이 될 수도 있었다. 버나드가 선거 한두 번 정도까지는 시장직을 맡을지도 모르지만, 그는 IT부에 속한 사람이었고 시장에는 맞지 않았다. 또는, 다른 의무 쪽이 훨씬 대체하기 힘들다고 말할 수도 있겠다.

그는 피터의 사무실에서 고개를 돌리고 다시 풍경을 보았다. 그리고 순간, 주스가 든 종이컵을 떨어뜨릴 뻔했다.

줄리엣 니컬스의 은색 형상은 이미 언덕을 오르고 있었다. 센서에 묻은 얼룩은 그대로였다.

버나드는 벌떡 일어나면서 의자를 넘어뜨렸다. 마치 그 여자 뒤를 쫓을 수 있다는 듯이 벽 스크린으로 비틀비틀 다가갔다.

그리고 말문이 막힌 채로 그 여자가 어두운 언덕 골짜기를 성큼성큼 오르다가 고요히 누운 다른 두 청소부를 보고 잠시 멈춰 서는 모습을 지켜보았다.

버나드는 다시 한번 시계를 확인했다. 이제 곧. 곧. 쓰러져서 헬멧을 쥐어뜯을 것이다. 먼지투성이 흙 속을 구르고 구름을 걷어차면서 언덕 사면을 미끄러져 내려오다가 죽어서 영원히 움직임을 멈추게 될 것이다.

하지만 시곗바늘은 계속 움직였고, 줄리엣도 계속 움직였다. 줄리엣은 두 청소부의 시신을 뒤로하고, 아직도 힘 있게 팔다리를 움직이며 꾸준한 걸음으로 언덕 정상까지 올라갔다. 그리고 그 자리에 멈춰서 아무도 알 수 없을 풍경을 바라보더니, 믿을 수 없게도 시야 바깥으로 사라져버렸다.

계단을 질주해 내려가는 버나드의 손은 주스로 끈적거렸다. 그는 세 층을 내려가도록 구겨진 종이컵을 움켜쥐고 있다가, 앞서간 기술자들을 따라잡자 그들의 등에 집어 던졌다. 쓰레기는 누군가의 등에 맞고 튀어서 허공으로 떨어졌다. 한참 아래 어딘가의 층계참에 내려앉으리라. 버나드는 당황한 기술자들에게 욕을 퍼붓고, 발이 엇갈려 넘어질 정도로 급하게 계속 달렸다. 10여 층을 더 내려가서는 몇 주 만에 다시 맑은 해돋이를 보겠다는 희망을 품고 제일 먼저 계단을 오르던 사람들과 부딪칠 뻔했다.

겨우 34층에 도착했을 때는 몸이 아프고 숨이 찼으며 안경은 땀에 젖은 콧잔등을 따라 미끄러져 내렸다. 그는 양여닫이문을 밀어젖히고 들어가서 보안문을 열라고 소리쳤다. 겁에 질린 경비원이 명령에 따라 자기 신분증을 스캐너에 통과시키자마자 그는 보안문의 짤막한 가로봉을 밀고 들어갔다. 복도를 날 듯이 달려서 방향을 두 번 튼 다음, 사일로 전체에서 가장 엄중한 방어를 갖춘 문 앞에 멈춰 섰다.

신분증을 휘두르며 보안 암호를 찍어 넣고, 서둘러 두껍고 단단한 강철 벽을 지나 안으로 들어갔다. 서버 컴퓨터가 가득한 방 안은 더웠다. 타일 바닥 위로 솟아오른 똑같이 생긴 검은 상자들은 무엇이 가능한가에 대한 기념비, 인간이 분투해서 얻어낸 기술과 공학의 상징물 같았다. 버나드는 눈썹에 땀이 맺히고, 시야가 깜박거리고, 윗입술이 땀에 젖은 채로 그 서버들 사이를 걸었다. 그는 손으로 기계들의 얼굴을 쓸면서, 그의 분노를 없애주려는 행복한 눈동자처럼 번쩍이는 불빛들과, 주인에게 속삭이는 소리 같은 전자음으로 마음을 가라앉히려 했다.

그러나 아무 소용이 없었다. 치밀어 오르는 두려움밖에 느낄 수 없었다. 그는 무엇이 잘못된 건지 검토하고 또 검토했다. 그 여자가 살아남을 리는 없었다. 살아남을 수가 없었다. 하지만 그가 받은 지시는, 이 기계들에 든 데이터를 보존하라는 지시 바로 다음가는 지시는, 결코 아무도 시야 밖으로 내보내지 말라는 것이었다. 그게 제일 중요한 명령이었다. 그는 그 이유를 알았기에, 오늘 아침의 실패가 미칠 영향을 생각하고 몸을 떨었다.

버나드는 열기에 저주를 퍼부으며 안쪽 벽에 놓인 서버에 도착했다. 머리 위 환기구는 심층부에서 서늘한 공기를 실어다가 서버실로 보냈다. 뒤쪽에 있는 거대한 선풍기들은 열기를 사일로 아래로 내려가는 다른 환기구들로 쏟아내 냉각을 유지했다. 그렇게 세 자릿수의 끔찍한 온도를 자비로운 따뜻함 수준으로 낮추었다. 버나드는 단전 휴일을, 올라가는 온도가 그의 서버들을 위협했던 일주일을 기억하고 그 환기구들을 노려보았다. 겨우 발전기를 위해서, 그리고 어디까지나 방금 시야 바깥으로 사라져버린 그 여자 때문에!

그 기억을 떠올리자 옷에 불이라도 붙은 듯 더워졌다. 그는 환기구의 통제권을 저 아래 기계부에 있는 기름투성이 원숭이들에게, 그 미개한 땜장이들에게 맡긴 설계 결함을 저주했다. 그는 기계부에 있는 크고 못생긴 기계들, 배기가스와 석유 타는 냄새를 생각했다. 딱 한 번, 어떤 남자를 죽이기 위해 거기까지 가야 했지만 그 한 번만으로도 참을 수가 없었다. 그 시끄러운 엔진들을 절묘한 서버 컴퓨터와 비교만 해보아도 그는 IT부를 결코 떠나고 싶지 않았다. 이곳에서는 데이터를 고속으로 처리하느라 달아오른 실리콘 칩의 톡 쏘는 향기가 흘렀고, 매 초마다 아름다운 기가바이트의 데이터를 이동시키는, 표식과 부호를 단 채 가지런히 묶인 전선의 고무 코팅 냄새를 맡을 수 있었다. 바로 이곳에서 그는 서버의 데이터 드라이브들이 지난번 폭동으로 삭제된 모든 내용을 다시 채우는 과정을 감독했다. 이곳에서는 조용히 생각하는 기계들에 둘러싸여서 생각을 할 수 있었다.

하지만 저 환기구들 아래 어딘가에는 불결한 악취가 존재했다. 버나드는 이마에 맺힌 땀을 닦아서 작업복 엉덩이에 문질렀다. 그 여자, 처음에는 그의 물건을 훔쳐 가더니, 잔스 시장에게 최고 법집행관이라는 보상을 받고, 이제는 감히 청소를 거부하고 걸어가 버린 그 여자를 생각하니 체온이 위험할 정도로 올라갔다.

그는 줄 끝에 있는 서버까지 가서 그 컴퓨터와 뒷벽 사이를 비집고 들어갔다. 목에 걸려 있던 열쇠가 서버 케이스의 기름칠이 되어 있는 잠금장치 구멍들로 미끄러져 들어갔다. 하나씩 돌려 열면서 그는 그 여자가 멀리 갔을 리가 없다고 다시 한번 되뇌었다. 이 사태가 정말로 일으킬 수 있는 말썽이라봐야 얼마나 되겠는가? 더 중요한 것은, 무엇이 잘못되었느냐였다. 타이밍은 언제나 완전무결해야 했다. 언제나 그랬다.

서버 뒷면이 풀리면서 그 뒤로 거의 비어 있는 내부가 드러났다. 버나드는 열쇠를 다시 작업복 안으로 밀어 넣고 검은색 강철판을 옆으로 치웠다. 손에 닿은 금속이 따뜻했다. 서버 안에는 천으로 만든 주머니가 붙어 있었다. 버나드는 끈을 풀고 그 안에 손을 넣어 플라스틱 헤드셋을 꺼냈다. 그 헤드셋을 귓가에 대고, 마이크를 조정하고, 연결선을 풀었다.

이 일을 제어할 수 있다고, 그는 다시 한번 되뇌었다. 버나드는 IT부의 책임자이자 시장이었다. 피터 빌링스는 그의 사람이었다. 사람들은 안정을 좋아했고, 그는 안정이라는 착각을 유지할 수 있었다. 사람들은 변화를 두려워했고, 그는 변화를 감출 수 있었다. 그가 양쪽 자리를 다 쥐고 있는데 누가 감히 맞서겠는가? 누가 그보다 더 자격이 있을 수 있겠는가? 그는 이 일을 설명할 것이다. 모두 다 괜찮을 것이다.

그래도 정확한 잭을 찾아서 연결선을 꽂는 동안 그는 엄청나게, 유례 없이 겁에 질려 있었다. 헤드폰에서 바로 삐 소리가 나면서 연결이 자동으로 이루어졌음을 알렸다.

그는 아직도 멀리서 IT부를 감독하면서 이런 일이 다시는 일어나지 않게 하고, 보고서 맨 위에 이런 소식이 실리지 않게 할 수 있다고, 모든 것이 통제하에 있다고, 스스로에게 말했다. 그사이 헤드폰에서 찰칵 소리가 나고 삐 소리가 멈췄다. 인사라고 할 만한 말은 없었지만 누군가가 수화기를 집었음은 알 수 있었다. 그는 그 침묵 속에 짜증이 깃들어 있음을 느꼈다.

버나드 역시 사교적인 말은 집어치웠다. 그는 바로 해야 할 말에 들어갔다.

"1번 사일로? 18번 사일로다." 그는 입술에 맺힌 땀을 핥고 마이크를 조정했다. 갑자기 손바닥이 차갑고 축축해지는 느낌이었다. 화장실에 가고 싶었다.

"우리에게, 어…… 우리에게 아무래도…… 가벼운 문제가 생긴
것 같다."

〈2권에서 계속〉

옮긴이 **이수현**

서울대학교 인류학과를 졸업하고 동 대학원에서 석사 학위를 받았다. 작가이자 번역가로 활동하며
《빼앗긴 자들》《긴》《체체파리의 비법》《유리와 철의 계절》《새들이 모조리 사라진다면》《아메리카에
어서 오세요》《아득한 내일》《어슐러 K. 르 귄의 말》, '얼음과 불의 노래' 시리즈, '노인의 전쟁' 시리
즈, '다이버전트' 시리즈, '샌드맨' 시리즈, '퍼시 잭슨' 시리즈, '수확자' 시리즈 등 많은 SF와 판타지,
그래픽 노블을 우리말로 옮겼다. 직접 쓴 소설로는 러브크래프트 다시 쓰기 소설 《외계 신장》과 도시
판타지 《서울에 수호신이 있었을 때》가 있다.

울 1

초판   1쇄 발행일 2013년 9월 27일
개정판 1쇄 인쇄일 2023년 4월 10일
개정판 1쇄 발행일 2023년 4월 17일

지은이 휴 하위
옮긴이 이수현

발행인 윤호권
사업총괄 정유한

편집 이원석, 박고운 **디자인** 최초아 **마케팅** 정재영, 윤아림
발행처 ㈜시공사 **주소** 서울시 성동구 상원1길 22, 6-8층 (우편번호 04779)
대표전화 02-3486-6877 **팩스(주문)** 02-585-1755
홈페이지 www.sigongsa.com / www.sigongjunior.com

ISBN 979-11-6925-618-6 04840
ISBN 979-11-6925-616-2 (세트)

*시공사는 시공간을 넘는 무한한 콘텐츠 세상을 만듭니다.
*시공사는 더 나은 내일을 함께 만들 여러분의 소중한 의견을 기다립니다.
*잘못 만들어진 책은 구입하신 곳에서 바꾸어드립니다.